最後一戰

抗戰三部曲終曲

林家品——著

最後一戰——雪峰山

獻給——
為保衛家園
與入侵日軍戰鬥過的
日漸不存的
山民

目次內容

第一章

民國三十四年季春。扶夷江那本已暖和了的江風，忽然又刮得人臉上起苦瓜皮皺褶。

這天晚上，一條黑影如做賊似的，沿著白沙老街那條被日本人縱火燒了幾天幾夜、但依然存在的青石板街道，溜進了一間被燒毀、重建不久的鋪房後面的雜屋。

這間重建的鋪房，就是在頭一年「走日本」時被燒掉的「盛興齋」——我母親和父親將它重新建起來後，依然保留「盛興齋」的名號不變。

「盛興齋」後面的雜屋，住著我那瞎眼叔爺。

我叔爺自從在衡陽血戰中被炸瞎一隻眼睛，於衡陽城陷後僥倖救得一條命、逃回老家後，再沒有人來找過他。

有誰還會來找他呢？一個頂替壯丁去吃糧的兵販子，儘管他自己說衡陽血戰的那個慘烈……儘管他自己說他是在奪鬼子的炮時被炸瞎的眼睛，但老街人都不相信。沒人證明。他的那些兵販子弟兄們，都死了。就連守衡陽的第十軍，也沒了。

我叔爺似乎對世事已經看穿，他除了一天混兩餐飯吃外，便是躺在這間雜屋裡，不論白天黑夜，足不出戶。起始，街坊上的人愛說，那林滿群、群滿爺呢？怎麼難得見到他的影了？但說得多了，也就不說了，把他忘了。

我叔爺躺在這間雜屋裡，從來不閂門。他懶得閂。閂門幹什麼呢？莫非還會有土匪、強盜來打劫？莫非還有賊來偷他的東西？土匪、強盜、賊若找上他，只會自認晦氣。

「吱嘎」一聲，用青棡木紮就的沉重的雜屋門被推開了。黑影閃進了屋裡。躺在用土磚架起的「床」上的叔爺，聽見了那聲「吱嘎」。但他一動不動。他心裡暗暗好笑，終於有「樑上君子」來光顧他了。他倒要瞧瞧這位「樑上君子」能從他這裡撈到些什麼。

雜屋裡自然不會點燈。溜進來的人於黑極的空間，一時什麼都看不清。

「群滿爺、群滿爺。」黑影竟悄悄地喊我叔爺。

我叔爺依然不作聲。他只是用那隻尚留有點餘光的眼睛，盯著黑影頭部兀現的一圈白。

黑影身穿黑衣黑褲，但頭上紮了塊白汗巾。只這白汗巾，便說明他非「樑上君子」，而是鄉鄰。哪有夜裡出來幹偷摸勾當的「貼」個顯眼的「標籤」呢？我們老街及老街附近鄉里的人，春冬之時，頭上總愛以長布繞額頭箍幾個圓圈，說是怕江風吹暈腦殼。那繞額頭而箍的長布叫做包頭布，包頭布或灰或青，為染色的粗絲綢布，但出外幹活或無錢買染色粗絲綢布的人便用汗巾代之。

來人一開口，我叔爺已經知道是誰，但他還是不吭聲。

「群滿爺，在屋裡嗎？」來人一邊繼續輕輕地喊，一邊摸出洋火，「嚓」地劃燃一根。

火光一亮，我叔爺迸出一句：

「老春，你是找錯地方了吧，你找相好該到城裡去。」

我叔爺從衡陽血戰撿回一條命回到老家後，白沙老街已遭日本兵的一次洗劫，老街全被燒毀，躲進神仙岩的百姓全被日本兵用煙薰死，僥倖活下來的女人已不多……故而我叔爺說他找「相好」該到城裡去。這「相好」的意思又不光指情人，也指倚門賣笑的堂板鋪女子。

老春是來人的一個外號，因為他專靠幫人舂米過活，也就是打短工。打短工比做長工自由，幫一戶人家舂完米，得幾個零錢，又有人來找時，想幹的話去幹一下，不想幹時，委婉地推託，上城裡玩去了……到得無錢買米下鍋時，再去找人家幫工。他人長得高大，有一身勁火，人家踩碓舂米全靠右腳，他左腳右腳「左右開弓」。那「舂碓」在鄉人的話裡又有暗指男女之事的意思，他這個光棍便得了個老舂的外號。

老舂突然聽得從雜屋角落裡傳出的這一句，反而嚇了一跳。

老舂忙說：

「群滿爺、群滿爺，別說耍話子，我找你有急事。」

我叔爺說：

「找我有急事？鳥急事！我群滿爺現在成了瞎子，任什麼急事也輪不到我。」

老舂就說是要請他去議事，議的可是人命關天的大事。我叔爺說什麼議事、議事，那在外地方叫開會！老子吃糧時在隊伍上開過會，現在不吃糧了，什麼鳥會都不去，別拿人命關天來唬人，老子見過的死人的事太多了，在衡陽戰場上，那人是一片一片地倒下……

我叔爺已經很久沒有和人說過話了，這一說開，就有點止不住。

老舂忙打斷他的話，說，對、對，是開會，是個十萬火急、非要請你去才能開的會！

「為甚非要請我去？」

「你是打過衡陽血戰的人啦！」

老春這麼一說，我叔爺長長地噓了一口氣，總算有人記得他是在衡陽血戰過的人了。

我叔爺本要大發一番感概，他媽的老子在衡陽為國賣命，他媽的老子和日本人死拼，他媽的老子的弟兄們全死光了，他媽的老子總算撿回一條命（我叔爺在衡陽血戰的事見作者所著《兵販子——抗戰三部曲之二》），可老子成了瞎子，老子這瞎子回來卻連個撫恤都吃不到……然而，他說出來的卻是：

「行，你老春是頭一個來找我的。我就看在你這『頭一個』的面子上，跟你去參加一次什麼緊急鳥會。」

我叔爺原本在這白沙老街是個甚事都無所謂，只要能「搓」到一餐飽飯吃，或賺到幾個零花錢，從來就不講什麼臉面不臉面的人，所以他才會當兵販子。然他這個兵販子從衡陽血戰回來後，完完全全變了一個人，變成了一個以參加衡陽血戰為頭一臉面的人。如若有人說他或他的弟兄們在衡陽打仗的半點不是，他就會和人拼命；反之，他立即視人為生死兄弟。老春雖然沒誇他，但說了句「非請他這個打過衡陽血戰的人去」，他當然就已經有了面子，而且得給老春面子了。

我叔爺從土磚「床」上爬起。老春又劃燃一根洋火，找油燈。我叔爺要他別找，說他這房裡從來就沒有油燈。他也不需要那什麼油燈。

「這就是瞎子的好處。」我叔爺說，「我一個半邊瞎子，省了好多油錢。」

我叔爺跟著老春走出雜屋，往那個會議地點——一座廢棄的鄉下祠堂而去。他無論如何也沒想到的是，這個由鄉人組織召開的緊急會議，竟然又使他碰上了在衡陽血戰時的死對頭——原屬日軍第十一軍團的第六十八師團！

民國三十四年季春，這個第六十八師團，在日軍即將發動的芷江攻略戰中，又擔任左翼攻擊隊的主力，其進攻的第一目標，就是我的家鄉——新寧縣城。

日軍大本營所稱的芷江攻略戰，即雪峰山會戰。雪峰山會戰係抗戰期間中國軍隊和侵華日軍大規模會戰的最後一戰，又稱湘西會戰。

日軍自上年春實施「一號作戰」，儘管佔領了粵漢路，又以極其慘重的代價攻陷衡陽，佔領湘桂路，攻勢確乎凌厲，自四月到九月，連克河南許昌、鄭州、洛陽、湖南岳陽、長沙、衡陽、東安、零陵、寶慶（邵陽）、新寧。繼而攻陷廣西全州、桂林、柳州、宜山、南寧。但就如我們家鄉人所說，日本人打進廣西，那就快完蛋了——「日頭到了西邊，焉有不落之理」?!我們家鄉人的這種講法，雖然是如同測字，似乎牽強附會，卻是曾經過歷史驗證的，想當年，長毛金田起事、永安建制、圍桂林、取全州、攻新寧，欲取道扶夷江，水路直下寶慶，爾後北上；我們家鄉的江忠源訓練起湖南第一支團練，蓑衣渡一戰，打死南王馮雲山，長毛不得不改道北上。江忠源的「團練之法」為曾國藩襲用，遂成湘軍。然而，當江忠源以屢屢戰功直做到巡撫，去守廬州時，我們老家人就說，江大人萬萬不可守廬州。為甚？我們老家人念「江」為「鋼」，云：「鋼入爐中，焉得不化?!」江大人不聽，硬要守廬州，結果呢，可不就在廬州死了！

我們老家人對日軍進佔廣西的「預言」，當然可以把它看作是一種精神安慰法。然而，日軍的實際戰況卻似乎正在驗證著這個「預言」：是年，日軍企圖打通大陸作戰的願望並未真正實現，湘桂和粵漢兩條鐵路不斷受到中國軍隊的襲擊與破壞，未能通車。相反，日軍的戰線越拉越長，兵力已嚴重不足，且其所佔領地之軍事要點、運輸線，不斷遭到中美空軍的轟炸：

五月二十二日，江西遂川日軍兵站被炸。

七月九日，日軍設在湖北監利白螺磯的三個大型機庫遭到襲擊，一百一十架飛機被擊毀；二十四日、二十八日，白螺磯又遭兩次空襲，五十四架飛機被毀。

……

自七月下旬到九月，日軍在新市、汨羅、岳陽的兵站、基地均遭轟炸，湘江江面的一千多艘日軍運輸船隻及大型鐵甲艦被炸毀，數千名日軍被炸死；衡陽的六處供應站遭轟炸；長沙南站、衡山、祁江等地的日軍軍車、貨車二百多輛被炸毀；主要公路橋樑、鐵路橋樑皆遭轟炸……

……

日軍不僅陸路運輸陷入停頓狀態，就連長江和南方的航運也陷入癱瘓。

其時，日軍已佔領浙贛鐵路所有機場，又已佔領衡陽機場，那麼，這些來轟炸的中美空軍到底是從哪裡起飛的呢？

日軍大本營斷定中國還有一個秘密機場，但這個機場到底在哪裡？一直到民國三十四年初，即一九四五年一月五日，漢口機場被美國第十四航空隊襲擊，日機四十九架被炸毀後，才獲悉原來在湘西芷江。

芷江機場為中美空軍的秘密前進機場。民國三十三年夏初，援華美軍已大批來到芷江，在芷江七里橋、竹坪鋪等處分別設立「美空軍司令部」和「美軍後勤司令部」，駐紮芷江的中美空軍有空軍第一路司令部、第一轟炸大隊、第四戰鬥大隊、第五中美混合大隊。各型飛機停駐達四百多架，美國的地空人員有六千餘人。中美空軍就是以芷江機場為根據地，不斷起飛對平漢、津浦、粵漢及湘桂各鐵道及長江航運進行轟炸。

芷江機場，成為日軍的心腹大患。於是，日軍大本營決定孤注一擲，發動「芷江攻略戰」。務必要合圍芷江，夷平中美空軍基地。

日軍從湘中起兵攻奪芷江，非跨越雪峰山不可；而中國軍隊要確保芷江空軍基地，就非阻敵於雪峰山以東不可。

南起於湘桂邊境之大南山，尾翼傾伏於洞庭湖區的雪峰山，南北綿延七百餘里，橫跨二百多里，主峰海拔近二千米；主峰以下，千米以上峰巒嶺脊則若潛龍隱伏，重巒疊嶂、溝壑縱橫、道路險峻、密林叢叢，為匪盜出沒之地……素有雪峰天險之稱。

中國軍隊就是要憑藉雪峰天險，將來犯之敵殲滅於雪峰山東麓。邵陽、隆回、洞口、新寧、武岡、洪江、芷江、辰溪、沅陵、黔陽、漵浦等地區遂成主要戰場。

新寧，是此次會戰的南部戰場最先打響之地。

日軍以摧毀芷江機場為目標的「芷江攻略戰」，由民國三十三年十一月剛升任中國派遣軍總司令官的岡村寧茨親自部署，合圍芷江總指揮則為日軍第二十軍團司令官阪西一郎。

日軍的兵力為五個師團、三個混成旅，以及偽和平軍第二師和特種部隊、戰車部隊等，總計八萬多人，兵分三路，採取分進合擊——兩翼策應、中央突破的戰術，企圖合圍芷江。岡村寧茨另從東北調來五個戰鬥機中隊、一個轟炸機隊，飛機一百三十五架，用以抵抗中美空軍的攻擊和掩護後方運輸。

應該指出的是，日軍用以合圍芷江的這五個師團，兵員已遠未足額。如果按照其足額兵員計算，則兵力何止八萬。故有一說，雪峰山會戰日軍兵力達二十餘萬。這「二十餘萬」，當以日軍師團足額兵力而言。其實日軍在大陸的兵力早已捉襟見肘。雪峰山會戰中有不少日軍士兵為從日本本土新徵而來的十六七歲的少年，便可見一斑。

日軍以集結在寧鄉、沅江的第六十四師團、獨立第八十六旅團、偽和平軍第二師為右翼攻擊部隊；以集結於邵陽、永豐地區的一一六師團、第四十七師團為中央突擊隊；其左翼攻擊部隊則為集結於新寧近鄰東安、全州的第六十八師團之一部和第三十四師團主力。

日軍的這個第六十八師團，就是曾圍攻衡陽的主力師團之一。而同樣作為左翼攻擊隊的第三十四師團，亦是攻打衡陽的總指揮：第十一軍團長橫山勇的下屬。左翼攻擊隊的第一個目標，便是攻佔新寧縣城。

因而，我叔爺倘若又參與支援新寧縣城保衛戰的話，那麼，他所面對的敵人，就全是在衡陽血戰中打死他的弟兄們的仇敵。只是他在跟著老春去參加什麼緊急會議時，根本就不知道日軍要向新寧進攻，更不知道上述的所有一切。

我叔爺雖然不知道這一切，但這個緊急會議的召集人，一個名叫屈八、在我老家已經消失多年的人物，卻知曉局勢。

第二章

提起這個從我老家走出去的屈八，就連我那當過兵販子、走南闖北，三教九流無不結識的叔爺都不認識。因而當我叔爺跟著老春來到緊急會議地點，老春仍然以鄉人的禮性，向早已等候在那裡的幾個人抱拳打拱，說哎呀呀，各位老人家，害你們久等、久等了，接著將一個三十來歲的人介紹給我叔爺，說，群滿爺，這位就是屈八屈先生，屈先生也是我們真正的老鄉……他一說「是真正的老鄉」，我叔爺立即用那只殘留著餘光的眼睛，將屈八從上到下掃視了一番：

「什麼真正的老鄉，我們這老街方圓幾十里，哪裡有姓屈的？我怎麼不曉得有一個屈八？」

按照我們老家人的禮性，我叔爺這話就是沒有一點禮性。同樣，如果按照我們老家人的禮性，儘管我叔爺出言不遜，這位屈八先生也得禮性地、慢慢地做一番解釋，把個來龍去脈講清楚。而且在解釋之前，得說明對我叔爺那不禮性的話毫不介意，因為知道我叔爺這個「老人家」是當過兵、吃過糧的；當過兵吃過糧的人，講話是要衝一點的。可屈八先生回答的是：

「我這個屈八你當然不知道，你也不可能知道。但許老巴你應該知道吧？」

屈八先生這話同樣未依禮性之序，但他這話一出，我叔爺立即說道：

「許老巴?!你是說十年前許家寨的那個許老巴？」

「對，我就是那個許老巴！」

「你是當年的許老巴?!」我叔爺驚愕了。

我叔爺能不驚愕？因為當年十七歲的許老巴，曾是老街及四鄉無人不曉無人不知的「名人」。只是對他這個「名人」，有著兩種截然不同的講法。一說他是條頭上已經長角的青龍，只要碰上風霆雷暴，就是個上天的角色；一說他是個冤孽，誰家若攤著他這麼個「好崽」，誰家就該倒楣。

許老巴的出名是緣於一個黑夜。

那是一個黑沉沉的夜，天黑得就如同一口倒扣的鐵鍋，把一切都扣在鍋裡捂得嚴嚴實實，使人看見的除了一片漆黑還是漆黑。

就在這黑沉沉的夜裡，許老巴那十六歲的妹妹被土匪吊了羊。

許老巴的妹妹名叫許伶俐，人都喊伶俐女子。

伶俐女子這名字好聽，比他哥哥「老巴崽仔」不知要好聽多少倍。然許伶俐這名字和許老巴一樣，是他父親隨口取的。許老巴生下來時，他父親並沒給他取名。他父親說取名著什麼急呢，貓啊狗啊都有個名，還怕人沒有名？到時候發了財，就叫許發財。他父親一心盼著的是發財。可到得兒子三四歲時，盼著發財的依然沒有發財。他母親見兒子沒有個大名，便催著要自己崽仔的名字催得急，偏兒子說話有那麼一點結巴，他父親便不耐煩地隨口說，好好好，要取名就取名，他既然講話結巴，就叫許老巴。他母親雖然嫌這個名字不好聽，可丈夫是天，自己是地，給兒子取名是「天」的權力，女人這「地」只有聽從的份。他母親只能在背地裡嘀咕：「老巴、老巴，想要他一世結巴啊?!」然而，自從給兒子取名許老巴後，家裡開始發了。他父親樂得哈哈的，說這是天意天意，若是早給他取名許發財，這財興許就發不起來。你看那些取名旺富旺財的，有一家旺起來麼？名字還是要隨口取，取得賤，越賤越好！

許老巴父親這話旋為八字先生以「理論」證實。家裡發起來後，他請了位八字先生來給兒子算命。將許老巴的生庚時辰一報，八字先生將「四柱」一擺，吩咐取紅紙筆墨來。

八字先生執筆蘸墨，在往紅紙上落筆之前，對許老巴父親說，你兒子這命，是個值好幾升米的命，若真要我直言，那幾升米是不能少的。許老巴父親雖然捨不得，但極想知道兒子的命，遂以豁出去的架勢，點頭應允。

八字先生便在紅紙上寫下許老巴的八字，但見各個時運段上，「劫財」累累。八字先生說，你兒子這個八字就硬啦，你看那麼多「劫財」卻依然劫不倒他，就是多虧你老人家給他取了個賤名，「名賤而實貴也！」若沒有這個賤名，唉，那話，我就不好說啦。

「每逢時運到，總有劫財來。這『劫財』，不僅是指財運被劫，官運亦礙，主他一生多波折。」八字先生解釋說，「只是逢凶皆能化吉，三十歲後，大運連連，如潛龍出水，不中狀元也當官。」

八字先生說許老巴「名賤而實貴」這話，許老巴父親聽得心裡舒暢；說他兒子「不中狀元也當官」，他不太相信。這山裡伢子，到哪裡去中狀元？到哪裡去當什麼官？但八字先生說他給兒子取那賤名取得好是算準了，說得在理。許老巴父親便實踐諾言，打發了好幾升米。只是那幾升米，打發得他心裡實在疼痛不已。

女兒出生後，父親當然就更不會急著取名了。一來是這女兒本就不用取什麼名，一個女人家，要什麼名字呢？長大後嫁出去，入夫家的家譜都是跟著男人姓氏而寫的，若嫁給姓苟的，就是苟許氏。通地方如是。二來他想著和許老巴一樣，到時候隨便喊個什麼名字，說不定更能發。到得這女兒會說話後，和哥哥相反，口齒格外伶俐，他就給取了個許伶俐。許伶俐這名字不但讓人覺得好聽，而且讓他的家越發越大。

這家越發越大，他的吝嗇也越來越有名。

許老巴父親的吝嗇不但在八十里山是出了名的，在白沙老街都出了名。家裡裝滿了一倉一倉黃澄澄的穀子，卻只准許家裡人吃包穀棒棒，以黴豆腐下飯，除非過年過節才舂幾升穀子煮飯吃，炒幾個葷菜。買田買地是他唯一的心願，也是他認定永世興旺的唯一根基。

就在許伶俐被土匪吊羊的那天夜裡，吃晚飯時，天已墨黑墨黑，可她父親絕不准許點燃那盞豆油燈。他說吃飯就吃飯，點著個燈幹什麼？不點燈吃飯倘若有誰吃進鼻孔裡去，他從此再也不姓許。全家摸黑吃飯時，他又念叨起他的發家經，說發家之難好比黃花女的奶子發奶，敗家之易就如同崽吃娘的奶。「崽賣爺田心不痛呢！」他說，「凡事不節省還行?!」

吃完飯，這位父親大人親自抹桌子。他家只在農忙時雇有幫工的男人，女工是絕不請的。他有女人，有女兒，不惟要包攬家裡的活，還要幹外邊的。女人和女兒對他來說，只是些能和他同桌吃飯的幫工而已。但抹桌子他必親自動手，他怕他的女人和女兒糟蹋了掉在桌上的飯粒。

他抹桌子是先伸出左手，以拇指、食指和中指三個指頭在桌上摸捏，將掉在桌上的飯粒和菜屑捏起，捏成一團塞進嘴裡，然後再使右手抓著的抹布往桌上抹。這回他捏著捏著，竟然捏著了一團稀軟的東西。他就破口大罵：

「吃多了的，塞×眼的，這麼大一坨黴豆腐掉到桌上都不要，硬是要把這個家敗掉！」

他邊罵邊將那「黴豆腐」塞進嘴裡。一入嘴，不由得「哎呀」一聲，忙往天井跑，跑到天井邊，「哇」地一聲大吐起來，將吃進去的全吐了出來。

他塞進嘴裡的是一坨雞屎。

這雞屎不知是在吃飯前抹桌子沒抹乾淨留下的呢，還是吃了飯後哪隻雞於混亂中跳上桌子留下的？反正是沒點豆油燈，一片黑暗中搞不清。

許伶俐咯咯地笑，笑得腰都直不起；許老巴也笑，但不敢笑得那樣放肆。

許伶俐在咯咯地笑時，她父親已吐淨了腹內的包穀粒粒黴豆腐，吐淨後復大罵，這回是點著女兒罵，凡有關女人的痞話全罵了出來，彷彿被罵的不是他女兒，而是該千人騎萬人壓的娼婦。他雖然沒罵許老巴，但已覺出那雞屎來得有點蹊蹺。不知為什麼，他總是有點怕這個講話依然有點結巴的兒子。結巴兒子看他的眼神，有時竟如同豺狗子那樣令他不寒而慄。

他父親每當看到兒子那像豺狗子一樣的眼神時，就想起八字先生說的話，這小子硬是個命硬的剋星，幸虧給他取了個極賤的名。

他父親沒想到的是，女兒的命雖然不硬，但那名字起得太好，敗家的起因在這女兒身上。

當下父親的髒話罵得許伶俐拔腿就走，走時只對她哥哥說了一句話：

「我今晚到曬穀坪睡覺去，隨他罵個通宵，看他有好大的氣力！」

山裡女子膽大。膽大的許伶俐一個人睡到曬穀坪旁用以看守穀子的草屋裡。就在這間草屋裡，她被土匪吊了羊。

許伶俐被抓走後的第二天，一個樵夫帶來土匪的口信，要許伶俐父親拿大洋五十塊去贖人。期限三天。

樵夫將口信送給許伶俐父親時，急得不住地說，你老人家，快想法子籌錢吧，沒有現錢就趕快賣穀，賣了穀子快去救你女兒啊！樵夫以為他家裡只有穀子沒有現大洋。

許伶俐父親卻一聲不吭。

那樵夫如同搬救兵解城下之圍一般再三懇求，說土匪不是要你女兒，只是要用你女兒來換五十塊錢，你老人家只要把錢送去，你女兒就會回來的，若捨不得錢，那土匪是真會撕票的，你老人家如果在三天內湊不足錢，我再去和土匪說，請他們寬限幾天，總之你老人家先得鬆口，先得答應給錢……樵夫說著說著忍不住掉下了淚，說那麼好的一個女兒，你老人家怎麼就不著急呢？但無論樵夫怎麼說，這個做父親的反正是一聲不吭，不願發「一兵一卒」。最後那樵夫只氣得恨恨地將挑柴的千擔往地上重重地一戳，長歎一聲，說世上沒見過這般無情無義的人，那女兒只怕不是親生的。走了。

樵夫走後，這個父親一屁股坐到板凳上，狠狠地抽旱煙。

伶俐母親聞訊趕來，要他快把大洋拿出來。家裡的現錢都歸他收著，藏在哪裡誰也搞不清。

伶俐母親又是哭，又是嚎，可這個做父親的依然只是狠狠地抽旱煙。

在地裡幹活的許老巴跑回來，將叼在他父親嘴上的旱煙一把扯掉，往地上一扔，吼了起來，說到這個時候了，你、你個老、老東西還不把錢拿出來去救人，你、你真的要錢不要人啊?!

許老巴一吼，他父親跳了起來。他父親吼道，你個扁毛畜生，你還想打你爺啊?!

父子倆皆發橫對罵起來。兒子罵父親才真是個畜生，寧肯把錢藏著漚爛也不去救人。父親罵兒子是忤逆不孝，想要把他逼死。……

父子倆一對吵，母親又趕緊兩邊勸。勸做兒子的讓一讓，勸做父親的別這樣……勸來勸去不見多少成效，猛地往地上一躺，雙腳亂蹬，喊，我那苦命的女兒啊……

見母親躺在地上，許老巴趕緊去拉母親，等於一方先「停戰」，做父親的便也「撤退」，只是喃喃地說，你們容我想想、容我想想。

許老巴父親獨自坐到個角落裡，卷他的旱煙、抽他的旱煙，想。

許老巴父親想來想去下不了決心，五十塊大洋，等於要了他的命！

許老巴見父親依然不鬆口，又要朝父親衝去，他母親忙拉住他的衣服，說，崽啊崽啊，只能和你父親好好地講，吵是沒有用的，待我去、我去。

許老巴母親走到他父親身邊，只聽見他父親自言自語：

「五十塊大洋、五十塊大洋……一個遲早要嫁出去的賠錢貨，能值五十塊大洋？」

許老巴母親正要開口，他父親揮揮手，要她莫打岔，容他獨個兒好好想。

在許老巴父親的「好好想」中，日頭，已從照進這個名號寨子、實則就是個立在山坡坡上的院子裡，悄悄地移出去，移到西邊山坡，最後緩緩地落了下去。

當許老巴再也控制不住，正要吼著向他父親衝過去時，他父親緩緩地站了起來。

他父親緩緩地站起，低沉地發出了「第一號令」：

「今晚上煮餐好飯吃，炒塊臘肉，明天就賣穀、賣穀！」

發完號令，又兀自嘟囔不已，這個家反正是要敗了，就要敗在忤逆不孝的崽女手上了，趁著還沒敗完，咱自家也先吃餐好的！

晚上，他父親又發出了「第二號令」，說他雖然同意了賣穀，但如何賣，必須依他的。去找買穀的顧主時，不能說伶俐女子被吊了羊，不能說這穀子是為了救人，才能賣出個好價錢，才不至於被人家趁機壓價「打劫」。談價，得由他親自談，許老巴和他母親都不能多嘴。

吊羊三天期限的第一天，就這麼過去了。

第二天，許老巴請來幾撥雇主。但來一撥人，和他父親的定價談不攏，走了；再來一撥人，又談不攏，又走了……到得天快黑時，好不容易談攏了一家，答應第二天帶錢來挑穀。

這天晚上，許老巴父親圍著自家的穀倉轉圈圈，一夜沒睡。他的心，為了這黃澄澄穀子就要歸人家，在滴血。

第三天，許老巴大早就站到寨門外，扯長脖子望著那條進寨的山路，盼著挑籮筐、推獨輪車的快出現。可他等啊等、盼啊盼，直到太陽立在頭頂，也不見帶錢買穀的人來。

晌午過後，終於來了一個人，卻是來講「信用」的，說是他家主人考慮再三，這穀，還是暫時不買。為了別讓你老人家等，特意要他來專程走一趟，說一聲。「買賣不成仁義在」，你老人家可以另找買主。

許老巴和他母親急了。他父親卻如釋重負地噓了一口氣。

接下來發生的，是許老巴逼著他父親快把現錢拿出來，這回他父親任憑他起吼，只是獨自嘀咕，說他也盡到對女兒的情份了，他已找人來買穀了，可這穀子賣不出去，就怪不得他了，要他拿現錢他是拿不出，你們有本事你們就去尋，只要尋出現錢來，你們就拿去給土匪……

許老巴和他母親翻箱倒櫃尋現錢，硬是一塊錢都沒找出。

三天期限，過去了。

到得第四天上，許老巴父親說，今天就是有人來買穀，那穀子，也一粒不賣了。人死不能復生，只有為女兒超度來世了。

他父親已在心裡划算好，做個熱熱鬧鬧的道場，只要幾塊錢。比之給土匪的五十塊，可就省了四十多塊。

吝嗇至極的父親做了一場「圓七」的道場，用來超脫許伶俐的亡靈，以便她在陰間平平安安，爾後轉胎再降生於人間，享受榮華富貴。那場道場的規模令許多老人讚歎不已，說許老人家的女兒也算有福，雖然早早地沒了，但那麼大的道場，嘖嘖！

就在那場規模頗大的道場完後不久，一把天火將許老巴父親的寨子燒了。那天火好凶呵！只見得一團火球「轟」的一響，從天而降，舔出無數火舌……

火是越燒越大了，然救火的人終不多，俱說那是許伶俐冤魂燃起的天火。天火，可是撲得滅的麼？

天火終於息了後，許老巴不見了。他父親方知那火是自己兒子那個冤孽放的。

許老巴在他父親去取現錢做道場時，偷偷跟蹤，發現了父親藏錢的地方。那裡邊，白花花的銀洋一摞一摞，別說是五十塊，五百塊也有。

許老巴等他父親走後，鑽進藏錢的地方，抓幾把大洋放自己身上，而後點燃一把火……

許老巴放火燒自己父親寨子的事立即傳遍山裡山外，成為無人不論，無人不議的人物。有說他放火放得好，那麼個要錢不要人的東西，寨子活該被燒掉；有為他父親叫屈的，說五十塊大洋得賣出多少石穀啊，也怪不得他老人家捨不得；有嘆惜伶俐女子可憐的，說她就不該是個女子，若不是個女子，無論土匪要多少錢，父親也會拿出來的……說來說去，最後還是說到許老巴，說此人日後若成了官府裡的人，肯定六親不認；若成了山大王，則絕非只要五十塊大洋贖人的土匪可比。

然而，許老巴自從跑了後，再也未在家鄉露面。誰也不知他去了什麼地方，幹些什麼營生。久而久之，許老巴火燒他爺老子村寨的事就沒人提了，許老巴也就被人忘了。

許老巴雖然被人忘了，但只要地方上又出了新的什麼諸如兒媳婦總算熬成婆，便將「退位」的婆婆關在豬欄裡，餓得婆婆與豬搶食之類的事，熱議時，就會想到許老巴，因為這些總不如女兒被土匪吊羊、父親惜錢見死不救、兒子放火燒他個卵打精光那樣，難得有一次。

第三章

當我叔爺得知站在面前的這個屈八就是許老巴時，驚愕過後便咧開嘴巴笑，邊笑邊如同大人見著分別多年的小孩突然回家那樣，伸出手摸著屈八的頭，說：

「哎呀呀，屈八、許老巴，你可回來了，這些年你在外面是怎麼過的呵？」

我叔爺，其實比屈八還小幾歲。只是他那被炸瞎的一隻眼睛、臉上被彈片留下的傷疤，使得他看上去比實際年齡不知要大多少。彷彿真成了爺字輩。

不待屈八開口，我叔爺又說，你孤身一人在外面，肯定受盡了苦，那些苦，又只能憋在心裡，如今總算回到老家，見到了家鄉人，快把你憋在心裡的苦都講出來，講出來！

我叔爺這話，聽似是對回到家鄉的遊子關切之語，其實是要摸屈八的底。因為若論在外面吃的苦，有幾個人吃的苦有他那麼多？況且在外面也不一定就是受苦，說不定人家正是發了財回來呢！但我們老家人對從外面回來的人，大抵都認為是在外面吃了苦的，那外面，無論南京北京、漢口長沙，哪裡有自己家鄉好！自己家鄉的水，都比外面甜呢！外地方的生水，吃了肚子痛；在自己家鄉天天喝生水，沒有一點事！所以我叔爺這番關切的話，又非常符合我們家鄉的「鄉情」。

我叔爺吃糧當兵販子多次，不僅當過步兵傳令兵，還當過偵察兵，在衡陽血戰中先是當炮兵，到得炮兵無炮可打時，又以炮兵作為步兵使用……他這個死裡逃生的人，如今可絕不輕易相信任何一個人。

許老巴在外面十多年到底是幹什麼，為何突然回到老家，為何把個名字改成了屈八，一回到老家，怎麼一下又能把包括老春在內的一些人聚集到身邊，還要開什麼緊急會議，這些，我叔爺都要弄清楚。

然而，我叔爺想要弄清楚的這些事，他是絕不可能弄清楚的。出現在他面前的這個屈八，是絕非他一個不管是當過偵察兵也好、炮兵也好、並且是打過衡陽保衛戰的兵販子所能比擬的。儘管屈八在外面的確差點把命送掉，的確也是撿了一條命回來的，但他的那個差點掉命的事，是絕不會讓我叔爺乃至他最信任的家鄉人所知道的。他那個差點掉命的事，當屬於他自己的最高機密。並且，就因為那差點掉命的事，使他蒙上了一生之中最大的羞恥，那種羞恥，也許永遠都無法抹去！

我叔爺正要接著追問，從早已在等候我叔爺的人中間，響起一個脆生生的女子聲音：

「群滿爺、群滿爺，你先別問那些了，眼下是十萬火急的事，你先聽屈先生說。」

這個脆生生的聲音有如人在焦渴的時候，突然咬到一口甜津津、水汪汪的白蘿蔔，讓人頓時心曠神怡。試想想，來到這個緊急會議地點的人，我叔爺、老春、屈八、還有那些在昏黃的燈光的邊緣、尚未為我叔爺那隻殘剩點餘光的眼睛認出的人，都是些男人，在這本以為只有男人才能參加的場所，驀地迸出個年輕女子的聲音，能不令人為之一振？

我叔爺一聽那聲音，笑了。

我叔爺嘿嘿地笑著說：

「你不是西鄉江家村的江大小姐麼？江大小姐也來參加這個緊急會議？」

我叔爺聽著那脆生生的聲音，雖然來了一點精神，但他對年輕女子的興趣早已大不如從前，因為他知道自己的尊容，他那被炸瞎的一隻眼睛、以及臉上被彈片留下的傷疤，已經使得年輕女子對他望而卻步。儘管他的年齡尚在足以和年輕女子調情的相配階段。故而他對這個早就相熟且實在長得漂亮的女子，不是回應「哎呀呀，江家小妹，你也來了啊，我可是好久沒見到你了」之類的話，而是略帶嘲諷，並不無詭秘。他沒直接說出來的意思是，連你江大小姐都來參加的緊急會議，這「緊急」，恐怕就像當年許老巴在八十里山火燒他父親的寨子，白沙老街的人在幾天後喊，哎呀，快去救火。

我叔爺一喊江大小姐，那江大小姐不樂意了。江大小姐立即說：

「我不是什麼江大小姐，我有名字，我叫江碧波。不准喊我大小姐！」

我叔爺一聽，又嘿嘿地笑著說：

「好，好，碧波、碧波，你什麼時候有碧波這個名字了？這名字不是你爺老子給你起的吧？你爺老子跟我躠要好呢！」

我叔爺又要開始耍他那當兵販子練出來的貧嘴了。因為這位江大小姐江碧波的父親，和許老巴——屈八的父親一樣，也是個一塊徽豆腐吧兩餐飯，省出錢來好買田買地的人。只不過據說是那江忠源江大人的本親。江忠源是否給江碧波的祖上留下些金銀，祖上是否又留下些金銀給她父親，搞不清。雖說江忠源以清廉自律，但我叔爺認為，當官的不賺金銀，那就等於貓不舔腥，「三年清知府，十萬雪花銀」，何況官至巡撫。

我叔爺有意這麼說，好引出江大小姐父親的話題來；引出她父親的話題來後，我叔爺就會問，若是你被土匪吊了羊，你爺老子會捨得拿出五十塊錢來贖你不？由此再轉到屈八身上去，好套出屈八的秘密……

我叔爺這麼一問，江大小姐立即回答說：

「碧波這名字，不關我爺老子的事。是……」

「群滿爺，你抽煙。」

不等江大小姐說出是誰給起的名字，屈八已經摸出一根紙煙，塞到我叔爺手裡，接著「嚓」地一聲，劃燃一根洋火，我叔爺趕忙將煙叼到嘴上，就著洋火吸燃。

我叔爺在衡陽和日本人拼死廝殺，被炸瞎一隻眼睛，死裡逃生回來後，除了被人背後喊作瞎子外，什麼也沒得到，就連一番安慰的話都無人跟他說。他在貧窮、孤獨，和寂寞中挪著日子。如今有人來請他開會，他本有幾分興奮，可一見是連江大小姐都來了的會，就斷定是個講耍話子的會；可這講耍話子的會，又出現了個屈八先生，而他一和江大小姐說話，屈八先生立即敬煙……他頓時將屈八先生和江大小姐聯繫到了一起。這個屈八，是不是想和江碧波私奔呢？他想，私奔不對，私奔用不著喊這麼些人來，私奔的話，兩人早就跑了。屈八和江大小姐是要這些人來證婚，不敢讓兩家的父母知道……而這不請父母的證婚，無論老街人、鄉下人，皆是反對的，只有見過世面的人，才會理解，才會參與，所以屈八請來了老春，所以老春又受託來請他群滿爺，老春是常上城見過世面的，他群滿爺更是到過大地方的……

我叔爺自以為判斷得絕對正確。而屈八敬給他的那根紙煙（他自從在衡陽為奪日軍的大炮被炸瞎眼睛回到家鄉，可還沒抽過一根紙煙，也沒有任何人敬過一根紙煙給他呵），使他感覺到了一種久違的敬重，他把要「偵探」屈八的事頓時丟到一邊，呵呵笑道：

「碧波小姐，碧波小姐，你和屈先生請我群滿爺來是請對了，只是那喜酒，可也得照樣擺呵，當然，秘密擺，秘密擺。」

我叔爺想著他應該有餐好的吃了。

我叔爺這話一出，屋裡的幾個人愣了，稍傾，齊聲大笑起來。笑聲中有一個聲音喝道：

「群滿爺，你是想吃喜酒想癲了吧，你一來，盡講些廢話，耽擱了時間。快聽屈先生講那正事。」

屋子裡燈光昏暗，我叔爺憑那隻殘存的眼睛尚有的一點餘光，自然看不清屋裡的人，但只要有人一開口，他就能憑聽覺聽出是誰。

這個喊話的，於笑聲中有種威嚴。我叔爺一聽，又不免有點意外。

「和合先生，是你老人家啊?!早知你老人家也來了，我就會飛跑著趕來。」

這位和合先生，姓林，名之吾。光聽這名字，就可知他是出自書香門第，非農夫商販輩。林之吾確係鄉紳名流，但地方上曉得之吾先生的不多，若打聽之吾先生，多半搖頭，且疑惑，本人在這街坊這麼多年、在這鄉里這麼多年，怎麼就不知道這麼個名字？倘若問，你可見著和合先生？則連幾歲的小孩都會拊掌立言，和合先生啊，在那裡，在那裡！並立馬抓著你的衣襟，帶你去見和合先生。

鄉紳林之吾，以溫良和善著名，逢人皆是一副笑臉，地方人幾乎從沒見他發過脾氣，從沒和人發生過爭吵；而若街坊、鄉鄰吵架，他又必去調和，故得了個和合先生的外號。地方人說，要講這天底下如果沒有脾氣的人，那就是和合先生了！一日，從八十里山來了一個走人家，即探訪親戚的猛子後生，聽親戚講白話講到和合先生，大不以為然，決意親自去試一試和合先生到底有不有脾氣。瞅得和合先生出了門，走在扶夷江邊的小路上，此猛子後生旋從另一條路趕到江邊，將和合先生迎頭截住。江邊小路狹窄，和合先生一見，忙側身相讓，說，你先過，你先過，你請先過。後生不動，反岔開兩腿，將小路堵住，說，老子從這條路上過，從來沒碰到對面有人來的，今天既然碰上一個，我要講點禮性，讓你先過，看你怎麼過？和合先生將後生打量一番，說，你是要我受韓信胯下之辱啊，我非韓信，亦無大志，用不著受辱勵志，你不讓我過，我回去便是。和合先生轉身欲走，那猛子後生喝道，想走，沒那麼容易！上前一步，將和合先生揪住。被揪住的和合先生並不掙扎，更不慌亂，只是說，這位兄弟，我到底有什麼地方得罪了你，你要出氣只管出，我不怪你。猛子後生心想，真的碰上了這麼個不上火的人啊，揚起巴掌，本想嚇唬，卻真的刮在了和合先生臉上，後生正有點慌亂時，和合先生反把另一邊臉湊給他，說，這邊你還沒打，只要你解氣，儘管打。

猛子後生再也受不住了，「撲通」，雙腿跪下，只是喊，我服你、服你，我算服你和合先生了……

別以為和合先生林之吾如此這般便是儒弱之輩，非也，非也。凡地方有什麼事，只要他一出面，最後都聽他的。所以連我叔爺也對他敬畏。

這位和合先生在抗戰勝利後，地方人聯名要他當了鄉長。這一要他當鄉長，卻著實害了他。鄉長沒當幾年，解放大軍南下，程潛宣佈起義，和合先生和新寧全縣十三個鄉鎮長一道跟隨徐君虎，亦參加起義。起義部隊奉命到邵陽接受整編，整編的結果是，凡原武裝部隊排長以上、各鄉鎮長，皆遣散回老家。這一回老家，土改來了，十三個鄉鎮長被斃了十二個。和合先生本也在被槍崩之列，那斃人的念名字，念到林之吾，問，此人該殺不該殺？聽的人不知道林之吾是誰，齊聲回答，殺！林之吾遂被押上臺。一押上臺時，鄉人一看，那不是和合先生麼？和合先生在地方上可從沒得罪過人的啊！於是有人喊，這殺頭無論殺誰，也不該輪到他啊。眾人亦大嘩。甃人的又問，我再說一遍，林之吾到底該不該殺？眾人喊，他是和合先生，不是林之吾，林之吾該殺，和合先生不能殺！在終於搞清了林之吾就是和合先生後，留下了一條命。後來有人說，林之吾之所以未被槍崩，是因為他那大兒子在新寧起義之際，就參加了解放軍，後在廣西十萬大山剿匪中犧牲，是烈士，所以救了他爺老子一命。但鄉人皆不認可這一說法，皆說兒子是解放軍，是烈士，就能救爺老子一命麼，呔！那好多當了解放軍、共產黨大官的，爺老子照樣被崩了，共產黨為了革命，是不講什麼親情私情的！和合先生是搭幫從未得罪過鄉鄰！是我們鄉鄰救了他的命！和合先生自己也這麼認為，從此對三歲小孩也是哈腰弓背。不過他再哈腰弓背，幾年後，他那大兒子的命為他家爭得的烈屬光榮匾也被摘了、扔了，成了每次運動都得挨鬥的老運動員。直至改革開放後，方為他平反，他家不但重新掛上烈屬光榮匾，老先生還成了縣政協委員。

當下和合先生林之吾對我叔爺那麼一喊，我叔爺便坐下，說，好好好，聽屈八先生講，屈八先生你老人家就快把那十萬火急的正事講一講。

屈八講的十萬火急的正事，就是集結在東安、全州的日本軍隊，要進攻新寧，新寧的老百姓，又要遭殃了……

這麼真正十萬火急的緊急事，屈八為什麼不在我叔爺一走進來時，就趕緊說呢？這就是屈八作為土生土長的本地人，熟知我們家鄉的鄉情之故。

我們老家人對於開會的概念是，什麼叫做開會，開會就是議事，既然是議事，那就著不得急，若著急的事，便用不著議，一人做主，吩咐便是。然而，像日本人要進攻我們新寧、我們新寧人該如何對付的事，他屈八一個人能做得主嗎？他如果真採取一聲吩咐，就要人家照辦的話，那麼，他好不容易喊攏來的這幾個人，頓時就會走光。正因為屈八知道這些，所以他也不能著急，他得慢慢來，欲速則不達。因而，當屈八召集起老春、和合先生林之吾、江碧波等人正準備開會時，和合先生說，這樣的大事，恐怕得請群滿爺來才行，只有群滿爺真刀真槍和日本人幹過仗。

和合先生這麼說時，老春有點不服氣。老春說去年日本人來時，他就逃脫了，日本人追他不上，沒有他的腳力；日本人開槍，也沒打中他，那槍聲，「嘎崩、嘎崩」。和合先生則說，老春，你春碓春出的腳力，在我們老街那是數第一，我們老街人哪個不講你老春厲害，稱得上英雄！但你碰上的是要抓挑夫的日本兵……現在是鬼子大軍壓境，我們這地方只有群滿爺是隨中央軍跟日軍血戰過的，他最瞭解敵人的裝備、火力、行兵佈陣。只是，要請群滿爺，非你老春去不可。你老春不出面，他群滿爺絕不會來。和合先生這話一出，老春拔腿就走。然在我叔爺未來之前，這會，便是「等會」。而在我叔爺到來後，倘若和合先生不說聽屈八講，屈八也是不得先講的。和合先生的份量已可見一斑，就如同他是會議主持人。主持人不宣佈開會，那會就算議得熱鬧，也等於沒開。

鄉人開會，就是這般，任你是火燒眉毛，「禮數」得到場。這「禮數」，其實也就相當於現在的程式。

程式一啟動，屈八將日本軍隊就要進攻新寧的緊急態勢一擺出來，和合先生旁邊站起一個人，大聲說道：

「日本人去年劫掠我們新寧，今年又來侵犯我們新寧，二次來犯，是可忍，孰不可忍。去年我們是不知道日本人突然來襲，今年我們既然已經知道，就該給他一個迎頭痛擊！」

這人說話，儘量想表現出老成，卻怎麼也脫不了那股學生腔的激情。

立即有人對他說：

「鄭南山，你這個教書先生說得輕巧呢，就憑我們幾個人赤手空拳，能去痛擊日本鬼？」

鄭南山猛地將右手往上一伸，啊地一聲，吼道：

把火把舉起來
把火把舉起來
把火把舉起來
讓我們每個人火把的烈焰
把黑夜搖坍下來
每個人都舉起火把來

鄭南山吼的是詩人艾青的〈火把〉，可除了屈八、江碧波外，其他的人都以為他在發癲。屈八並不知道這是艾青的詩，但知道他是在念詩，像這種熱情衝動的人，正是他最喜歡，且最容易掌握的人。江碧波則是為那種激情感染。

鄭南山之所以突然吼起艾青的詩來，因為他是艾青的學生。

艾青曾於民國二十八年九月，辭去《廣西日報》副刊編輯之職，從桂林來到新寧，擔任為避戰亂而由衡山遷至新寧縣城的衡山鄉村師範學校國文教員。這所學校在新寧招收了不少本地學生，鄭南山插班進入最高年級。最高年級的兩班國文，正是由艾青執教。

艾青一來新寧任教，他的學生享受到了從未有過的學習自由。他上第一堂課時就對學生說，我講的你們愛聽就聽，不愛聽的可以離開，不必坐在這兒受罪。且不用官方審定的國文教材，全用他自己編寫的「活頁」文選，選的皆是世界著名作家的名篇。要學生作文則強調有感而發，說只要不是抄襲，你們想怎麼寫就怎麼寫，寫出真情實感來就是好作文。

熱愛詩歌的鄭南山，自然奉艾青為偶像。

住在扶夷江邊的艾青，不但在這裡寫下了〈山城〉、〈水牛〉、〈浮橋〉、〈曠野〉等許多詩篇。而且完成了敘事長詩〈火把〉的創作。

鄭南山是最先讀到艾青〈火把〉的學生。

艾青於次年五月離開新寧，前往重慶；幾個月後，鄉村師範遷往距新寧九十里的武岡縣城，更名為湖南省立第六師範學校。

鄭南山在武岡六師畢業後，回到新寧，當了老師。成為年輕的教書先生。

這個年輕的教書先生教課仿艾青的「風格」，也讓學生有充分的自由。但他給學生的自由卻不但不為學生樂意，更為學生的家長詬厲，說他教的什麼鬼書，對學生放任自流，是誤人子弟。

鄭南山自喟在這樣的山區小城教書是不得志、屈了自己的才，學生及家長愚昧。「燕雀安知鴻鵠之志」，是他對詬厲自己的人的內心答覆。「亂世出英雄」，他決意要幹一番驚天動地的事業。故而當屈八找著他，將回到老家的意圖略述，兩人一拍即合。

鄭南山以滿腔激情吼出的幾句〈火把〉剛一落音，原本坐在他後面的瑤人獵戶楊六吼了起來。

楊六吼道：

「你喊什麼冤魂啊？日本人還沒來！」

鄭南山還沒從激情中緩過神來，江碧波已替他回答：

「六阿哥，他是念詩呢！」

「念詩？有這麼念詩的啊？以為我這個打獵的沒見過念詩的？我見過的念詩的多呢！我一給有學問的人家送捕到的竹鼠去，人家就念『捉（碩）鼠捉（碩）鼠……』念詩的都是搖頭晃腦，斯文而吟，他這是要放火燒屋呢！」

楊六一說鄭南山念詩是「要放火燒屋」，我叔爺對著屈八笑起來。

屈八趕緊說，老六，鄭老師念的是新詩、新詩。鄭南山則說，楊六你不懂，這是大詩人艾青的詩，就在我們新寧寫出的詩。

獵戶楊六立即駁道：

「就在我們新寧寫出的？我怎麼沒聽說過？他這個大詩人是怎麼個大法，難道比李白還大啊？李白斗酒詩百篇，他喝酒能跟我比不？」

鄭南山說：

「李白是唐代的大詩人，艾老師是當今的大詩人。艾老師喝酒能不能跟你比我不知道，但我們新寧的好山好水，他是寫入了詩中去的。你要不要我再念一首他寫我們新寧的〈水車〉？」

楊六說：

「你要念就念，我估摸著他那『水車』，就是準備用來滅火的，以免你真的放火燒屋。」

我叔爺又笑得哈哈的。他這回的笑，是因為楊六講「放火燒屋」等於影射了屈八放火燒他爺老子的案子。

這時和合先生說話了。和合先生說：

「南山，你講的那個在我們新寧寫詩的大詩人，是不是經常一個人在野外躑躅，還沿著扶夷江往下走，拿著塊畫板畫畫的先生？」

「是啊，是啊，艾青老師曾留學法國，原本是學西洋畫的。」

「他是留洋生啊！怪不得，怪不得他要舉起火把燒屋。」我叔爺趁機「亂坨」，再一次影射屈八。

鄭南山一聽我叔爺的話，哭笑不得，他便要大講〈火把〉的深刻涵義。他一開講，可急壞了屈八。若讓鄭南山這麼講下去，今晚上這會……

還是和合先生阻止了鄭南山。

和合先生說：

「南山南山，我知道你的詩也寫得好，你是大詩人的學生，這個關於火把的問題，我琢磨著就是要把人組織起來。今晚屈八先生請我們來的目的，也是要我們一起合議個法子，組織些人馬，不能讓日本人像去年那樣……」

和合先生這話，既安撫了鄭南山，又撥正了會議的航向。

老春立即說：

「對啊對啊，我們此時所在的地方，就是去年那個日本小隊長火燒老街後，駐紮個什麼司令部的地方；狗娘養的日本人，就是從這個祠堂出發，把藏在神仙岩的人困住，用煙全部薰死。這一次，我們可得給日本人一個厲害看看！」

「對，對，這次是得給日本人一個厲害看看！」

於是，這個秘密會議，正式轉入了如何對付日本人的正題。

於是，這個由曾經放火燒自己爺老子村寨的屈八召集，有差點被日本人抓去當挑夫的老春、打過衡陽保衛戰的兵販子叔爺、和合先生林之吾、教書先生鄭南山、大小姐江碧波、瑤民獵戶楊六等人參加的會議，成了我們老家民間的第一次抗日會議。

別以為鄉人、山民愚鈍，別以為他們在商議這麼重要的事情前還不著邊際地磨蹭了那麼久的時間，就斷定他們議不出個什麼真正有效的對付窮凶極惡的日本人的辦法來；這些鄉人、山民只要一被發動、組織起來，只要把心攏齊到一塊，連天都能翻個邊！新寧這個位於湘西南邊陲、和廣西交界的山區之域，早在西元前一二四年，就為扶夷侯國，縣域內有漢，瑤、苗、侗、壯、藏、蒙古、回、彝、白、土家、黎、錫伯、滿族等十六個民族，僅在清道光年間，就有藍正樽、雷再浩、李沅發等三次大的瑤民、漢民起義，那都是上了中國近代史詞典的。而守土拒外敵之烈，使得太平天國大軍三次攻打新寧，都是傷亡慘重不得不敗退。就連威名赫赫的翼王石達開在天京內訌後率部出走，攻破寶慶後，揮兵直取新寧，也未能佔據。新寧的鄉民、山民、少數民族，千萬別把他們惹得太狠，逼得太凶。日本人在民國三十三年侵入新寧，我們老家人就是以為不撩日本人，不惹日本人，日本人就不會把他們怎麼地，誰知日本人不但殺人放火、姦淫搶掠，而且將藏在神仙岩裡的百姓全部用煙薰死。在這民國三十四年，日本人又要侵犯，那就是惹得太狠，逼得太凶了，他們可就得品嚐自己種下的惡果了。

因而，別看這麼個小小的會議，從戰略上來說，它直接影響到了日軍的合圍芷江。就是在這次秘密會議後，成立了我們老家第一支由百姓組成的抗日隊伍。而就是這支抗日隊伍，伏擊攻打新寧的日軍，繼而馳援武岡……他們和雪峰山域其他地方的民眾抗日隊伍一樣，給中國軍隊送情報，捐物資，獻守城之計，打日軍的伏擊，切斷運輸線，將迷路的日軍引往絕地，為中美空軍指引轟炸目標……使得日軍諸多進攻計畫或受阻，或徹底破滅。當然，這些都是屈八他們在行動之前和行動中根本沒有想到的。他們只是在客觀上達到了這一成效。而日軍也根本沒有想到，在這次雪峰山會戰中，他們竟然會面對奮起抵抗的百姓。因為不惟是我的老家新寧，在隆回、洞口、武岡、洪江、芷江、辰溪、沅陵、黔陽、溆浦等各個地方，在整個雪峰山東麓，老百姓幾乎處處與他們為敵，處處讓他們吃盡了苦頭，成為在中日戰場最後一次大規模會戰中、他們徹底潰敗的一個因素。以致於他們不得不發出：湖南山裡蠻子——可怕！

三十六年後，一些參加過雪峰山會戰的日軍中下級軍官，作為日本朋友，「戰地重遊」，向知曉此次戰役中一些戰鬥的當地老人詢問，要得出他們為何慘敗的一些原因，其中主要是對山民的騷擾抗擊不可理解。有關資料如實地記述了一個旅團長和一個老鄉的問答。

問：我們的部隊一來，為何老百姓就知道我們是日軍？（山裡的許多老百姓在這之前並沒見過日軍）

答：你們煮飯吃不燒柴火，專燒壁板（山裡的房子都是木屋壁板）和傢俱；吃完飯後將鍋子、碗筷、水桶和用過的傢俱全部打爛……那就肯定是日本兵哪！

問：我們的部隊在這裡幹了哪些壞事？難道就沒有幹一點好事？

答：你們在這裡的好事找不到，壞事講不盡。你們燒房子、殺人、強姦婦女、搶東西……我們這裡四個村子，凡是在你們來時沒跑出去的男人，都被殺光，凡是沒跑出去的女人，都被強姦，有筆數字呢！你們連幾歲的女孩、七十多歲的老太婆都不放過！我那個院子裡的張滿娘，被強姦後推到坎下田裡，爬起來時，又被日本兵用石頭活活砸死……我們四個村只剩下一頭耕牛、三頭豬、七隻雞，這剩下的牛和豬、雞是跑到山裡去了，沒被你們抓到呢……

另一個老鄉插話：你們沒來打仗之前，我家有十五口人，打完仗後，只剩六口人了。

又一個老鄉插話：我們院子的吳文季，被日本兵活活剝皮、燒死。你們的士兵抓了他去當伙夫，卻不讓他這個伙夫吃飯。餓得頭昏眼花的他，去收拾日軍吃過的飯碗，跨門檻時一跤跌倒，一個日本兵先是哈哈大笑，接著走上前去，一把抓起，「啪啪」兩耳光。吳文季忍不住罵了一句娘，翻譯官馬上翻譯，這個日本兵立時端起長槍，朝他胸脯上連刺幾刀，頓時血流如注，昏倒過去。日本兵還不解恨，又用繩子將他捆綁在一棵樹上，一刀將他的額頭劃破，然後將額頭的肉皮剝開，往下一拉，用肉皮遮住他的一雙眼睛，再在樹周圍鋪上一大堆乾柴，提來一桶煤油潑在他的身上和柴上，燒起了大火，烈火過後，剩下的是一堆白骨。還強迫我們看……

日軍旅團長：我們有罪，我向你們請罪！（對著三個老鄉行了三個九十度的鞠躬禮）

陪同前來的湖南省有關部門一個領導插話：現在我們中日友好，要世世代代友好下去，要向前看。

日軍旅團長：你們向前看，我們要向後看，看看我們做的壞事。我們部隊上面規定的紀律是很嚴的，這些壞事都是下面幹的，特別是我自己也幹了不少壞事。對不起中國人民。對不起！（又鞠躬。鞠躬完後，沉吟一會）但我還想問兩個問題。

答：你只管問。

問：我們的部隊和國民黨的部隊有哪些不同？

答：在這裡打仗的國民黨部隊不殺人，不放火，不強姦婦女，不毀壞房屋和傢俱，主要只抓民夫，向我們要吃的東西。他們抓民夫也不把理由講清，沒有說為的是幫他們挑東西、帶路去打日本兵，所以我們被抓的知道是去打日本兵後，就不逃跑；不知道的，也在半路上溜走。

問：你們普通百姓是不是經過正規軍的動員後開始對我們實施襲擊的？

答：哪裡有什麼動員，就連日本人就要打來了都沒告訴我們。我們老百姓打你們主要是三種，一種是親眼看見你們燒殺搶掠強姦婦女後，就開始報仇，專門對付被打散的潰兵、迷路的士兵；一種是原來成立的用以對付土匪搶劫行人的自衛隊，主要是打你們小部隊的伏擊；

還有一種是自發組織聯合起來的，有漢民、瑤民、侗民、苗民……就連原來的一些土匪，也加入了進來。我們山裡人獵戶多，槍也打得準，打暗槍的就是這些高手……

日軍旅團長（豎起大拇指）：等同於狙擊手。山民，了不起！我軍在東北打仗，不管任何城市，勢如破竹，長驅直入，如入無人之境。在雪峰山，我們寸步難行，傷亡慘重，全線潰敗，是我們沒有意料到的……

豈止是這個旅團長沒有意料到，就連作為日軍最高指揮官的岡村寧茨，對合圍芷江之仗考慮得不可謂不周到，所制訂的「正面進攻，分進合擊，鑽隙迂迴」的戰術不可謂不正確，攻勢更是兇猛，但他也沒有意料到此次戰役會以自己大敗、中國軍隊完勝而告結束。

第四章

岡村寧茨在即將擔任中國派遣軍總司令、制訂芷江攻略戰時，尚在南嶽衡山的白龍潭釣魚。

白龍潭位於南嶽集賢峰下，瀑布衝瀉，翠珠濺花，潭底幽深，綠樹遮掩；其上有道觀，名黃庭觀，據傳係晉代衛夫人得道成仙升天之地。蔣介石曾在這裡主持召開過四次軍事會議。白龍潭下有一棟農舍，則是當年游幹班中共代表團所住之處。

衡山被日軍佔領後，岡村寧茨一來，司令部便設在此地。他是否特意要設在這個蔣介石及中共代表團都曾住過的地方，以示他的勝利，不得而知；他這個中國通是否對中國的道教頗感興趣，抑或也想修道登仙，亦不得而知。但他相信占卜，倒是的的確確。

是年初，日本占卜師小玉吞象為他占了一卜，說他在今年將有大運，必定高升，至於升到哪一級，不好說。岡村想，以自己現在的位置，再往上升，那……他頓時興奮，但未流露半點，轉而問戰局將會如何？占卜師答曰，年中直到秋季將有一場大戰，作戰方位當在西南……

果然，這年四月，日軍開始了打通大陸交通線的一號作戰，八月二十六日，他被任命為第六方面軍司令官，十一月二十四日，就任中國派遣軍總司令。

從擔任第六方面軍司令官到中國派遣軍總司令，不足三個月的時間。這一切，不正是為占卜所占準了嗎？其實，他心裡清楚，他之所以升任得這麼快，是因為日軍在太平洋戰場節節失敗，局勢已經岌岌可危，要他來收拾殘局。

在擔任第六方面軍司令官後的十月七日，他來到了衡陽，當天夜晚，便渡過湘江，到了南嶽。

第二天下午，他就到白龍潭釣魚了。

岡村寧茨釣魚，若能讓山民看見，那就是一個地道的釣翁。他頭戴竹殼斗笠，身披蓑衣，手持長長的釣竿，正襟危坐，屏息凝氣，只待魚兒上鉤。他戴斗笠、披蓑衣，若從實用價值來說，既可遮陽避雨，又可擋住瀑布激起的水花濺濕衣服。然要遮陽避雨阻擋水花，自有衛兵替他撐傘，架設圍檔，根本用不著戴斗笠、穿蓑衣。他之所以如此，乃是仿效中國高人，於釣魚中指揮戰役。

岡村寧茨看似有「閒雲野鶴」之態，其實心裡正在焦慮著整個戰局。

自一號作戰以來，日軍雖說戰果輝輝，從河南一直打到了廣西。然而，岡村寧茨自八月二十六日在北平接到日軍大本營「為了進行湘桂作戰，防守武漢地區，特編組第六方面軍，由岡村寧茨擔任第六方面軍司令官」的命令，很快又接到中國派遣軍總司令部要求他儘快到漢口上任的指示後，卻不敢坐飛機直飛漢口。

他不會忘記，就在上年四月，海軍上將山本五十六就是因座機被美國飛機擊落而喪了命。他非常清楚，華中西部的制空權已非己有。他可不願意成為第二個山本五十六。但他絕不會流露出半點害怕直飛漢口恐遭中美空軍攔截的意思，他找了個非常充足的理由，先乘火車到南京，再由南京乘坐小型偵察機，於清晨沿長江上空飛抵漢口。他之所以選擇清晨起飛，是因為清晨遭遇中美空軍的機率較小。

他在偵察機上看著長江江面，心裡暗暗吃驚，江面上空蕩蕩一無所有，長江航運竟然中斷，日軍運輸船隻沒了蹤影，全被中美空軍炸沒了。他剛從偵察機裡鑽出來，空襲警報便淒厲地叫得刺耳。隨行人員忙拉他躲避，他站立不動，眼望長空，直至敵機真的臨空，他才似乎鄙夷不屑地走進專為他準備的掩蔽室。

他怕自己的座機在空中成為敵機攔截的對象，但在這他剛到任第六方面軍司令官的地面，他得保持大將的鎮定。

在漢口，留在他心目中最深的一個印象，是偕行社中日本少女臉上的那種神色。

他對偕行社有種特殊的感情，因為偕行社這個名字取自中國《詩經》〈無衣〉中「與子偕行」一句的兩個字。中國的《詩經》，是他喜愛的一部書。偕行社，也是他無論在日本國內，還是在中國，都常去的地方。

偕行社是明治十年一月三十日，由一些日軍現役軍官成立的團體。當時組成的目的大致為，鞏固陸軍軍官的團結，加強親善和睦，陶冶軍人精神，鑽研軍事，義助社員並為軍人、軍屬提供方便。相當於陸軍軍官集會、活動的俱樂部。到得二戰時，偕行社的「業務」早已大大擴展，不但出版軍人敕諭、軍籍簿、兵書，而且販賣軍裝，並開設飯店，出租房屋，提供各種服務，成為日本軍人的一個尋樂之處。

岡村寧茨到達漢口的當天晚上，就去了偕行社。他去偕行社，當然不是為了尋樂，而是「視察」。在偕行社能接觸到各等官兵，更能體現出他對部屬的親善。偕行社裡，依然熙攘，但在這裡享受的日本軍人和照料日本軍人的服務人員，皆無生氣。軍人彷彿是「今朝有酒今朝醉」，服務人員則彷彿是迫不得已在做著不能不做的事；尤其是那些服務軍人的日本少女，臉上的那種淒涼，即使用強裝的笑容也無法遮掩。

日本國命運的陰影，已經籠罩著日本人。白天，在原本掛滿日本店鋪幌子的武漢三鎮，已見不到幾個日本人，他們大都撤離回日本去了。夜晚，就在這可供軍人取樂的偕行社，也是彌漫著愁雲慘霧。

不知為什麼，日本少女臉上的那種遮掩不住的淒涼，竟不時浮在岡村寧茨的眼前，令他揮之不去。以致於在歡迎他就任第六方面軍司令官的宴會上，當他強調必須加強軍隊紀律，加強紀律才能提高士氣，保持士氣，為加強紀律，就得隨時檢查士兵的紀律時，突然說出了這麼一句話——要以中國姑娘的眼神作為檢查日本軍隊紀律的一種標誌。

他這句話一說出，在座的一百多名軍官似乎皆有點訝然。

他隨即說道，我們的軍隊，必須讓中國人相信，我們是為了他們的利益而來的，如果中國姑娘看到我們的士兵，眼神裡透露的是信任，是親切，那麼我們大日本帝國皇軍所到之處，老百姓就會簞食壺漿。所以，要以中國姑娘的眼神，來檢驗我們軍隊的紀律。

他這話，在部屬們聽來，其實就是建設大東亞共榮圈的翻版，但這種對軍隊紀律的要求，卻是從來沒聽到過的。這也就是三十年後，參加過雪峰山會戰的那位旅團長「戰地重遊」，在和當地老鄉問答時，之所以說出「我們部隊上面規定的紀律是很嚴的，壞事都是下面幹的」原由了。

而岡村寧茨說出這句話，是因為偕行社日本少女那淒涼的臉色倏地又在他眼前晃了晃，那種臉色，本應該是中國姑娘的，可現在連自己本土的姑娘也是那種臉色，他的內心，實際已不能不恐惶，他明明知道在這次大戰中，美軍太平洋戰場已是勝券在握，日本只能是苦苦掙扎，但他如同驀地來了靈感一樣，如果他的軍隊所到之處，中國姑娘皆是報以微笑，那麼中國這個戰局，還是能夠穩定的。

岡村寧茨也許忘了他在任華北方面軍司令官時實行「燒光、殺光、搶光」的「三光」政策了，也許他認為彼一時，此一時也，他從現在開始要整肅軍隊紀律了。然而，就當他的司令部設在風景勝地、道教聖地南嶽之白龍潭時，就當他似乎在潛心釣魚時，五嶽獨秀的衡山南嶽，便遭受了日軍的瘋狂蹂躪。九月八日上午，上封寺被日軍摧毀，俊修和尚被殺；十月，設在水簾洞處的省立工業專科學校被毀，中山堂亦被拆毀……至於在衡山未淪陷之前，日軍飛機數次轟炸南嶽，炸毀南嶽大廟古建築，炸毀南嶽古鎮四街……等等，可說他不知道，而就在他身邊發生的對南嶽的暴行，他難道也不知道？在他離開南嶽後不到一個月，即十二月下旬，日軍井上部隊便將省立農業專科學校全部破壞，旋拆毀省立南嶽圖書館，又將私立嶽雲中學、五四中學、南嶽汽車站、中國旅行社統統搗毀。次年八月末，日本已宣佈投降後，日軍華南指揮官武侯中將又將省府南嶽招待所拆毀，省商業專科學校被付之一炬，大火四天四夜不熄……

岡村寧茨在南嶽住了近兩個月，南嶽的劫遇，是對他說用中國姑娘眼神來檢驗他的軍隊紀律那句話的注腳之一。

也許是白龍潭風景的秀麗寧靜，釣魚的岡村寧茨眼前算是再也沒有晃動日本少女那淒涼的臉色，但當他抬頭看著南嶽的天空時，卻又不能不想到了可惡的「天空」。

他離開漢口來衡陽之前，要先去廣州看望第二十三軍，就在準備動身的頭天夜裡，武昌和漢口的中央彈藥庫便遭到中美飛機的空襲！第六方面軍在武漢的彈藥總儲備量被炸損百分之二十，汽油損失百分之十五……

劇烈的爆炸持續了幾個小時。在這幾個小時裡，岡村寧茨可就再也鎮定不住了，他在地下掩體房間裡焦躁地踱來踱去，咒罵著中美空軍的可惡，斥責著防空警備的薄弱……

前往廣州。他照樣不敢從漢口直飛廣州，他又想到了山本五十六。他的座機竟是繞道台灣，再從台灣飛往廣州。

他在廣州對二十三軍親示關懷後，轉而來衡陽。他到達衡陽機場，一下飛機，又遇上空襲。前來迎接的第十一軍司令官橫山勇立即將他拉入防空壕內……

制空權、制空權……制空權到哪裡去了？他明明知道制空權之所以喪失的原因，但他還是不得不在心裡呼喊制空權。一呼喊制空權，他想到了珍珠港事件，他對偷襲珍珠港、發動太平洋戰爭是不贊成的，他認為在沒有解決日中之間的戰爭時，又發動日美間的戰爭實屬下策。他斷定只要對美國一開戰，日本就危矣！所以儘管偷襲珍珠港取得了莫大的勝利，他的擔心卻越甚。果不其然，美軍不但很快在太平洋戰場佔據了主動，而且在塞班島登陸戰後，使日本在太平洋上的海陸空戰力消耗殆盡……但他是軍人，軍人以服從為天職。他只能、也必須服從上層領導所決定的事，盡自己的可能去為不能。

他既然已經接手了這麼一個爛攤子，他就不能讓軍官們看出他有絲毫的惶惑或不安，他得給軍官們一個成竹在胸的印象。只要有他在，所有的一切都會恢復到從前。日軍，仍然是戰無不勝的。於是，他很有風度地欣賞起周圍的美景來。

他看中了白龍潭。下午，他就來白龍潭釣魚了。

就在他每天的釣魚中，桂柳戰役的捷報不斷傳來。

桂柳戰役，是他在漢口就佈署好的，一切，都是按他的佈置進展：全州，被攻佔；清水關、永安關，被搶佔；湘桂邊界的制高點都龐嶺，被控制……桂林東面的門戶，被打開；大軍已抵柳州、南寧外圍。

岡村寧茨能不安心釣魚？

這白龍潭的魚也多，以他高超的釣魚技術，每天收穫頗豐。於美麗的風景之中，他的心境似乎頗佳。

然而，影響他心境的事卻接踵而至。他的第六方面軍竟發生了軍官之間互相殘殺的事，一名中隊長被小隊長炸死了。

事情是這麼發生的：駐紮在湘潭附近的一支日軍部隊進行演習，一名中隊長和他屬下的小隊長發生口角，中隊長「啪」地給了小隊長一個耳光，並警告他，下次你再敢這樣，就將你殺掉！小隊長認為中隊長肯定會找藉口殺掉他的，他反正躲不掉的，與其被人殺，不如先殺人！於是，趁夜裡睡覺時，小隊長將一枚手榴彈扔到中隊長的床上……

日本軍官殺軍官的事，在岡村寧茨手下還從來沒有發生過。他知道，這是士氣低落、悲觀失望情緒的一種反映。

岡村寧茨重申加強部隊紀律，強調軍官互相尊重，杜絕野蠻粗暴。當然，對於那個小隊長，在經過審判之後，不殺掉是不足以儆戒的。只是那個小隊長在面對死刑宣判時，竟顯示出了皇軍的大無畏，竟說他遲早是要被殺的，不是被已被他炸死的中隊長殺掉，就是被中國軍隊殺掉。現在被槍斃，屍體還能運回故土去。這一點，沒有讓岡村寧茨知道。

軍官殺軍官的事剛完，他接到報告，接連有兩支部隊的密碼本丟失了。岡村寧茨一聽說密碼本丟失的事，不能不發了大火，嚴令立即追查密碼本的去向。他又想起了山本五十六。山本五十六就是因為密碼被美軍破譯，得知其座機行蹤而喪命的。

令人沮喪而又惱火的事一樁接一樁，使得在白龍潭畔釣魚的岡村寧茨又怎麼也靜不下那顆強作鎮定的心。

突然，垂在潭中釣線上的浮標急速往下沉，一條大魚上鉤了。一見有大魚上鉤，他興奮起來。要將這條上鉤的大魚釣上來，可不能性急，得在水中將大魚戲耍得筋疲力盡後再收線。他忽而放鬆釣線，忽而拉緊釣線，正在饒有趣味地戲耍著那條大魚時，那條大魚猛地掙脫釣鉤，甩起一陣巨大的水花，跑了，再也不見蹤影了。

上了鉤的大魚，竟然能從他手上跑掉，可是絕無僅有的頭一次！懊惱的岡村寧茨惘然地看著慢慢平靜下來的潭水，又想到了接連發生的一系列事件……他甚至想，這釣魚的失利，是不是極為不祥的預兆？

大魚脫鉤而走這不祥的預兆令岡村寧茨內心有點惶惑不安，但他來的卻是好運，十一月二十四日，委派他就任中國派遣軍總司令官的詔書到了。

接到詔書的岡村寧茨不能不有點誠惶誠恐，儘管他知道接任的這個總司令官等於是個收拾殘局的官，但依然決心「必將把握解決戰局之轉機，奉慰聖懷」。

他的「把握解決戰局之轉機」，就是決定拼死一搏，奔襲四川，打垮重慶國民政府。

他認為只有孤注一擲，直取中國政府陪都，才能從根本上扭轉整個戰局。

奔襲四川將兵分三路：主攻部隊為湖南地區日軍，首先攻陷芷江，然後攻佔重鎮涪陵，繼而橫渡長江攻佔重慶；另外二路則分別從貴州和武漢出發，攻佔成都和萬縣，完成對重慶方面的合圍。

然而，他的這個進攻計畫報到東京大本營後，卻不但未被批准，反而遭到訓斥。訓斥的大意是他不自量力。

同時，在他召開的侵華日軍最高軍銜的軍官討論會上，與會的十二位軍團以上軍官也全部反對這個計畫。理由皆是兵力不足，守衛各自的防區尚且費力，更不用說抽調兵力了。

岡村寧茨因自己的計畫上未能為大本營批准，下未能為部屬贊同而惱火不已。儘管他始終認為，要挽救大日本帝國的命運，就必須按照他的計畫進攻四川。但他也只能莫可奈何。

就在岡村寧茨為大本營不採納他突襲四川的計畫而莫可奈何時，這期間發生的兩件事，則直接促使了合圍芷江計畫的產生。

一件是岡村寧茨離開衡山去湘潭「視察」，他的座機剛起飛不久，空中突然出現了美軍的飛機，所幸的是，美軍飛機並不知道這是他岡村寧茨的座機，因而也就沒有出現第二個「山本五十六事件」。

岡村寧茨逃過一劫。

第二件是接手他任職第六方面軍司令官的岡部直三郎大將在乘運輸機直飛廣州時，中途又遭遇了中美飛機的攔截。雖說沒有被擊落，但岡部大將被彈片擊中，險些喪命。

派遣軍最高司令官和方面軍最高司令官都無法乘坐飛機出行了，那還了得！

攔截的飛機是哪裡來的？哪裡來的？

湘桂鐵路、粵漢鐵路均遭轟炸，所有的運輸線路幾乎都無法通暢，轟炸的飛機是從哪裡起飛的？

日本大本營的命令來了，摧毀湘西芷江機場！

對於大本營的這一命令，岡村寧茨始是並不以為然，他認為就算摧毀了芷江機場，也無法改變整個戰局。要改變整個戰局，只有用他的突襲四川之策。

岡村寧茨要突襲四川，一舉攻下中國政府陪都之策，怎麼地讓人不由地想到《三國演義》中魏延向諸葛亮所獻的兵出子午谷，直取長安之計。在諸葛亮六出祁山皆告失敗之後，魏延曾說，丞相若是依我言，長安早已攻取多時矣！

岡村寧茨也許的確就是想到了魏延的這條計策，所以才有了突襲四川之策。此招雖為險招，他認為卻是惟一的取勝之招。然突襲四川既然未獲大本營批准，也未得部屬贊同，而在他進攻四川的計畫中，欲攻四川，必先進攻湘西；這摧毀湘西芷江機場，先拿下芷江，佔領湘西，不就是實際上完成他攻佔四川計畫的第一步嗎？

於是，兵分三路，穿越雪峰山，合圍芷江的作戰計畫迅速制定。

對於芷江攻略戰，岡村寧茨自認為是必勝無疑。一個小小的芷江，在他眼裡算得了什麼？拿下芷江，摧毀中美空軍基地，完成大本營指定的任務後，他將揮師入川，直取重慶，挽大日本帝國的命運於垂危之際！

第五章

屈八召集的緊急會議，就是在岡村寧茨制訂了合圍芷江的計畫之後不久。

不要以為將鄉人的會議和岡村寧茨的計畫聯繫到一起，是我這個作者在牽強附會。因為圍繞戰爭發生的許多事情，是連身經百戰的上將也難以想到的。不管這上將是正方或者反方。一些關鍵時刻的壞事或成事，就是最基層的人所致。

在南宋的抗金史上，女將梁紅玉擂鼓戰金山，將金兀朮圍困在黃天蕩，元帥韓世忠原以為金兀朮已是甕中之鱉，沒想到卻被逃脫，以致於仰天長歎，喟煮熟的鴨子又飛了。而金兀術之所以逃脫，就是當地一個爛秀才出的主意——連夜挖通了一條河。

元末，朱元璋打著抗元的旗號，其實根本沒和元兵打什麼仗，而是坐觀其他義軍和元兵廝殺，自己只擴張勢力，等到元兵被消滅得差不多了，他再一個一個地將「義軍兄弟」收拾乾淨，最後稱帝。朱元璋之所以如此，就是採納了一謀士獻的「高築牆，廣積糧，緩稱王」之策。這謀士名叫朱升，是元末舉人，但這個舉人在未成為朱元璋的謀士之前，僅僅當了一下池州路學正，後辭去「地區教育局長」之職，到歙縣石門山講學，朱元璋召見他垂問時務時，也就是個教書先生而已。

在雪峰山會戰中，就是民眾獻的一條築城之計，使武岡城的工事堅固無比，以致於日軍四面合圍武岡，十天都沒有攻下。這條築城之計，後面有敘。而一座小小的武岡縣城的久攻未下，正是日軍三路進兵，全線潰敗的一大原因。

屈八他們的會議，進入了實質性的議題，那就是要和日本人幹，人從哪裡來？槍從哪裡來？說到人和槍，猺民獵戶楊六第一個發話了。

楊六說他可以集合起幾十個獵戶、幾十桿鳥銃。

這猺民獵戶在山裡打獵的本領和槍法，可謂名聞遐邇。因為他們在山裡的生活，除了種幾塊旱土的包穀棒棒以充作口糧外，靠的就是獵獲飛禽走獸，再以飛禽走獸賣與山外人，或直接易物，換來油鹽布匹等生活必需品。每到山外集鎮逢六逢九趕場日，就總可見肩上或扛鳥銃，或扛獵叉，鳥銃或獵叉端頭吊著、掛著各類野物、獸皮的漢子。這些漢子先是在集鎮不無威風地走上一遭，讓趕場的人們看看他們帶來的珍奇貨物，他們是絕不會開口叫賣的——他們帶來的貨物，是需要叫賣的麼？除了他們外，誰能有這樣的貨物？在這種時候，也只有在這種時候，他們那在山裡因封閉，因被山外漢人多少有點瞧不起，而不無落寞的心，才算得意地、驕傲地快暢了起來。果然，就有人圍上來，喊，啊唷，這麼漂亮的花豹皮啊？是花豹麼？啊唷，這是錦雉罷，幾多長的尾巴喲……被圍著的漢子亦不作聲，任憑圍看的人欣賞一番，若有人要買，便說出一個價格，那價格，大抵是不容許討價還價的，因為他們說出的價格，絕不會過高。倘若現場無成交，則對圍看的人笑笑，走。走到似乎是屬於他們專用以交易獵物的「地盤」，將貨物放於「地盤」上，蹲下，捲根喇叭筒旱煙，抽。抽旱煙時，眼睛微眯，看那趕場的各色人等，特別是著裝豔麗的女子。待到有人上前談交易時，也不急於成交，而是先和顧客講講白話，探聽一些時下的趣聞，好將探聽到的趣聞，帶回去講與家人、鄰舍聽，以顯示自己這趟下山不僅是賣了獵物，得了錢，買回家人叮囑的東西，而且收穫了山外的「時事」。他們在與人交易時，表現得讓集鎮人覺得這山裡人就是山裡人，不但做生意不會耍狡使滑，就是人這本身，也是老實厚道。只有當他們返回山裡時，那種豪放，那種剛烈，才又重新回到身上。

當楊六說他能集合起幾十個獵戶、幾十桿獵槍的話語一落，我叔爺笑了。

我叔爺的笑，是種嘲笑。

我叔爺一邊嘿嘿地笑著，一邊竭力睜開那隻尚有餘光的眼睛，對楊六說：

「你帶了你那打野雞的鳥銃來麼？」

楊六沒聽出我叔爺話裡的意思，立即應道，帶來了，帶來了，我是銃不離人，人不離銃的。滿爺，你要看我的鳥銃？

我叔爺說，是要看看，看看。

楊六便將他那桿槍管依然發藍、槍托被磨得溜滑錚亮的鳥銃遞給我叔爺。

我叔爺接過鳥銃，以他那當過多次兵、玩過多種槍的老練手法，雙手將鳥銃一托。

我叔爺本是要以端步槍射擊的姿勢玩那鳥銃的，可步槍的槍托能抵住肩膀，這鳥銃的槍托卻是無法抵住肩膀也不用抵的。這種鳥銃，是將鐵砂（彈）直接從槍口灌入，以「鵝弓」（鳥銃發火機關）發火引燃硝藥將鐵砂擊射出去。那擊射出去的鐵砂可是以數十上百顆計，人若被擊中，那就滿身是彈，即算不死，也會痛得死去活來。若動手術搶救，那滿身的鐵砂，該動多少刀才能完全取出。故而在後來的雪峰山會戰中，日本兵竟格外害怕這種鳥銃，以為是種什麼「新式武器」，但又不知這種「新式武器」的名稱，只見使用此種「新式武器」者，似乎是往鼻子上一嗅，立即槍響，便稱其為「嗅槍」，將擁有此種「嗅槍」的隊伍，稱為「嗅槍隊」。

那所謂的「往鼻子上一嗅」，其實是鳥銃射擊者的一種瞄準方式，鼻子靠近鵝弓，扣動扳機，鵝弓往下一磕，打燃火藥……

這種早已絕跡的老式鳥銃，自然有它的最大缺陷，即非但不能連發，而且裝彈藥費時，打完一銃，得重新往槍管裡灌注鐵砂硝藥，還得用一根長鐵釬從槍口捅進去，將鐵砂硝藥捅勻捅緊……想用這樣的鳥銃來對付日本兵，跟隨第十軍和日本人打過衡陽血戰的我叔爺，當然就要恥笑了。

我叔爺在端起鳥銃的那一瞬間，才想起這是鳥銃而非步槍，他便將托住鳥銃的左手垂下，只以右手將鳥銃順勢往上一舉，說道：

「就憑這號鳥玩意，能和日本人交手？」

楊六卻不服這話，回敬道：

「三百斤的野豬我都能打死，那日本人，難道比野豬還難打？」

我叔爺哈哈大笑起來，說：

「楊六啊楊六，你只怕也是三百斤的野豬，強在一張嘴。你見過日本兵的槍炮嗎？」

我叔爺講起他在衡陽血戰的親身經歷來，講那日本兵的機槍、大炮、戰車，特別是那些不斷向前推進直接平射、如坦克般的火炮，因為就是那些推進到距他們陣地百米以內瘋狂轟擊的火炮，使他的那些弟兄們死傷殆盡，也就是為了炸那火炮，他只剩下了一隻眼睛……

我叔爺講這些時，除了屈八外（屈八是見識過血戰慘烈場面的，只是與會的人都還不知），餘皆儘管聽得咋舌，卻不大相信。一輩子生活在山區的人，講究的是「眼見為實，耳聽為虛」。

獵戶楊六在聽我叔爺講時，也咋了舌頭，但他的咋舌，是一種禮性的表示，表示在認真地聽「你老人家」講。當我叔爺的話略一停頓，他就忍不住插話了。

楊六說：

「日本鬼的鋼槍我也見過，就是長長的，上著一把雪亮的刺刀。」

「你在哪裡見過？」我叔爺立即追問。

「就是去年，日本鬼在我們這裡追殺百姓，提著上了刺刀的槍……」

「你見著他們追殺百姓，為何不用你那鳥玩意射擊？你說你能打野豬，就不會打野鬼啊？」

「那，那……」楊六被我叔爺的話問得一時語塞，喃喃答道，「那是沒想到他們會殺人哪！」

「沒想到？既然親眼看見了，為什麼不用你那鳥銃還擊？」

「還、還擊，沒人叫我還擊哪！」楊六說完，自覺得確實有點理虧，是啊，當時怎麼不用鳥銃狠狠地給狗娘養的日本鬼幾銃呢？可當時、當時……他又不願承認自己當時也慌了神，而此刻，當著這麼多人，他可不能讓自己的顏面盡失，驀地，他想起了一條反擊的理由。

「那你呢，你群滿爺呢？你群滿爺當時在哪裡？怎麼也沒見你群滿爺殺一個日本鬼？」

楊六這話一出，我叔爺立即答道：

「我群滿爺在哪裡？我群滿爺正在衡陽和日本鬼血戰！我群滿爺在衡陽打死的日本鬼，少說也有一個班……」

「你在衡陽和日本鬼血戰，那日本鬼怎麼又到了我們這裡？」

……

兩人爭吵起來。和合先生林之吾忙說，群滿爺在衡陽和日本鬼血戰，那是千真萬確，日本鬼之所以來到我們這裡，那是分兵進犯……楊六之未予還擊，是一無準備，二無領頭人，倉促之間，和我等一樣，惶惑不知所以……

和合先生這話，令我叔爺和楊六都覺得在理，皆收斂了火氣。

我叔爺轉而說道：

「你們知道日本鬼手裡的鋼槍叫什麼槍？那叫三八式步槍，又喊三八大蓋，你們知道它的射程有多遠？打得一裡把路遠呢！『嘎崩』，他媽的日本人，槍法還他媽的真準……」

我叔爺說到日本人的槍法，楊六又不服氣了。

楊六說：

「這次要是讓我再碰到日本人，也要他嘗嘗我的槍法。」

楊六這麼一說，我叔爺又不屑地笑了。

「六阿哥，」我叔爺戲謔地喊起楊六的昵稱來，「你的槍法也許不錯，只是不待你舉起那鳥銃，日本鬼的三八大蓋，就已經將你射了個透心穿。」

我叔爺的確是不相信就憑著楊六們的鳥銃，能和日本人幹。

「怎麼？你不相信我的槍法？你敢和我比試比試?!」楊六的倔勁上來了。

一聽楊六說要和我叔爺比試槍法，和合先生忙說：

「老六，老六，你的槍法我是知道的，那是敢打野豬的槍法！」

和合先生說的「敢打野豬的槍法」，指的就是極準的槍法。打野豬有一說，是要抬著板（棺材）去打的；那一銃若未能將野豬擊中，被銃聲激怒的野豬，就會發瘋般直衝過來，放銃者十有八九躲不脫。

和合先生之所以不願楊六和我叔爺比試，更是見我叔爺已經是個半邊瞎。一個瞎子，即算當年再英勇，再有本事，能和打野豬的獵手比試？若我叔爺未成殘疾，他正巴不得比試比試，好借此振奮「士氣」。

和合先生是為我叔爺著想，免得真比試起來，損了我叔爺曾經有過的威名。

和合先生讚揚了楊六「敢打野豬的槍法」，也就是撫慰了楊六後，正要撫慰我叔爺，以免我叔爺賭氣應試時，我叔爺卻昂然說道：

「要比試，得弄桿真的鋼槍來。用鳥銃這玩意，就如同瞎子撞婆娘，只要大致對準目標，『砰通』一聲，那麼多鐵砂打出去，總有一粒鐵砂要撞中的，算什麼本事？只要你楊六弄來真的鋼槍，別看我現在已是瞎子，我照樣給你來個『百步穿楊』！我群滿爺被日本炮彈炸瞎的是左眼，瞄準時正好不用閉這隻眼。『三點一線』，你們知道麼？準確射擊的要領。」

我叔爺做了個持槍上膛、瞄準射擊的姿勢，右手食指穩穩地一扣，嘴裡一聲「砰！」彎曲的食指猛地伸直，往教書先生鄭南山的胸口一戳。

鄭南山被嚇了一大跳。

我叔爺高興得呵呵笑。

我叔爺一邊笑一邊說，算了算了，就你們這樣的人，還要和有鋼槍大炮的日本人幹，別去冤枉送死了；趁早散夥，回去回去，你們若不回去，我是要走了。

我叔爺做著要走的架勢。其實他不想走，他回去又只能一個人待在黑暗的雜屋裡，他到哪裡去找有這麼多人聽他講話、還能逗樂子的場所？

「你要走？是怕跟我比試了吧？」根本就不服氣的楊六說，「只要日本人一來，我就要從他們手裡奪一桿槍給你看看，就按你說的辦，比試鋼槍。我就不信擺佈不了那『嘎崩』的玩意。」

「要奪槍，乾脆就去奪一挺機關槍！」我叔爺說，「那機關槍打起來才過癮，只要有了機關槍，咱守住一個山口，任憑小鬼子往上衝，『噠噠噠』、『噠噠噠噠』看他有多少人衝，全用機槍給報銷……」

他做出端著機關槍掃射的樣式。

後來我叔爺說，他這是用的激將法。是為了激楊六這個獵戶。他說當時他認為，真要和日本人幹，只有楊六那些獵戶們還能上場，若是不能激勵楊六他們，光靠教書先生鄭南山、讀書小姐江碧波等人，豈不是送肉上砧板，白白去送死。而他的激將法一出，楊六果然就叫了起來，說他就是拼了這條命，也要奪下鬼子一挺機關槍！可沒想到這誓願是不能隨便發的，更不能隨口而出，如果是經過深思熟慮立下的誓願，立下也就立下了，你那是有意立下的，不一定會靈驗，隨口而出的誓願，卻十有八九會成真，楊六的誓願後來真的就得到應證了，楊六就是在奪鬼子的機關槍時被打死了。「唉，唉，」我叔爺說，「那楊六，還真是一條漢子！」

當時楊六說拼了命也要奪下鬼子一挺機關槍的話一出，屈八、和合先生林之吾、鄭南山、江碧波和老春等人都叫起好來。屈八、江碧波及鄭南山還使勁鼓掌。

這一叫好，一鼓掌，楊六興奮得臉都紅了。

和合先生說，只要奪了鬼子的鋼槍、機關槍，群滿爺你就當我們的教官。屈八則說，當軍事顧問，軍事顧問。從現在開始，群滿爺就是我們的軍事顧問了。

我叔爺也高興起來。他沒想到來參加這麼個會議，就能成了教官，成了軍事顧問。但他認為當軍事顧問還不如當教官，被人家喊「林顧問」不如喊「林教官」來勁。

我叔爺說：

「我要是當軍事顧問，我們就得有個司令；那司令至少得管幾千萬把人馬，我看要想成那麼大的氣候，是萬萬不能的，最多也就能成立個什麼打鬼子的鳥銃隊罷。屈八你是召集人，就當個隊長；楊六會使鳥槍，又能喊來使鳥槍的人，那就至少都得是個副隊長；和合先生有計謀，是個軍師，可鳥銃隊設個軍師於名不正，就也當個副隊長算了，專司出謀劃策的副隊長，相當於參謀長；我呢，還是當個鳥銃隊的教官，我當了這個教官後，楊六能以鳥槍換來鋼槍、機關槍，我就能換來小鋼炮。」

我叔爺講完這話，自認為講得絕妙，不但將隊伍的建制講得清清楚楚、人員的職務安排得妥妥帖帖，而且表明了自己「上任」後的決心，弄一門小鬼子的鋼炮來使使。他對鋼炮的興趣更大於機槍，他在衡陽血戰時，本就是第十軍炮兵營的，只因炮彈打完了，完全沒有了用武之地，才由炮兵去充當步兵，最後去炸鬼子的大炮……他斷定鬼子對我們新寧這山區的進犯，重型火炮是難以派上用場的，威力最大、最好發揮的是那小鋼炮。小鋼炮可隨身背著跑，無論什麼地形，將那玩意一架，就能開炮。

我叔爺講完自認為絕妙的話後，和合先生等人皆拊掌贊同。他就不無得意地對屈八說：

「屈隊長，再來根香煙抽抽。」

屈八掏出支香煙，客氣地遞給我叔爺，並替我叔爺點燃香煙，他自己就著那火，也點燃一支。

屈八雖然客氣地遞了根香煙給我叔爺，還親手替他點燃，心裡其實極不舒服。這該成立個什麼隊伍，誰該擔任什麼職務，本應該都歸他屈八來講，來任命的，這一下可好，隊伍就叫做鳥銃隊，他成了個鳥銃隊長，他這鳥銃隊長還是由你個瞎子群滿爺「任命」的了，你個瞎子群滿爺算什麼呢？

屈八這次從外地回到老家，是要幹一番驚天動地的大事業的。如果僅僅只是為了成立個鳥銃隊，僅僅只是帶領一支鳥銃隊去支援抗擊日軍的國軍，保衛家鄉，他也就懶得從外地回來了。但要實現他的宏圖大業，就必須高舉起「保衛家鄉」這面大旗，只有在「保衛家鄉」的這面大旗下，他才能招來人馬，才能建立武裝，建立根據地，才能最後實現他的「回歸」……

屈八，當年的許老巴，是個脫離了共產黨的「共產黨」。

許老巴在放火燒了他爺老子的村寨逃離老家後的第二年，將自己的名字改成了屈八。他改名倒不是怕放了火、燒了房子，官府會來追緝。他燒的是自己家的房子，關人家什麼事呢？況且他又沒燒死人，他是瞅著自己那個可恨的父親和可憐的母親都不在村寨裡時才點燃的那把火。他那把火只是要狠狠地教訓教訓把錢看得比命重、寧肯花錢為女兒做道場，也不願花錢救人的父親。

「我把你的寨子燒掉、燒掉！我看你還去發、發！」

許老巴是咬牙切齒這麼念叨著點燃那把火的。

可許老巴畢竟太年輕，他以為放火燒了寨子，他父親就會從此一蹶不振，他沒去想父親還有那麼多田，那麼多地，那田地，是燒毀不了的。還有那現大洋，也是安全無恙的。他以為寨子一燒，燒得父親變成了窮光蛋，從此會反思悔過，恢復人性……他覺得那些被稱為窮人的人家，比他這個有田有地的人家好得多，再窮的人家，也不會餐餐是一坨黴豆腐吧包穀粒粒，人家是撈了兩個錢，先吃餐好的再說，有了一點好吃的，先吃完再講，即算是吃黴豆腐吧包穀粒粒，也不會像他家那樣一天到晚累得死，他在自己家裡，連一個幫長工的都不如，幫長工的有不成文的規矩，如春耕開犁前得吃雞蛋，得喝甜酒；嘗新（開鐮收割）時得吃肉，得喝燒酒；端午那粽子是不能少的，中秋的月餅、梨子是必須有的，過年除了將工錢全部算清，還得打發臘肉、豬血丸子……幫工期間還有幾個歇息的日子……更何況，人家看崽女比他父親看得不知要重多少倍。故而他寧願生在窮人家，也不願和他父親生活在一起。

許老巴認為窮人家看崽女比富貴人家還看得金貴，在我老家的確如是。崽的金貴自不必講，那是靠他傳宗接代、興家立業的；女兒的「金貴」則必須有前提條件，這個前提條件是，第一，頭一個生下的得是兒子而非女兒；第二，必須得有兒子。倘若頭一個生下的就是女兒，這女兒不會「金貴」，而是晦氣，這女兒自小就得把所有的家務活全包下，稍稍長大後，屋裡屋外的活都得幹，因為只有那麼十幾年的活給她幹呢，到得十五六歲，就要嫁出去歸別人家了呢。倘若第一個生的就是兒子，最好是連著生幾個兒子，最後才生下個女兒，那女兒，就會比兒子還金貴。許老巴父親雖然不全符合這個慣例，但也基本符合，然就因為他有錢，女兒和錢比起來，自然就無足輕重了。沒錢人家正好相反。當然，你沒錢，土匪也不會來吊你的羊。

也正因為如此，當我們老家人看革命樣板戲《紅燈記》裡誇十七歲的鐵梅「提籃小賣拾煤渣，擔水劈柴也靠她，裡裡外外一把手，窮人的孩子早當家」時，就大不以為然，忍不住說，那李鐵梅，上無哥哥，下無弟弟，十七歲的女子了，還就幹那點事，還早當家，我們這地方，在那時候，十七歲的女子，早就嫁為人婦，早生兒育女了。那是八九歲女子幹的事。

關於許老巴放火的真正動機，其實只有他自己清楚。也許，連他自己也並不完全清楚，他只是憑著一時之氣而已。但他以這把火起誓，他這一輩子再也不回愚昧至極的家鄉，倒是確確實實的。他讀過幾年書，他要按讀書人的想法，去追尋自由，追尋理想中的生活。所以又有老人說，是許老巴爺老子送崽讀書讀出的禍，山裡人，還是不讀書的好。

許老巴改名屈八，是因為參加了紅軍。

他參加紅軍，並不是立志救國，他那時也不知道什麼救國不救國，而是在把摸出來的那些個光洋用完後，沒地方去了，生活無著落了。

生活無著落的許老巴碰上了紅軍宣傳隊。紅軍宣傳隊的年輕男兵女兵號召大家當紅軍，說紅軍是專打地主老財、為窮人謀幸福的，是要把這個萬惡的舊社會推翻，建立新社會的。而且在紅軍宣傳隊隊員們做這些宣傳時，正有紅軍在將地主老財的糧食、衣物分發給圍看的人。那些圍看的人先是不敢去領，有紅軍喊，你來，你來，將這穀子扛回你家裡去！被喊的人壯著膽子走攏去，那喊的紅軍將一袋子穀往他肩上一放，這人還不敢要，問：「要錢不？真的給我啊？」「當然是給你的啦，當然不要錢啦，你快扛回去！」這人扛起那袋穀一走，竟沒有任何人阻攔，其餘的人就都相信這是真的了，發一聲喊，這是紅軍大爺讓我們吃大戶呵！紛紛擁擠上前，爭著要了。這一爭著要，秩序便大亂，又有背槍的紅軍來維持秩序，喊不要擠，不要擠，人人都有份！大家排隊、排隊！

許老巴在一邊呆呆地看著時，有位紅軍走到他身邊，說，你怎麼不去排隊？你這麼年輕還怕啊？怕什麼？有我們為你做主。快去，快去，領了穀子回去吃幾天好的。

許老巴這才似乎清醒過來，原來他看過的野書上說的「劫富濟貧，有飯大家吃，有酒大家喝，大碗喝酒，大塊吃肉」真給他碰上了呵。可他去扛那穀子有什麼用呢？他能把穀子扛到哪裡去呢？

許老巴說：

「我不要那穀子，我要了那穀子也沒用，我沒有家，我想和你一樣……」

那位紅軍一聽，高興了，說：

「你想當紅軍啊?!我們正在擴紅哪，來來來，我領你去報個名。」

許老巴就去報了名。許老巴在報名時，想著許老巴這名字實在不好聽，且總愛和自己的父親連在一起，他決心要和過去的一切徹底告別，就隨口改了個名字，就成了紅軍戰士屈八。

紅軍戰士屈八因為有文化，再加之領他報名的那位紅軍聽他說過沒有家，既然連個家都沒有，那就肯定是苦大仇深的貧雇農，或者是真正的無產階級，為他進行了引薦，也就是對進行登記的紅軍同志說了一句話，說這位要求參加我們紅軍的同志連個家都沒有，唉，苦命的階級兄弟啊！就被分配到紅軍宣傳隊，成了一名紅軍宣傳隊員。

屈八在紅軍宣傳隊裡感覺到進入了一個前所未有的世界，他興奮得有點惘然，而那點惘然，正是宣傳隊的領導要為他解惑的。宣傳隊的領導為有這麼一個年輕的有文化的戰士而高興，他那略微有點口吃的結巴，使得他講話絕不會衝口而出，這又令領導覺得他老實，是個連家都沒有的老實的「無產階級」。一個老實的年輕的又有點文化的「無產階級」，領導當然就要著力培養，這一培養，就常找他談心，這一談心，屈八就不能不將自己是如何沒有家的緣由和盤托出。也就是向組織如實交待。

屈八在向組織如實交待的時候，已經知道了紅軍是窮苦人的隊伍，也知道了一些階級理論。他開始還有點擔心，因為若按階級成份，他只能出生於地主家庭，這地主家庭，正是革命的對象。可當他將自己是如何一把火燒了那地主父親的寨子，如何逃跑在外的這些講了出來後，宣傳隊領導卻肯定了他的行為，說他是封建地主家庭的叛逆者，他那一把火燒得好，是革命的正義的火。紅軍隊伍革命大家庭是歡迎他這樣的人的。不過，他那把火僅僅只是燒了他父親那地主老財一個人的寨子而已，作為已經是紅軍隊伍革命大家庭的人，要把全天下所有地主老財的「寨子」全燒光。當然，在燒地主老財的寨子之前，最好把他們的東西全搶光，先搶東西，好分給窮人，再燒……

這位宣傳隊領導的話，使得屈八真正堅定了革命的信念，他一方面在心裡有點後悔，後悔在拿他爺老子的銀花邊時，拿太少了，若是拿得多，到此時還有，他就獻給紅軍，就能立功，就如同野書上面寫的「入夥」有了見面禮；一方面在心裡發誓，一定要為革命多作貢獻，以彌補未能獻上「見面禮」的缺憾。但他又想，若是自己拿了爺老子的許多銀花邊，在碰見紅軍時還沒有用完，也就是還有錢，他也就不會參加紅軍了。所以還是必須得是無產階級，只有無產階級的革命意志才最堅決。

屈八在「反省」自己的同時，向宣傳隊領導獻了一「計」，說他父親還有很多很多銀花邊，他放的那把火燒的是寨子，並沒有燒到他父親藏銀花邊的地方，因而請領導派隊伍去，由他帶路，去把他父親的銀花邊全「拿來」供革命使用。宣傳隊領導一方面表揚了他，說他的思想認識提高很快，一方面告訴他，一切行動得聽上級的指揮，目前紅軍還沒有去新寧開闢新的根據地的行動，所以暫時不能派隊伍去「拿」他父親的銀花邊。「放心吧，」宣傳隊領導對他說，「天下所有地主老財的東西，最後都會歸革命人民的！跑不掉的！」

宣傳隊領導很喜歡屈八這個雖然出身於地主家庭但積極要求上進的年輕人，這就使得他不斷進步，他不但很快「火線入黨」，而且因為有文化，宣傳隊又經常接觸高層領導，就被調到了軍部。調到軍部的屈八沒想到自己會這樣為革命器重，在心裡立下了「革命不成功，絕不回老家」的誓願。他一定要跟著革命的紅旗揮向老家時再踏上故土，到那時、那時，他就要讓老家的人知道他這個當年的許老巴了！「衣錦還鄉，榮歸故里」，他想到了這麼八個字，但他立即狠狠地批判了自己這種驀地湧上心來的念頭，這就是思想的不純，因為「衣錦還鄉，榮歸故里」後面緊跟著的是「光宗耀祖」，自己那連親生女兒都不救的地主老財爺老子，還能去為他光耀？只能是革命的對象……他甚至想到，如果組織要他親手去斃了那地主老財爺老子，他會毫不猶豫的！……

屈八在內心裡狠批著自己的非無產階級思想時，沒有想到的是，他向宣傳隊領導講出的自己家裡的那些事，就成了他的檔案。當然，不知是文字檔案，還是口頭檔案，反正他是地主老財的兒子這一點，在檔案裡是生了根的。這又使得他在後來差點成了紅軍的刀下之鬼。

屈八參加的紅軍是賀龍領導的紅軍。

賀龍的紅軍本來打仗蠻厲害，真是指到哪，打到哪，無往而不勝。湘鄂西根據地，就是賀龍創建的。屈八當時覺得照這樣打下去，那全天下不用多久，也就能打下來了。然而，正當屈八覺得革命的最後勝利就快到來時，湘鄂西根據地怎麼地全是自己人殺起自己人來了。

湘鄂西根據地自己人殺自己人的事，後來被認定是「湘鄂西肅『改組派』大冤案」。這個大冤案，可就不是一次肅反，而是進行了四次大肅反，時間從一九三二年一月到一九三四年夏，長達兩年多。上萬名紅軍和根據地優秀幹部被冤殺。

肅反的主要領導人是夏曦。

一九三二年四月，夏曦在逮捕了一大批所謂的「改組派」後，以湘鄂西軍委會主席的名義發表了《關於改造紅三軍的訓令》，成立了肅反委員會。

肅反委員會只有三位成員，即夏曦、省委書記楊光華和省委常委、組織部長楊成林。提到肅反委員會，屈八倒不是格外害怕，他最怕的是政治保衛局。政治保衛局是負責肅反具體工作的，也就是辦事機構，這個辦事機構根本就不需要任何手續，也不需要任何真實的罪名，只要夏曦、楊光華一句話，就可以抓人、殺人。這被抓被殺的小到各蘇維埃的縣、區一般工作人員、紅軍普通戰士，大到省委、省蘇維埃領導、紅軍高級將領。就連賀龍也被列入了黑名單。

第一次肅反，紅三軍中被定為「重要反革命分子」的團以上幹部就有二十八人，省委機關中被定為「反革命分子」的有二十三人，黨校學生有一半入了羅網；一般幹部無法計數。

第二次肅反從一九三二年八月開始，時紅三軍正在進行七千里大轉移，白天和敵人拼死地打，晚上被保衛局冤裡冤枉地殺。一些指揮員在前線受傷，剛被抬下來，就被以莫須有的罪名逮捕、槍斃……從各師長到戰士，人人自危，人心惶惶。

紅七師師長王一鳴被殺了，政委朱勉之被殺了，湘鄂西軍委會參謀長唐赤英被殺了……在「火線」被抓的一百多名所謂「改組派」，於一夜之間幾乎全部被殺了……一些連隊，老連長剛被殺，新連長又被殺，前後有十多個連長被殺……

緊接著第三次肅反開始，紅軍著名將領段德昌首先被殺。段德昌有「火龍將軍」、「常勝將軍」之稱。湘鄂西民謠云：「有賀不倒，無段不勝。」「賀」指的是賀龍，「段」即段德昌。意思是只要有賀龍在，革命大旗就倒不了；只要有段德昌在，沒有打不贏的仗。段德昌和毛澤東是兄弟相稱，曾三次相會。對段德昌的軍事才能和為人之耿直，毛澤東一直讚賞有加。一九五二年三月，毛澤東為段德昌親屬簽發了「中央字第一號」革命烈士證書。被民間稱為「天字第一號令」。老百姓認為，毛澤東簽署的中央字第一號革命烈士證書，是天下最大的平反昭雪命令！一九八五年，中共中央將段德昌列為全國早期十大軍事家之一；一九八九年，中央軍委確定段德昌為三十三個軍事家之一。他是彭德懷的入黨介紹人，為彭德懷稱為「革命的引路人」，賀龍喻之為「左膀右臂」……

在段德昌被殺前幾個月，他曾多次提出打回洪湖去，恢復洪湖蘇區。他對賀龍說：「軍長，我請求軍部給我四十條槍，批准我打回洪湖。三年之內，如果沒有恢復洪湖根據地，提頭來見！」就是這「打回洪湖去」，使得他人頭落地。

此時的賀龍名為軍長，實際權力都在夏曦手裡。別說批給段德昌四十條槍，就是給他四條槍的權力都沒有。賀龍本人也處在危險之中。

夏曦在給中央的關於肅反的報告裡，說湘鄂西紅軍中，「在賀龍領導下的部分，因為大半是軍閥，口頭革命，實際上是改良主義。因此，其部下大都是改組派。」從洪湖突圍開始，夏曦一路肅反殺人，一直殺到大洪山。一九三二年十月初，夏曦率突圍的少數部隊到大洪山會合紅三軍不久，在棗陽縣王店，他就故意對賀龍說：「你在國民黨裡有聲望，做過旅長、鎮守使等大官，『改組派』可以利用你的聲望活動……」賀龍當即指著夏曦說：「你給我寫聲明書，民國十二年，我在常德當第九混成旅旅長時，你拿著國民黨湖南省黨部執行委員的名片，來找我接頭，向我要十萬塊錢，我請你吃飯，開了旅館，還給了你五萬塊錢，這雖然沒有收條，但是事實。你殺了這麼多人，你是什麼黨員？」賀龍的話頂得夏曦面紅耳赤。還是關向應出來調停，說夏曦是共產黨員。十一月底，夏曦竟然帶人將賀龍、關向應警衛員的槍都下了。賀龍喝道：「你這是什麼意思，為什麼你的警衛員的槍不下？」說完，將自己多年使用的一支勃朗寧手槍從身上掏出，放到桌子上，對夏曦說：「我還有一支，你要不要？你要也不給，這是我的，我當營長時就帶著它了！」賀龍尚留在身上的手槍，已經頂上了火。夏曦自知若動武，不是賀龍的對手，只得悻悻而去……

賀龍雖然敢和夏曦頂，但紅軍的指揮權已在夏曦手裡，夏曦是代表黨中央而來的。而夏曦之所以終於沒敢真正對賀龍動手，是懾於賀龍在紅三軍中的威望，懾於賀龍是湘鄂西紅軍的締造者。

面對段德昌提出的以四十條槍打回洪湖的請求，賀龍只能勸段德昌暫時別提這事，因為這是不符合夏曦的路線的。果然，段德昌請求打回洪湖的建議和要求不但被夏曦一概拒絕，反而成為他要「分裂紅軍」、「要帶九師跑，脫離軍部，準備叛變」，是「改組派頭子」的罪名。一九三三年三月二十五日，夏曦通知正在宣恩、鶴峰邊境與敵苦戰的段德昌到鶴峰鄔陽關紅三軍軍部開會。段德昌一到軍部，夏曦就把早已準備好的罪狀向段德昌宣佈，並當場逮捕。

段德昌被捕後，賀龍對夏曦說：「殺了德昌，紅軍會脫離人民。」夏曦則拍著桌子，吼道：「賀文常（賀龍字文常），你不要對抗中央！」賀龍只能痛心疾首，無可奈何。

是年五月一日，國際勞動節。段德昌在金果坪一打穀場被召開公審大會後處決。年僅二十九歲的段德昌被殺後，紅九師排以上幹部幾乎全被殺害。

在湘鄂西地方縣以上、紅三軍中團以上幹部基本被殺光後，夏曦決定清黨，將地方上、紅三軍中、游擊隊中各級黨委、支部全部解散，所有共產黨員實行清洗，重新登記。紅三軍中只剩下了三個半黨員，即夏曦、賀龍、關向應、盧冬生。賀龍只能算半個黨員。

第四次肅反從首先殺害紅九師政委宋盤銘、繼任的紅七師師長葉光吉、政委盛聯鈞等人開始……殺來殺去，在夏曦的眼裡，到處都是反革命，就連他自己的四個警衛員，也被殺了三個……

屈八自然不知道肅反的所有情況，但他作為軍部工作人員，親眼目睹了在第一次肅反時，敵軍逼近洪湖，被保衛局抓起來還來不及殺的紅軍幹部，蘇維埃領導，全被裝進麻袋，繫上大石頭，拋入洪湖淹死……第二次肅反時，他隨軍大轉移，經常日行百里，而且是交替掩護，邊打邊走，為減輕「負擔」，被抓的一百多幹部，除了軍部一位保衛幹事和兩名年輕的副團長得以倖存外，其餘的在一夜之間全被處死……

屈八內心恐懼不已，又無法闡釋所看見的一切，因為一批批死難者面對自己人的槍口、大刀、石頭，臨刑前高呼的是「擁護中國共產黨」、「共產黨萬歲」、「蘇維埃萬歲」、「紅軍萬歲」。因為就連本來是搞肅反的肅反者，殺了很多人的人，最後自己也被殺了。到底誰對誰錯呢？

一個並非偶然的機會，他聽到了最高領導人夏曦的有關「闡釋」。

那是一位紅軍高級幹部在被酷刑拷打後、臨刑前對夏曦說，你講我是反革命，我只有死了以後才能昭雪了，可那麼多為創建紅軍、創建蘇維埃流血犧牲的老同志，怎麼都會是反革命呢？夏曦的回答是：「這些人是為了破壞革命才參加革命，為瓦解紅軍而發展紅軍，為搞垮根據地而建設根據地的。」

屈八認真領會最高領導人的這句話（最高領導人的話是絕對正確的，不容質疑的。誰若有所懷疑，誰就是反革命！他屈八已經明白），反省自己參加紅軍的動機。他認為自己當初入伍，確實是無處可去了，但正式成了紅軍後，他絕沒有半點其他的念頭，他已經把自己融為了革命的一體。那麼在現在的這種形勢下，自己只有緊跟最高領導，才能表現出真正的革命性。於是凡是要他抓的人，他立馬去抓，凡是要他殺的人，他連眼都不眨便殺。只是他的內心仍然恐慌，倘若這樣殺下去，會不會輪到他屈八——許老巴呢？

儘管他堅決執行命令去抓去殺，他卻害怕有一天他也會被抓被殺。

肅反的範圍越來越大，「改組派」、「第三黨」、「托洛茨基派」等等的罪名越來越多，有幾個人在一起喝茶就被說成是「喝茶會」，有幾個人在一起散步，就成了「並肩會」，就連幾個人在一起吃東西也成了「麻花會」（吃的東西中有麻花）……

屈八慶幸的是，他沒有被套進那些「圈子」裡去。他喝的是生水，不（可能）喝茶；他住的是兵營，不（可能）散步；他吃的是大鍋飯，不（可能）和幾個人在一起吃麻花（那得是領導人才有的條件）；他不亂講話，從不表示什麼疑問，他反正是組織要他幹什麼他就幹什麼，所以他仍是組織信任的人。

清黨開始了。夏曦起草的關於清黨的條例中明文規定，能夠留在黨內的、准予登記的黨團員是：出身於產業工人、雇工、手工業工人，貧農成份；出身於中農家庭的必須是「最可靠、最積極的分子」……清除出黨和不予登記的黨團員是：家庭出身地主、富農的；加入過各種「反革命組織」的；「不遵守黨的紀律的」；「政治盲動的」……

這回屈八逃不掉了。屈八在被清除之例。

在屈八的文字檔案或「口頭檔案」裡，儘管他有火燒地主爺老子寨子、叛逆出逃的記載，但毫無異議的被列為必須清除出黨的「家庭出身地主、富農者」。

一個任務，交給了屈八，那就是要他送一封信。

這封信，就是一個殺人名單。屈八只要將信送到，收信的就按照信裡所列的名單抓人，且立即槍殺。

屈八曾經送過這樣的信。

屈八還知道軍部一位同志在將這樣的信送到後，正準備離開，卻聽得一聲大喝，哪裡走，綁了！原來這位送信的同志就在名單上。

屈八走在送信的途中，不知怎麼地老是想到那位送信被殺的同志，他越想越怕。他這回之所以老是想到那位送信的同志，是因為他已經知道要清黨。這一要清黨，他就不能不想到自己的地主老財父親；一想到地主老財父親，他就越發害怕。儘管他不斷地想著自己那老不死的父親是個餐餐吃黴豆腐、從來不請長工、只要自己家裡人拼死拼命幹活、吝嗇到連親生女兒被土匪吊了羊都不肯拿錢去救……自己早已一把火和這個比別的地主更壞的地主父親斷絕了關係，來寬慰自己，同時他又放肆去想當初宣傳隊領導對他說的那句話，說他是封建地主家庭的叛逆者，他那一把火燒得好，是革命的正義的火，紅軍隊伍革命大家庭是歡迎他這樣的人的……但他很快又想到了那麼多被殺死的人，那麼多被殺死的人都是根本就不許申述的，沒有什麼理由講的，抓住就拷打，不承認也得承認，承認不承認都得槍斃、殺死……更何況，那位宣傳隊的領導，早已被殺了。

屈八想過來想過去，還是那位送信被殺的同志佔據了首要位置。

屈八突然停住腳步，朝四周看了看，掏出了那封信。

他拆開了信。

他知道拆開秘密信件是要被殺頭的，但他不知道為什麼突然來了那麼大的勇氣，他甚至想好了對付的辦法，偷看了信件後，如果和自己無關，則裝作急急趕路一不小心掉進了泥巴田裡，將那信沾滿泥巴，泥巴糊糊的信件，看不出被拆開的痕跡……

屈八一看信，愣了、呆了。他的名字，果然在信上。

屈八在愣了、呆了一陣後，猛地結結巴巴地喊出一聲「天、天、天啊……」

屈八決心逃跑。

如果被槍斃，被殺死，背的是個反革命的罪名；逃跑，則至少還不是反革命，只是「不革命」。當然，他也知道，既然已經革命的人卻突然「不革命」，那和反革命也是差不多的。但不管怎麼講，逃跑後只要不被抓住，就能救得一條命。

他屈八還不到二十歲，他不想死，他還想活……

他沒有將信撕毀，也沒有扔掉，而是從一個高田埂俯身落入泥巴中，將自己一身弄得泥巴糊糊，將信也弄得泥巴糊糊，他作好了另一手準備，在萬一沒有逃脫，碰見紅軍時，只講自己送信走錯了路，掉進了泥巴田裡，好再尋機逃跑。因為萬一被識破真相也最多是個死。他要死裡逃生。

屈八憑著山裡人走山路的機敏，竟然沒有被紅軍截獲。其實這與當時的形勢和環境有關，當時的紅三軍，除了保衛局還在非常認真地設卡執勤外，其餘的大都在擔心著自己的命運……

屈八沒有落到自己人手裡。

屈八溜至一家農戶院子，見院子的曬衣桿上晾曬著衣服，便偷了一身衣服換上。他正要走時，又將換下的軍裝晾到曬衣桿上，從已經乾了的泥巴糊糊的信封裡抽出那封要他自己命的信件，寫了幾句話，大意為：他是送信的紅軍戰士，因出了意外，信不但無法送到，而且只能以自己的衣服來換老鄉的衣服，老鄉若能代他將信送去，也算替他完成了送信任務。

屈八在此時仍然把自己看成個堅定的紅軍戰士，他雖然在逃，但希望信上寫的那些要被槍斃的人，除了他自己外，照樣被槍斃。

屈八終於逃出去了。

屈八在認為自己安全了，長長地噓了一口氣後，突然後怕起來：他已經成了逃兵，成了脫黨份子。

逃兵、脫黨份子，從此如同夢魘一般纏住他。

他竭力為自己尋找之所以成為逃兵、脫黨份子的理由，他認為自己的理由是站得住腳的，他是被迫無奈，沒有辦法。但是他又知道，無論這理由是如何的成立，他也已經是個逃兵，是個脫黨份子。

他不敢再回到自己的隊伍中去，哪怕是換一支紅軍。然而，他又的確十分懷念紅軍，懷念自己被紅軍重用的時光……

屈八混跡於市井鄉村，他不斷更換地方，從不在一個地方待上太久。他不但怕被紅軍抓獲，也怕被白軍抓獲。

三年後，抗戰全面爆發。紅軍變成了八路軍、新四軍，和曾被稱為白軍的國軍聯手了。屈八也想過去投奔八路軍、新四軍，但湖南幾乎沒有八路軍、新四軍的部隊。況且他想到若要重新回到自己的隊伍，不拿份立功的大「見面禮」去，那逃兵、脫黨份子的歷史，是不但不可能得到重用，而且依然有危險。

屈八等待著時機。

這時機終於來了。

他看到一份佈告。佈告上寫的是：

去歲湖南淪陷　日寇肆虐橫行
本軍奉命援湘　消滅萬惡敵人
實行統一戰線　團結一切好人
工農商學各界　軍隊地方士紳
不分階級黨派　皆願相見以誠
一致聯合對敵　展開民族鬥爭
取締貪官污吏　扶持好人正紳
厲行減租減息　改善社會民生
嚴懲漢奸特務　悔過可以寬容
德寇正在瓦解　日寇亦將土崩
蘇聯英美中法　保障戰後和平

世界進步很快　中國豈能後人
願我三湘子弟　一致義憤填膺
起來保鄉衛國　充當抗日英雄
倘有漢奸國賊　敢於阻擾軍容
自當痛擊不貸　勿謂三令五申
特此剴切佈告　仰各一體遵循

佈告是「國民革命軍湖南人民抗日救國軍司令部」的佈告，落款是司令員王震，政治委員王首道。

對於「國民革命軍湖南人民抗日救國軍司令部」，屈八感到生疏。但司令員王震、政委王首道的名字，他早已如雷貫耳。一九三三年王震任紅六軍團政委時，他就在紅三軍軍部聽說過王震打仗的威猛。說王震曾親自跑上陣地，將一位機槍手推開，自己端起機槍朝敵猛烈掃射，守衛陣地的紅軍士氣大振，頓時將攻勢兇猛的敵人打退……既然是王震領導的部隊，那就肯定是八路軍了。

這個「湖南人民抗日救國軍」，就是八路軍三五九旅南下支隊。

一九四四年十一月九日，王震率五千多人從延安出發南下；進入湖南後，即將部隊番號改為「國民革命軍湖南人民抗日救國軍」。那佈告，則是先行特務人員張貼的。

屈八看了佈告後，決心投奔王震的抗日救國軍。他尋思，只待這支部隊一到，便去充當嚮導，只要嚮導當得好，立了功，即使自己那不光彩的歷史被查出，也能將功贖過。但他左等右等，並未等來自己的部隊。原來南下支隊在挺進湘中時即受阻，根本未能進入寶慶地區。

屈八要立功，要重回自己部隊的想法越來越強烈。「抗日救國軍」的牌子越來越吸引他。他想，自己為什麼不回家鄉去呢？回到家鄉，拉起一支隊伍，成立個湘西南抗日救國軍什麼的，以響應王震的「湖南人民抗日救國軍」……只要有了隊伍，還愁不能洗掉「逃兵」的罪名？還愁不能重回組織的懷抱？還愁不能換來一個職務？他甚至想到了在當紅軍時聽到過的一句口頭「宣傳」，只要革命成了功，一人一個女學生。這雖然是些大老粗的話，但對堅定革命的信心的確起到了莫大的作用，亦可見革命成功的實惠之多。而革命，必定是要成功的，他必須重新回到革命的陣營裡去。如果等到革命成功了再「返回」革命，那就什麼都得不到了……

屈八要重新拉一支隊伍，要重新革命，但這些事，皆屬他的絕對秘密。是不能對任何人講的。故而他雖然對我叔爺的「亂點鴛鴦譜」的「任命」極度不滿，對楊六他們的隨聲附和不滿，但他早已將王震頒發的佈告背得爛熟，那佈告上的話，就是他行動的指南。他以佈告上的話來指導自己的行動，那就是執行黨的政策。儘管他這個共產黨人早已不為共產黨承認，早已脫黨，但他認為只要執行了黨的政策，他仍然是個共產黨。佈告上說「實行統一戰線，團結一切好人；工農商學各界，軍隊地方士紳」，這林滿群就是既屬於「軍隊」，又屬於「工農商學各界」中的「農」；老春則屬純粹的「農」；和合先生林之吾是地方士紳；鄭南山、江碧波屬「學界」，楊六是個獵戶，可算無產階級……他召集的這些人，都符合佈告上寫的「實行統一戰線，團結」的對象，故而儘管他對我叔爺極度不滿，極不情願地給我叔爺敬煙點火後，說出的卻是：

「林滿群，你是真正的抗日英雄！那衡陽保衛戰，驚天地、泣鬼神啊！」只這一句話，把我叔爺那早已湮沒的榮譽感全挑了起來。他立即說：

「屈八許老巴，當年你就是我心中的好漢哩！」

我叔爺這話，倒是句真話。當年許老巴放的那把火，我叔爺得知後，就讚歎不已，說連自己爺老子的寨子都敢燒的人，了不得，了不得，是個人物！

兩個皆在外地方混過的人，當即像好漢見到了好漢那樣，豪爽地大笑起來。笑畢。屈八說出了一番道道。

屈八說的道道大抵是，這次和日本人幹，不光是保家鄉，更是衛國家，是保鄉衛國。既然是保鄉衛國，就得先建立一支名正言順的好隊伍，不能叫鳥銃隊，因為我們有林滿群這樣的打過大仗的軍事人才（這話先說得我叔爺心裡舒坦，不再反對），有能打野豬，也一定能奪得鬼子機槍的楊六，有足智多謀的前輩林之吾先生，有比日本人還跑得快的老春，還有熱血青年、詩人鄭南山，才女江碧波，還有……等等，所以，光成立一個鳥銃隊，怎麼能容納這麼多的人才呢？但我們又必須以鳥銃隊為基本武裝，從鬼子手裡奪槍奪炮，這叫鳥槍換炮。我們不能等到非得有了鋼槍大炮後才改名，我們得一架勢就有個大的名稱，那樣既能威懾鬼子，又好擴充力量，大旗下面好招兵嘛……

屈八把與會的每個人都誇讚了，與會的人便都點頭，說他講得在理，是得起個大的名稱，叫鳥銃隊確實不行。

屈八又用佈告上的話講起了世界形勢、中國形勢。「德寇正在瓦解，日寇亦將土崩」。他當然是用自己的話將這「形勢」講得明明白白，也就是將這對偶句化作白話演義……而正是這「日寇亦將土崩」的形勢，才促使他果斷地回到了家鄉，這正是他大展身手，「東山再起」的好時機……

屈八講完形勢，又講我們要成立的這支隊伍，不光是要打日本鬼，還要「取締貪官污吏」、「改善社會民生」，以後還要「保障戰後和平」；「『世界進步很快』，我們中國、我們新寧，豈能落後於人」，所以絕不能就叫做鳥銃隊，所以一定得樹立起一面大旗！

屈八說，我們成立個湘西南人民抗日救國軍，如何？

屈八在講國際國內形勢和「……我們新寧豈能落後於人……」時，聽的人都不住地點頭，覺得到底是從外地方回來的人，見識就是不一樣。但他講要成立個湘西南人民抗日救國軍的話一出，就有人說這個名稱也太大了一點，這湘西南，湘西南，豈不比整個寶慶府還要大麼？就我們這幾個人……

屈八就說只要作好宣傳工作，發動群眾，把群眾一發動起來，我們就能很快由小到大，由弱到強，不斷發展壯大的。而這個宣傳工作嘛，鄭南山、江碧波就是現成的宣傳人才……

屈八說到發動群眾，我叔爺插了一句。

我叔爺說，你講的發動群眾，就是要告訴大家，要大家都來參加吧？既然要大家都來參加，那還要我們深更半夜地到這個祠堂裡開什麼會議幹嗎（他學了點外地腔）？那還不如拿面鑼，邊敲邊喊，快來參加我們的抗日救國軍啊！哐哐！

我叔爺這麼一說，聽的人除屈八外，都笑起來。

屈八不僅沒笑，而且心裡很惱火。他從我叔爺的擅自「任命」到這有意詆毀他的「宣傳工作」，已從心裡給我叔爺下了個「兵痞舊習難改」的結論。他驀地想到了當年紅三軍的肅反，那肅反，最後雖然肅到了他的頭上，逼得他成了逃兵，成了脫黨分子，但像我叔爺林滿群這樣的人，還真是該狠狠地肅掉！不肅掉還真的不行！只是，目前還得用這個兵痞，因為確實只有這個兵痞和日寇正股八經打過仗；他自己雖然在紅軍裡幹了幾年，但先是搞宣傳，後是隨軍部跑，並沒有多少實戰經驗。

「忍耐，暫時忍耐！」他告誡自己，「待到這支隊伍正式組成後，待到這支隊伍壯大後，再來清理諸如林滿群此類的人！到那時、那時，帶著人馬，帶著武器，回歸當年的紅軍，至少當個團長什麼的是沒有問題的，待新寧回到人民手中，去當個縣長，哼、哼，他就要讓所有的人知道什麼叫做權威，什麼叫做首長……」

屈八正這麼想著時，我叔爺又講了一句。我叔爺說，其實拿面鑼邊敲邊喊，還不如插面招兵旗，「插起招兵旗，自有吃糧人！」想當兵吃糧的自然會到旗下來。只是我們到哪裡去搞糧食給吃糧的人呢？

我叔爺這話，令屈八不能不動怒了。吃糧、吃糧，把抗日救國的人當成了專為吃糧的「糧子」，把他要創建的革命隊伍的性質全給歪曲了……

屈八感到自己再也無法忍受了，他正要厲聲斥責我叔爺，楊六、老春、和合先生卻不約而同地說我叔爺最後那句話講到了點子上，就連鄭南山也點頭稱是。

「是啊是啊，兵馬未動，糧草先行！」和合先生說。

「對啊，我們到哪裡去搞糧食呢？人是鐵，飯是鋼，一餐不吃餓得慌。」老春說。

「沒有糧食，怎麼去和日本鬼打？我家那點包穀粒粒，全拿出來也只能供我們這幾個人吃兩天。」楊六說。

「糧食問題，是個需要最先解決的問題。」鄭南山說。

於是，抗日救國軍的名稱還未獲得通過，糧食問題，也就是吃飯問題，用現在的話來說就是經費問題（幹什麼不要經費呢？沒有經費，哪一件事又能幹成呢？但那時他們還不曉得經費這個詞，他們只曉得先要有飯吃，才能去幹事），使得屈八不能不作為頭等大事來予以考慮回答。否則，別說是抗日救國軍，就是現成的這幾個人，也會走光。

關於這次緊急會議的情況，我是如實道來，不像其他的小說，一講起事、義舉什麼的，彷彿只要正面領導人振臂一呼，各方就會回應，便行動起來，而且我確實也沒見過哪本書裡寫組織抗日隊伍之類的首先說到要解決自身的吃糧（飯）問題。我之所以如實寫來，如實道來，也是好讓年輕讀者知道些舊時的真實場景。不過，話又說回來，我也是聽我叔爺講的，只有他是真正的與會者。

需要說明的是，參加這次會議的人，當時都是些年輕人，最大的也不過三十來歲，最小的江碧波才十六歲，就連被屈八稱為前輩的和合先生其實還只有二十七歲，他是以輩份和在地方上的身份而被稱為前輩的。他的行事說話，顯得格外老成而已。那時的人，一過三十歲就認為自己是往「老」字上奔了。有這麼一個「白話」：一人上午作了三十歲的生日酒，下午去挑水，不慎摔了一跤；該人爬起，歎曰，唉，到底是上了三十歲，不行了！不像現在，現在不少人家被問及自家的子女，答曰，我那個崽啊，三十歲了，還連不懂事呢！我那個女啊，還只有二十多歲，我硬是不放心呢！殊不知，若按以前的說法，那崽，已是中年人了；那女，也要奔中年了。

我叔爺如同扯卵談般提出的這個吃糧的問題，使得我們老家第一次召開的這個民間抗日會議偏離了屈八的預定程式。

在幾乎所有的與會人員都認為我叔爺提出的這個問題是第一要緊的事時，只有江碧波表示了不同的看法。

江碧波是激昂地發表她的看法的。

江碧波激昂地說：

「日本人就要再次侵犯我們新寧了，你們卻在講什麼吃糧、吃糧，難道沒有糧，我們的隊伍就不成立了？就任憑日本人再來燒殺搶掠？……」

江碧波雖然激昂得臉都漲得緋紅，但她的話還沒講完，就有人打斷了她的話。

「江大小姐，你家裡倒是有糧吃呢，你是家中有糧，心裡不慌呢！可我要是入了這個隊伍，我家裡怎麼辦？我家裡可是靠著我做工換糧給他們吃的！再說，日本人這次到底會不會打我們新寧，屈先生就硬知道得那麼清楚啊？屈先生難道在日本人那裡有眼線啊？」

此人這話一出，可就不是像我叔爺那樣僅僅是將會議程式偏離，而是簡直要否定整個會議，也就是否定成立抗日隊伍了。

屈八在日本人那裡當然沒有眼線。他若擁有情報人員，他也就不會是眼下這種境況下的屈八了。他也許就不會來依靠這些如此沒有覺悟的山裡人了。他之所以斷定日本人會攻打新寧，是通過分析判斷出來的。因為新寧與廣西交界的全州，駐紮有日軍；鄰縣東安，亦駐紮有日軍。新寧正夾在中間。夾在中間的新寧，日本人會讓你安生？而對於很快就要打響的雪峰山會戰來說，新寧正是日軍左路進攻的首攻之地。日軍得拿下新寧，攻陷武岡，將雪峰山撕開一道口子……

對於雪峰山會戰，當時不但是屈八不知道，我叔爺他們不知道，就連雪峰山會戰以全勝結束後不到三個月，芷江就成為日本的受降之地，參入、或支援了芷江保衛戰的大多數山民亦不知道自己是這次中國戰場對日軍大規模會戰之最後一戰的光榮戰士，只知道在民國三十四年，老子（們）確實是打了鬼子。

第六章

關於雪峰山會戰的緊急會議正在重慶最高統帥部進行。

緊急會議由蔣介石親自召集，與會的有陸軍總司令何應欽，第三方面軍司令湯恩伯，第四方面軍司令王耀武，第十集團軍司令王敬久，第二十七集團軍司令李玉堂等人。

與會將領在必須確保芷江這一問題上的意見完全一致，因為芷江是中美空軍最重要的前進基地、訓練基地，對日軍佔領區及其本土進行空襲的飛機多由此起降，由湘黔、湘桂及湘西前線調集的作戰物資大多在此集散，若芷江失守，不但會導致盟軍對日轟炸受極大影響，更要緊的是，將會動搖西南半壁河山，重慶將受到直接威脅。故必須確保芷江萬無一失。

何應欽認為芷江保衛戰必勝。他這個陸軍總司令是在民國三十三年冬就任的，幾乎和岡村寧茨就任侵華日軍總司令，即所謂的中國派遣軍總司令的時間差不多。是年秋，美軍已逐漸把歐洲的兵力轉用於太平洋戰場，制定了「阿爾發計畫」，即以中國為主的對日作戰計畫。國民政府為遏制日軍西犯，配合「阿爾發計畫」，在昆明設立了中國陸軍總司令部，由參謀總長何應欽兼任總司令，統一指揮全部國軍，特別是對西南戰區諸部隊加強統一指揮及整頓，並裝備三十六個美械步兵師準備反攻。

作為參謀總長兼陸軍總司令的何應欽之所以認為芷江保衛戰必勝，一方面是國際形勢已日趨明朗，盟軍的勝利指日可待；一方面是日軍雖然看起來仍然不可一世，但在中國戰場的戰線拉長了兩千餘公里，實為強弩之末；而在中國軍方面，得到的美式裝備越來越多……更主要的是，芷江會戰，盡占地利，湘西崇山環繞，易守難攻。特別是綿亙數百公里的雪峰山脈，是一道天然屏障。他判斷日軍根本不可能打到芷江，故應在雪峰山脈一帶伺機尋求和日軍決戰，將進犯之敵殲滅。

出生於貴州興義、畢業於日本士官學校的何應欽，十九歲加入同盟會，二十一歲參加辛亥革命，旋在黔軍任過營長、團長、旅長、軍參謀長等職，還擔任過雲南講武堂教務長、廣州孫中山元帥府參謀、黃埔軍校少將總教官兼教導一團團長、國民革命軍第一軍第一師師長、軍長兼黃埔軍校教育長，參加過平定商團叛亂、劉楊叛亂和兩次東征陳炯明，率第一軍參加北伐……

何應欽是《溏沽協定》、《何梅協定》的簽訂者，這兩個協定都是與日本簽訂的，都是出賣國家主權的協定；他又是在「西安事變」中主張「武力討伐」張、楊，以破壞「西安事變」和平解決的首魁，我當年從中學歷史教科書和大學歷史教科書中得到的對他的認識大抵就是這兩點，等同於他在抗戰期間就是個徹頭徹尾的賣國賊。至於他是芷江會戰即湘西會戰、雪峰山會戰以全勝而告終的總指揮，並於三個月後親手接過岡村寧茨所呈遞的投降書，則是從湖南芷江縣誌辦公室和抗戰文化研究所合編的《抗戰勝利受降——芷江紀事》，及《湖南文史——湘西會戰專輯》等資料書中得知的。由是也才明白屈八、楊六、老春、我叔爺、和合先生他們在新寧第二次「走日本」時，參加打日本兵的戰鬥就是雪峰山會戰的一個組成部分。因為資料上記載得清清楚楚，會戰的南部戰場主要包括新寧、城步、綏寧、武岡西部地區。新寧是南部戰場最先打響之地。

何應欽判斷日軍根本不可能打到芷江，滿有把握地提出應在雪峰山脈一帶伺機尋求和日軍決戰，將進犯之敵殲滅的作戰之策，似乎應該和他生於、長於貴州偏僻山區的興義，並在黔軍任過低、中、高級軍官有關，他應該是熟知山地作戰的一位將軍。而雪峰山會戰的大捷，不能不說是他最輝煌的一筆。似乎頗有意思的是，作為日軍侵華最高司令官的岡村寧茨，於一九四五年一月二十九日緊急召開會議，策定奪取芷江機場作戰目標；作為中國陸軍總司令的何應欽，則策定應對戰略。這兩個幾乎同時上任的將軍，以雪峰山會戰見高低，最後是岡村寧茨大敗，何應欽全勝。緊接著是岡村寧茨將投降書呈遞到何應欽手裡。

中國最高軍事當局的軍事緊急會議持續到午夜，最後，蔣介石下令，芷江保衛戰由何應欽全面負責，集結二十個師約二十萬兵力迎擊日軍。

蔣介石以白開水代酒，提議「為確保芷江而共勉乾杯！」

中國軍隊總的作戰方略是：利用雪峰山這道易守難攻的天然屏障，構築縱深防禦工事，採取攻勢防禦戰略，施行「逐次抗擊、誘敵深入、分割包圍、聚而殲之」的戰術，殲敵於雪峰山東麓。

中國軍隊的兵力部署為：以中國陸軍總司令何應欽為總指揮，令第四方面軍王耀武部擔負正面防禦作戰；第三方面軍湯恩伯部擔負桂穗路防務；以第九十軍為戰役機動兵團，控制於靖縣、綏寧一線，以策應第四方面軍右翼作戰；第十集團軍王敬久部接替湘北防務，原防守湘北之第十八軍調沅陵、辰溪集結，作為第四方面軍的機動兵團；新六軍廖耀湘部為總預備隊。空軍則以芷江機場為基地，有第五、第二、第三等四個大隊的各一部，另有陳納德將軍率領的第十四航空隊一部，參戰各型飛機四百餘架。

中國會戰的兵力不但在數量上佔優勢，而且已經握有絕對的空中優勢。提到空中優勢，不能不提到陳納德將軍。

陳納德與芷江又有不解之緣。

早在民國二十七年（一九三八年）八月，陳納德就「接受」宋美齡之「命令」，赴芷江籌建航空學校。

陳納德是於一九三六年收到蔣介石及時任中國航空委員會主任委員宋美齡的邀請信，請他來中國視察空軍，而於一九三七年初春乘船自美國經東京來到中國的。他原計劃只到中國視察三個月便返回美國，但抵達日本橫濱後，看到日本如一架戰爭機器一樣在急速運轉，明白日本將對中國展開全面戰爭，中日之戰，絕非如美國國內的輿論能以調停和解，而是無論如何都不可避免，便急忙趕到上海，會見了宋美齡。宋美齡任命他為中國空軍上校。他旋到杭州筧橋、漢口等空軍單位視察，視察得出的結果是：中國空軍必須大力加強。很快，盧溝橋事變發生，戰爭全面爆發，中國空軍根本無力攔截日軍飛機的狂轟濫炸，他又親眼目睹了毫無防衛的民房、學校、醫院遭日機轟炸的慘景，決心為中國抗戰盡力。故當宋美齡請他去芷江籌建航空學校，他立即趕赴芷江。

芷江之稱，源於屈原〈湘夫人〉的「沅有芷兮澧有蘭」。這座位於雲貴高原東部湘西雪峰山區的小城，依明山，傍潕水，雖偏僻，但秀麗。《方輿勝覽》載：「潕水兩岸多生杜衡白芷，故曰芷江。」早在西元前二〇二年、漢高祖五年時即置縣，唐、宋、元、明，及清前期為州、府所在地，清乾隆元年設置芷江縣。從戰略地位來說，是「控荊湘、扼滇貴、捬蜀而復粵」的「勢據西南第一州」，又有「滇黔門戶，全楚咽喉」之稱，為歷代兵家必爭之地。

一九三四年十二月一日，蔣介石電令湖南省政府主席何健將洪江飛機場改建於芷江；華北為日軍佔領後，為備戰而擴建；抗戰全面爆發後，再度擴建。在陳納德到達芷江兩個月後擴修完工並正式啟用。啟用的當月，蘇聯志願空軍大隊一中隊長伊凡洛夫斯基率領二十架飛機進駐，並於十一月八日下午率六架戰機起飛攔截空襲芷江的日軍十八架九三式轟炸機，擊落日機三架，擊斃九名日軍飛行員。次年春，蘇聯自身吃緊，駐芷江的志願空軍奉調回國。

芷江航校建立後，卻僅有三架訓練機，且在訓練中摔壞兩架，陳納德不得不於當年十一月將航校遷往昆明。

由芷江航校僅有的三架訓練機可看出當時中國空軍的薄弱，中國在一九三六年才成立航空委員會，可供作戰飛機僅九十一架。故而抗戰全面爆發後，中國只能任憑日軍飛機肆虐，遭受狂轟濫炸。僅芷江就遭日機轟炸三十八次，來犯日機五百一十三架次。在這塊小小的偏僻山區的土地上，就落下了日機投下的炸彈四千七百三十一枚。被炸死炸傷八百三十八人，炸毀房屋三千七百五十六棟。

一九四〇年五月底，陳納德回到美國，要求美國政府大力援助中國空軍。時美國尚未和日本宣戰，其要求擱淺。陳納德遊說於朝野、軍界，終得好友葛格倫律師相助，葛格倫係羅斯福總統的親信，他不但成功地勸說總統批准了陳納德擬制的「空軍外籍兵團計畫」，而且予以武器和飛機的協助。陳納德通過各方籌集經費，招募空勤地勤人員六百名，美國政府提供一百架F-40型驅逐機供志願隊使用。這就是有名的「飛虎隊」的誕生。

「飛虎隊」於一九四二年七月四日，即美國獨立日這天被併入美國現役空軍編制，編制中的名稱為美國第二十三航空大隊。陳納德被召回現役，任命為準將大隊長。次年九月初，空軍擴編，改為美國陸軍航空兵第十四航空隊，擁有飛機二百多架。同年十一月五日，在桂林組成中美空軍混合大隊，陳納德晉升為少將銜司令。

陳納德將第十四航空隊主力、第二十三戰鬥機大隊進駐芷江機場。一九四四年三月，又將中美空軍混合大隊的主力派駐芷江機場；混合大隊司令部亦隨隊進駐芷江。陳納德穿梭於昆明、芷江指揮空戰。他將駐芷江空軍作戰範圍劃定為「以華中特別是黃河以南，平漢鐵路以西地區，南京、上海以東地區」，擔負粵漢、湘桂等鐵路、公路運輸線，長江、湘江、洞庭湖等水路運輸線轟炸、封鎖任務。並立即調P-40型鯊魚式驅逐機五十四架，B-25型戰鷹式轟炸機二十七架，P-38型高空偵察機兩架，以及C-46巨型運輸機進入芷江機場。

四月，陳納德電告蔣介石：「我很榮幸地通知主席先生，美國空軍的超級堡壘B-29型轟炸機已經進入貴國。」並提出：「有兩處前進機場，希望得到中國盟軍的保護，一處在衡陽，一處在芷江。」

「超級空中堡壘」B-29轟炸機是一九四二年五月正式裝備美國空軍的一種遠程重型轟炸機，機身長三十二點七米，高九米，機翼展長四十三米，全重七十噸，可攜帶炸彈十噸，能在一萬米高空作戰，時速為四百八十公里，續航十小時以上。且自動化程度高，自衛能力強，機身係堅厚的鋁合金裝甲構成，駕駛座艙安有防彈玻璃，機內配有大口徑機槍多挺，三十釐米小鋼炮兩門，並裝有電子瞄準儀，能自動而準確地計算射程、跟蹤和攻擊目標。

然而，陳納德提出的希望中國盟軍保護的可供B-29空中堡壘起降的衡陽機場，在衡陽保衛戰正式打響的第一天便失陷，即一九四四年六月二十七日。六月二十八日，當陳納德從昆明巫家壩機場乘B-25飛機，在一個中隊驅逐機護衛下飛抵衡陽時，衡陽機場插的已是日本太陽旗。陳納德下令，毀掉機場。隨行機群將所有的炸彈、槍彈都傾泄下去。B-25座機轉而飛向芷江機場。

自此後，進入中國的「超級空中堡壘」多由雲南、四川機場起飛，跨海轟炸日本的八幡鋼鐵工業中心和首都東京；對華北日軍佔領區城市和交通線實施轟炸；在對華中、華南日軍佔領的主要交通線及鄭州、漢口機場等重點目標實施轟炸，飛臨芷江上空時，則由芷江機場出動多批「野馬」或「鯊魚」式戰鬥機護衛前往。

因衡陽機場被日軍攻佔，陳納德一到芷江，就決定從芷江機場派出飛機直接去轟炸日本本土。次日，即六月二十九日上午，芷江機場便舉行了隆重的閱兵式，閱兵結束，陳納德一聲令下，遠征日本的轟炸機一架接一架騰空而起……

自此，中美空軍頻頻從昆明、芷江、成都等空軍基地起飛，轟炸日本本土。

芷江機場，成為二戰中盟軍東方的第二大軍用機場。

芷江機場，又因其所在位置的隱蔽，保密工作的出色，以致於在一九四四年夏，援華美軍大批來到，最多時達六千人，不但設有美空軍司令部、美軍後勤司令部，並修有倉庫、營房、俱樂部……魚鱗板式的黑色小平房櫛比鱗次，被當地百姓稱為「美國街」；各式軍用飛機雲集……日軍竟然毫不知曉。在其施行的「一號作戰」佔領了中國好幾處重要機場後，從芷江機場起飛的中美飛機突然出現在衡陽上空，將停在被佔據並修整後的衡陽機場上的一整隊三十架日本戰鬥機和十二架轟炸機一舉擊毀，使得日軍再也沒敢使用衡陽基地進行過空中軍事行動。

緊接著，日軍漢口、南京、九江、湘江等基地、機場和碼頭、船舶、湘桂鐵路、粵漢鐵路等接連被炸……中南地區的制空權完全為中美空軍掌握……

芷江機場，終於成為了日軍必須摧毀的目標。岡村寧茨部署的芷江攻略戰，不管他本人是否還狂妄地想由此後揮兵直取四川，但日本大本營要求此次戰役達到的目的，就是芷江機場。

岡村寧茨愛釣魚，陳納德則愛打獵。

岡村寧茨似乎常於悠閒的釣魚中指揮他的部隊作戰，陳納德則於狩獵之餘對空軍的指揮運籌自如。

陳納德有一條心愛的德國種獵犬，他呼之為「喬」。「喬」不但是他狩獵的得力幫手，而且是他的空中旅行伴侶。陳納德往返分設於昆明、芷江的空軍指揮部指揮空戰，他乘坐的飛機只要在機場一停下，從飛機上一下來，身邊總是跟著「喬」。

民國三十四年二月中旬，雪峰山會戰前夕，陳納德乘坐道格拉爾雙引擎C-46運輸機，從昆明飛抵芷江。

他到指揮部巡視一番後，便穿上獵裝，挎上專用以打獵的步槍，帶著「喬」，上山打獵去了。

芷江山上的野物實在是多。儘管在擴修芷江機場時，曾徵集十一縣一萬九千名民工日夜施工，將原來長寬各八百米見方的機場擴修為一千二百米見方，後又多次加固擴修，使得機場占地四千八百八十二畝，其中機坪就占地二千畝，跑道長一千八百米，寬七十米；機場方圓五公里內全是營房等設施；機場的飛機幾乎日夜起飛，轟鳴聲不斷，再加上日軍飛機來襲，炸彈四處爆響，還擊的高射炮、高射機槍，將天空密織成一片火網……迎戰的飛機呼嘯而上……然而，就在這戰火連天的日子裡，山裡的野物們似乎並不害怕，並未遷徙，依然有那麼多，也許是見慣了戰火，聽慣了轟鳴，似乎這一切，都只是嚇唬嚇唬而已，就連最易受驚的麻雀，在起始的驚惶中飛離後，發現那並不是用來對付它們的，遂又飛回了「老家」。

陳納德用中國鳥銃打過麻雀，就是麻雀又飛回「老家」的明證。

這支鳥銃是何應欽送給他的。

擔任會戰最高指揮官的何應欽由重慶飛抵芷江後，為陳納德專門製作了一支裝有弩機的中式獵槍，也就是經過改造的鳥銃。鳥銃槍托為帶有紋理的牛角，牛角上的梅花係純金鑲嵌，槍管泛著藍色的亮光。飛虎將軍陳納德不知使用過多少新式武器，卻從來沒見過鳥銃。他不會使用。何應欽笑著告訴他如何裝填火藥、鐵砂。他饒有興趣地將火藥、鐵砂填進槍管，舉起鳥銃，朝樹上的麻雀開了一銃，這一銃打去，擊中的可不是一隻麻雀，而是麻雀紛紛墜地。陳納德高興得哈哈大笑，說中國鳥銃好，中國鳥銃好！

這支裝有弩機的鳥銃又成了陳納德的隨身之物。

飛虎將軍陳納德都說中國鳥銃好，若是瑤民獵戶楊六能知道這句話，當不知該有多自豪，當又能以此狠狠地駁斥我叔爺看不起鳥銃的話。可惜陳納德在芷江說的話，楊六在新寧不可能知道。但芷江機場附近山上的獵戶知道，因為陳納德得了何應欽送的鳥銃後，上山打獵，一見著獵戶，就將中國鳥銃舉起，喊，這個好！

陳納德挎著中國鳥銃，帶著「喬」只打了幾天獵，湘西的春雨便使他無法再去狩獵。於是，陳納德除了白天在指揮部待一段時間外，餘皆與他的「喬」廝磨，晚上則去芷江七里橋俱樂部跳舞。

就在狩獵、與「喬」廝磨、跳舞之中，陳納德卻已經定下了一個「錦囊妙計」。

二十架竹編紙糊的飛機，一字型排列在機場邊緣，白天用帆布密蓋，以免讓人看出真相；晚上則撤去帆布，夜色中，與真的飛機毫無兩樣。

這是陳納德為日軍空軍加強了對芷江機場空襲而制定的以假亂真、誘敵上鉤的「狩獵」。「狩獵」不到數日，日空軍果然前來夜襲，炸彈傾泄而下，將二十架假飛機全部炸毀，機場則以早就準備好的高射炮、高射機槍密集射擊，當場擊傷日機多架，擊落一架。

就在日軍以為中美空軍遭受重創，不無得意之際，從芷江機場起飛的戰機，又到了他們頭上，日軍在湘、桂的兵站、基地、碼頭不但連續被炸，就連南京明故宮、大教場兩個機場及新修的運輸機場，連同十五架飛機也全被炸毀。

陳納德之所以能在打獵、跳舞的悠閒之中，指揮空戰運籌自如，頻施妙計，乃是早就對所有的空勤、地勤情況瞭若指掌，對敵作戰成竹在胸。以芷江機場為例，不僅是機場附近停放飛機的「機窩」設施、隱蔽狀態，機場跑道品質等等全在他的嚴格要求之下，就連飛機修理廠、營房都是他重點關注之處。對於飛機起飛之前的檢查，他更是特別強調。他說戰爭的損失是不可避免的，修理是必要的，更重要的是地勤人員對飛機起飛以前的檢查，修理只可以挽救可以再飛的飛機，而起飛前的檢查，則是關係到飛機與飛行員的存亡。對於敵情的偵察記錄，他更是要對照地圖，一一翻看，絕不放過任何一個疑惑之處。他是在精心安排佈置完後，放心地讓屬下去幹，而非事必躬親。

芷江「狩獵」收穫頗豐後，他飛往昆明空軍指揮部。

四月初，岡村寧茨下達了合圍芷江的命令。

與此同時，何應欽在臨時改設的芷江陸軍總司令部召開聯合作戰軍事會議。

陳納德又帶著「喬」，和他的空軍助手艾爾索普，乘坐道格拉爾雙引擎C-46運輸機，從昆明飛抵芷江。

參加聯合作戰軍事會議的有陳納德、美軍作戰司令麥克魯、作戰參謀長柏德諾，中國陸軍總司令何應欽、參謀長蕭毅肅、副參謀長冷欣、工兵指揮官馬崇六、炮兵指揮官彭夢緝、第四方面軍司令王耀武、參謀長邱維達等。

何應欽主持會議。

何應欽首先分析了會戰形勢，說這次湘西雪峰山會戰，我軍最高統帥以及盟軍將領和全國上下都高度重視，將集中優勢兵力於此次會戰，我軍有雪峰山這道天險為屏障，日軍可謂是冒險進犯，已犯兵家之大忌，只要我軍將士奮勇，各方精誠團結，此戰不但能大獲全勝，而且定能借此戰之勝利，把湘西建成為我國一座反攻的堡壘。

在分析了會戰形勢，闡述了地利優勢後，他談到了空軍配合作戰問題。

「空軍方面，請陳納德將軍統一籌畫」。

只這一句話，對空軍配合作戰問題便講完。因為他對陳納德將軍的空軍指揮才能早已充分相信。陳納德則以他那特有的、空戰每役必勝的口氣，重複他的「空軍制勝論」，並提出：「將新六軍空運到芷江；偵察湘桂、粵漢沿線敵軍動態；轟炸邵陽、洞口、武岡……以絕對優勢的飛機投入戰鬥，掌握制空權，保證地面部隊作戰。」

軍事會議一結束，陳納德立即指令巫家壩機場擔負空運新六軍增援芷江的任務。一架架C-46大型運輸機裝載著輕型坦克、無後座力炮、新六軍士兵，從昆明空運到芷江。

為防止日機夜襲芷江，他又調裝有紅外線夜視儀和夜航雷達的「黑寡婦」偵察機兩架增援芷江。四月九日，會戰開始，駐芷空軍第五大隊，即中美空軍混合大隊便襲擊九江碼頭，炸沉日軍汽艇十艘，擊毀九江機場日機七架。

四月十日，會戰第二天，芷江機場出動大批飛機，將日軍後援地衡陽、寶慶、湘潭三角地帶大小橋樑予以炸毀。

之後，進犯日軍幾乎每天都遭到輪番轟炸、地毯式轟炸……特別是日軍一一六師團，即衡陽會戰中日軍的主力師團之一，被地毯式轟炸的慘狀，與當年日軍飛機轟炸中國軍隊幾無兩樣。

會戰歷時四十三天，僅第五大隊就出動P-40鯊魚式戰鬥機、P-51野馬式戰鬥機二千五百架次，投擲炸彈一百多萬磅，發射機槍彈八十多萬發。

日本人，終於嘗到了挨飛機轟炸、掃射而幾乎沒有還手之力的味道。

第七章

當有人說出日本人這次到底會不會打我們新寧，屈先生就硬知道得那麼清楚啊？屈先生難道在日本人那裡有眼線的話，簡直要將成立抗日隊伍之議予以否定時，和合先生的一句話，扭轉了局勢。

和合先生林之吾對那人說：

「你這話就講得有點欠妥了。去年日本人來時，我們新寧人不就是認為既沒惹日本人，也沒撩日本人，日本人應該不會怎麼樣，結果呢？被日本人殺了那麼多人。因而這次，寧肯信其會來，不可信其不來；寧肯有備而待，不可無備而亂。……」

和合先生此話一出，楊六、老春他們齊聲說：

「是咧，是咧，還是得準備和日本人打呢。只是那吃糧的事……」

「兵馬未動，糧草先行，自古以來就是這麼個理。得先解決糧草，解決糧草。」

會議，又在糧草這個問題上卡了殼。

「去我爺老子那個寨子，他的糧倉裡有的是穀！」屈八猛地一揮手，吼了起來。

屈八猛地這麼一吼，年齡最小的江碧波立即說：

「屈隊長，屈隊長，你父親那麼吝嗇，連救你妹妹性命的五十塊錢都不肯出，還會捐穀出來……」

年齡最小的江碧波是最堅定的抗戰者，也就是要和日本人幹一仗的最堅定者，在必須組織人馬、建立隊伍這一點上，她是屈八的最堅定支持者，也正因為年齡最小，她才不管什麼打仗要吃糧不吃糧的，會死人不死人的，只要開打就好。所以她喊屈八就已經喊成了屈隊長。她之所以喊成屈隊長，而不是喊屈司令，又因為她也覺得成立個什麼「人民抗日救國軍」太大了一點，難以辦到。但她聽屈八那句話的意思又沒聽懂，她是個從未愁過沒飯吃的人，她在家裡餐餐有煮好的飯菜吃，還不用自己動手。

江碧波這麼一問，我叔爺笑了起來。

我叔爺邊笑邊說：

「江大小姐，屈隊長的意思是帶著我們去把他爺老子的穀倉打開，管他爺老子願不願意……」

「去搶啊?!」江碧波明白了那話，立時驚訝得臉都變了顏色。

「對！去搶了那老傢伙的穀倉！糧食就不用愁了。」屈八冷冷地說。

屈八把那「搶」字一正式說出來，與會的皆如同江碧波那樣顯得驚訝，只是驚訝得出了聲，如同今日年輕哥們愛吐出的「哇-噻」，旋委婉地表示反對。

「使不得，使不得，屈隊長，你可千萬別說那『搶』字。」

「屈隊長，你父親當年不肯花錢救親生女兒，你一把火燒了寨子，那是你父親理虧在先，哪有連親生女兒都不救之理呢？此時你若去搶你父親的糧食，他又沒做別的什麼事，那就是你先理虧。無理之事，幹不得。」

「屈隊長，你父親那穀子，也是他辛辛苦苦種出來，攢起來的，一粒穀子，幾分汗水啊！若碰上個年成不好，那汗水，就全白流得個乾乾淨淨。所以，搶是搶不得的。」

「是啊是啊，屈隊長，至少，我們是不能去的。我們若是一去，背上個『搶』字，那，那豈不成了、成了……」

這人沒說來的是「土匪」二字。

江碧波帶頭喊的那聲屈隊長，使得說話的都跟著喊起了屈隊長，儘管隊伍還沒正式成立，屈八卻一下似乎就真成了隊長。屈八是不願當隊長而要當司令的，但這一下，他恐怕就真只能當隊長而暫時當不了司令了。說話的之所以紛紛跟著喊起了屈隊長，仍然在於個禮性，人家說去搶糧是為了幹事的都有糧吃，更何況又不是搶別人的，而是去搶他爺老子的糧，你不同意，你反對，那麼你講述自己不同意、反對的意見時，禮性稱呼總該有的，稱他個隊長，他心裡總會舒服些。比喊先生總還是大了個銜頭。

一聽眾人紛紛反對，屈八覺得這家鄉人實在是毫無階級覺悟，真恨不得要講一番階級理論出來。其實贊同屈八去搶他爺老子穀倉的人也有一個，那就是教書先生、詩人鄭南山。

鄭南山當然不是從屈八爺老子是個財老官，是地主，是革命的對象這一點上去贊同可以搶的，他照樣沒有階級覺悟，更沒有階級理論，他是從義軍起事打家劫舍這一點去想的，「打家」當然是打大家，「劫舍」當然是劫富舍，但他又怕打家劫舍這點和土匪聯繫起來，他想著該如何用比較妥當的方法將屈八去搶他爺老子糧食是用來抗日，而非用來大碗喝酒大塊吃肉，是有理之舉，和土匪毫無干係這點說出來時，我叔爺已經將那個最犯忌的字眼說了出來。

我叔爺說：

「屈隊長，屈隊長，我林滿群儘管多次當兵吃糧，但要我去搶，我也不去的。搶糧不就變成土匪了麼？我們說的是抗日，怎麼能當土匪呢？」

「土匪」這字眼一明擺出來，雖然是說出了眾人欲說的話，但還是大嘩。於眾人的大嘩中，和合先生揮了揮手，要大家安靜下來。

和合先生說：

「群滿爺，莫亂扯。怎麼能亂扯到土匪上面去呢？土匪之為匪，也有其不得已。誰個有吃有穿有兒有女有房子住的人，願意上山去幹那個勾當呢？」

和合先生停頓了一下，又似乎邊思索著邊說：

「不過，說到土匪，八十里山的土匪倒是有些怪異，那怪異中的諸多事，又和屈隊長父親那個寨子有關，不能不講。」

只此一番話，使得雪峰山會戰的新寧、武岡戰場，多了一支土匪隊伍。

在屈八——許老巴父親為女兒許伶俐做完超度亡靈的盛大道場，許老巴一把火燒了他父親的寨子，逃得不知去向後的某一年，他父親重新修好的寨子大門門檻上，不時會出現幾處鮮紅的血。起始，他父親以為那血是自家的雞血或鴨血。自從許老巴放了那把火且再也不見蹤影後，他父親悟明白了不少事理，這事理中最重要的一點，是自己省吃省用攢錢買田買地，原本全為的是給兒子置起一份大家業，可兒子竟是如此忤逆，如此不孝，如此沒有良心，那還不如自己吃點好的，把這家業全吃光罷。遂隔兩三月，要老婆也於餵大將去賣掉的雞鴨中留下一二隻，殺了，自個兒吃。他父親一認定是自家的雞血或鴨血，遂大罵老婆，罵其吃雞吃鴨吃多了，連雞血鴨血都不要了，往門檻上灑了。老婆大為委屈，講她若是往門檻上灑了血，她情願用舌頭去將門檻舔個乾乾淨淨，況且那血尚是新鮮的，這幾日哪裡殺了雞，哪裡殺了鴨？

他父親一尋思，倒也不假，那自家吃雞吃鴨的奢侈之舉尚在兩個月前，怎麼會有新鮮血？遂懷疑是鄰家寨子人有意來害他。遂大興討伐之師。然鄰寨人皆發誓未做那傷天害理之事，且跟著他老人家來到寨子門口，將那門檻上的血用指頭蘸起往鼻子上一嗅，驚曰，這哪是什麼雞血鴨血，這分明是人血！

人血?!平白裡哪來的人血?!他老人家不能不心驚肉跳。然不管是人血也好，不是人血也好，無緣無故出現的血，只能歸結為鬧鬼。他想到了死去的女兒。

這位吝嗇至極的父親，當初之所以捨得花幾塊錢為女兒做道場，是為了堵山裡山外人的嘴，怕人家說空話。就如同一些不孝兒女，當父母在世時，巴不得父母快死，以免負擔，而在父母死後，那喪事，是要辦得隆重，辦得讓人無可挑剔的。

做的那道場雖然大，但他老人家斷定還是女兒的鬼魂不散，是在陰間的錢還太少了，是來纏他，便又於大門口燒化錢紙，一邊燒一邊不住地念：

「伶俐啊我的女兒，你被土匪『吊羊』，那全是土匪的罪孽啊，你冤有頭債有主，你死得慘，你要找土匪報仇莫來纏我啊，我天天求菩薩保佑你啊！保佑你重新投胎，投個萬世修來的金字胎，你再莫來纏我。你若再來纏我，我就要請神除怪，那時毀了你魂魄，你投不了人胎休要怨我！……」

這燒化紙錢和念叨的咒語卻絲毫不起作用，鬧在大門外的鬼反而進了屋，先是許伶俐曾睡過的房裡出現了如同靈幡的白紙，白紙上是「無字天書」，接著在他的臥室裡出現了帶血的白箭。那是一枝竹篾削就，小巧玲瓏的箭，光溜溜，亮閃閃，箭頭鋒利至極。

鬧鬼一鬧到這個地步，不惟是山裡人知道，街坊人自然也知道。因為「鬼話」是最有人樂意傳，也最有人樂意聽的。並說那白紙白箭一抓到手裡，即刻化為灰燼。於是能捉鬼驅邪的師公子高手紛紛登門。這些登門的師公子高手有許家父親親自請來的，有毛遂自薦而來的，有好心人推薦而來的，很熱鬧了一陣，然高手們使盡平生本事，也終未能捉住或驅走那個鬼。反而是「鬼事」越演越烈。害得許家父親破費了不少錢財，以打發做了法事的高手。高手們則將那「鬼事」愈發講得恐怖，以顯示不是自己無能，而是鬼太厲害。

捉鬼的師公子們是從來不認活鬼而只認死鬼的，否則便會掉了衣食行當。況且鄉里山寨歷來有無法解釋的鬼類事件。但許家寨子越演越烈的「鬼事」的確是個活鬼做的，那個活鬼就是許伶俐。

許伶俐被土匪抓走時，確實以為只有死路一條了，但當她得知土匪只是要用她來換五十塊大洋時，活的希望便隨之出現。她儘管知道父親把錢看得特重，但只用五十塊大洋換親生女兒的一條命，應該還是合算的，她斷定父親會送錢來贖她，因為即便是鳥獸也有愛子之情。

將許伶俐抓進洞裡的土匪綽號鋤頭腦殼。鋤頭腦殼是以一把鋤頭攔路打劫，搶了些東西後逃進山裡，入夥成了土匪。

八十里山上的洞穴頗多，土匪多為小股，幾個人佔據一個洞穴便是一夥。這鋤頭腦殼本是超仙洞的土匪，他吊了許伶俐的「羊」後，那索要的五十塊大洋不想和超仙洞內的兄弟分了，另進了一個陰陽洞。

鋤頭腦殼限定的三天期限過去，連一塊光洋的影兒都沒見著，他霍地亮出了一把短刀。寒光閃閃的短刀令許伶俐絕望地驚叫一聲，頓時暈倒在地。鋤頭腦殼卻嘿嘿一笑，說老子沒得著你父親的光洋，老子要得你這個人了！老子得了你這個人後再「撕票」不遲！鋤頭腦殼一手抓住她的頭髮，另一手就是一刀，將她的布襟扣衣服「哧」地一聲劃破……

鋤頭腦殼「得」了她這個人後亮起那把刀，朝她赤裸的胸部便刺，那刀尖就要刺中乳溝時，卻倏地縮了回去，只是在她的兩個乳房上刮來刮去，如同剃頭師傅在剃刀布上搪刀。

鋤頭腦殼一邊搪刀一邊說他還捨不得，捨不得，還要留下來多享用享用。

被嚇暈的許伶俐醒過來後，見自己沒死，又產生了一線生還的希望，那希望，就是父親依然會來贖她。

一日，曾為鋤頭腦殼去通知她父親拿五十塊大洋來贖人的那位樵夫，怎麼地出現在陰陽洞外，樵夫一見她，大吃一驚，以為是碰上了鬼；待到弄清楚她不是鬼而是個活人時，將她父親不但絕不肯拿錢贖人，而且早已經為她做了道場的事告訴了她。

她聽完，一聲不吭，仰面朝天倒到了地上。

作為她父親女兒的許伶俐，便已經死了；另一個許伶俐，降生了。

許伶俐爬起來後，鋤頭腦殼一邊玩弄著那把刀子，一邊說，我現在就是放你回去你也回不去了，你早已是被土匪睡過的女人了。

鋤頭腦殼竟然「唉」地歎息了一聲：

「人啊，反正是一世，做高官騎高馬是一世，做牛做馬給人趕給人騎也是一世……」

鋤頭腦殼此話一出，許伶俐活下去的願望越發強烈，哪怕是做個土匪老婆，她也會認了。然而鋤頭腦殼絕不將她視為老婆，而是對那五十塊大洋沒有到手的一種報復，總是以各種稀奇古怪的做法將她摧殘得死去活來。

許伶俐想跑但又不敢跑也無法跑脫，鋤頭腦殼不但有刀，而且有把鐵短槍。鋤頭腦殼外出時總是將她手腳捆綁。

這天，鋤頭腦殼將她折磨了一番後，仰天八叉躺在柞木鋪上，悠然自得地哼起了山歌。實在說，他的山歌唱得不壞。

他是這樣唱的：

十八歲的姐姐你山坡上走
山坡上朝我招招手
招招手揮動了一塊小紅綢
看見小紅綢我淚雙流
一滴淚流的是苦相思

思姐思到月上柳梢頭
二滴淚嘛是悲雙親
雙親死得早啊什麼也沒給我留
留下了一世盡憂愁……

鋤頭腦殼的這曲「淚雙流」差一點誤了許伶俐復仇的大事，也幾乎救了他自己的命。

許伶俐趁著鋤頭腦殼在「淚雙流」時，已偷偷摸出了鋤頭腦殼放在柞木鋪下的鐵短槍，就要鋤頭腦殼永遠沒有眼淚流了。可是鋤頭腦殼的「淚雙流」唱得是那樣淒婉，那樣揪心，令許伶俐怎麼也不敢相信是從他那口裡「流」出來的。

鋤頭腦殼的這曲「淚雙流」在「流」著、「流」著，「流」得許伶俐的心顫抖起來，抓著鐵傢伙的手也顫抖起來，她想著自己等一下就要成了殺人犯，槍裡的子彈就要射穿這個「淚雙流」的胸膛或擊碎他的腦殼，天啊，她真的要失聲叫起來，你為何要這樣對待我，為何要把我逼上絕路！

「淚雙流」卻嘎然而止。鋤頭腦殼破口大罵起來，鋤頭腦殼罵她是娼婦爛貨，他媽的還不把他身上的汗給舔乾，他媽的盡在磨蹭什麼，他媽的是不是想找死了！

就是這句找死的話，使得許伶俐將顫抖的手霍地舉了起來。找死?!是要找死了，不是你死就是我死！再沒有第二條路了。

鋤頭腦殼死在了他自己的鐵短槍下。

鋤頭腦殼死後，許伶俐在陰陽洞裡過起了幽居日子，父親早就把她看成了一個死人，早就為她做了道場，她手裡又真正有了一條人命，她惟願自己就像個野人般過完這一世。

野人般的求生慾望使她平添了許多本事，她在洞口佈置了一處陷阱，只要有人一踏上去，就會掉入陷阱中，像頭野豬樣被夾住雙腿；她又設置了一處機關，只要有人觸動機關，削得溜尖的竹箭就會從隱蔽處齊齊射出；她還把鋤頭腦殼那把鐵短槍玩得爛熟。……

日子開始平安地過，可平安的日子很快又被打破。

又是一個沉沉的黑夜，超仙洞內的兩個土匪出外「覓食」，來到了陰陽洞口。土匪僅憑那敏銳的嗅覺，就知道洞內有人，且是個女人。

洞口的陷阱、洞內的機關竹箭，對這兩個土匪來說全形同虛設。他們是搞這一行的師傅。於是當熟睡中的許伶俐被猛地壓醒，不無驚恐地睜開那雙大大的眼睛，卻連叫的能力都已沒有。她的嘴巴，被嚴嚴實實地堵住。

其實堵不堵她的嘴巴都無所謂，在這山上，在這洞內，她就是喊破天也無甚用處。堵嘴只是土匪們用慣了的招式，不堵還真不習慣。

只是，這兩個土匪犯了一個致命的錯誤，那就是沒想到，這個睡在洞裡的女人會有一把鐵短槍。這兩個土匪若是像搜錢那樣先搜一搜，就不會枉自送了性命，因為那把鐵短槍，就在女人睡著的柞木鋪下墊著的松針裡。而許伶俐於驚恐和撕裂的痛楚中，一把抓到了它。

八十里山傳出了一件駭人聽聞的事情，超仙洞內的幾個土匪一夜之間全被人殺死！那些被殺死的土匪的胸口上，都插有一支竹篾白箭。八十里山的人包括那些三五一群的匪賊，都以為是官府派了本領高強的捕快，或者是便衣員警、保安隊之類的進了山。一時間講得鼎鼎沸沸如同開了鍋的水。就連許伶俐的父親也加額相慶，這一下就會有好日子過了。

然而沒過多久，一把大火將老蟲坳上的劉家莊燒了個精光。開始有人以為這是哪個仇家幹的，因為劉家莊的莊主為人格外刻薄，結怨甚多。可雖然未被殺卻嚇了個半死的莊主手裡被塞了一支青篾削就的竹箭，和超仙洞內土匪們胸口上插的完全一模一樣。

這一下，人們開始恐慌起來，特別是那些大戶人家。他們明白了，原來血洗超仙洞和火燒劉家莊的是一夥人。而火燒劉家莊決不會是捕快、便衣員警、保安隊所幹。那就是說，官府沒派什麼本事高強的進山剿匪，而是，而是……那「白箭」，可怕的「白箭」！

於是「白箭」像幽靈一般遊蕩於八十里山，令人提起就變色。

再接著傳出的消息是，一批過路客商被搶。那情景說來更令人心裡發怵。原來這幫客商是雇了保鏢的，那保鏢自稱是天下第一好漢，可是一見到空中飛來的白箭，就嚇得撒腿便溜，什麼貨物、行李、擔子，全丟了不顧。

再後來傳出的消息更不得了。「白箭」收服了八十里山大大小小的土匪，這些土匪都聽從他（她）的指揮，只要他（她）一支白箭到，叫那洞中的土匪往東就不敢往西。

「白箭」將八十里山鬧了個天翻地覆，他（她）公開打出了旗號名曰箭字軍！人們對他（她）的傳說更是神乎其神，講他（她）跨一匹毛色如火、四蹄生風的追雲馬，腰束一根蟒蛇皮緊身帶，斜插兩把盒子槍，還背縛兩隻箭袋，一隻插的是白箭，一隻插的是飛刀。那白箭號令千軍萬馬，那飛刀專取不義之人的頭顱。

然而，「白箭」卻始終未去動吝嗇至極的老財即許老巴父親寨子的一草一木。只是寨子裡的怪事越出越多。譬如說堂屋裡出現一支白箭，箭頭下釘著一張紙，紙上歷數許家父親的罪惡，如貪財成性愛財如命，小心總有報應！第二天又會出現一柄竹製的小白劍，白劍上所書文字卻是為許家父親辯護，諸如發家就是要惜財，節省是老人家的美德，等等，並聲稱白劍定在暗中保護，囑他不必害怕。於是，八十里山又傳出一個嚇人的消息，說土匪是兩支勢力相當的隊伍，一支是白箭，一支是白劍，兩個土匪頭兒在鬥法。

白箭令許家父親整日裡提心吊膽，白劍的保護卻安不住許家父親的心。許家父親變得形容憔悴，一下老了許多。背也佝了，往日那種精神勁兒全沒有了。

許家母親則只是一天到晚長吁短歎抹眼睛，想她的崽，想她的女，想著想著就掉眼淚，於是眼睛紅了腫了潰爛了，終至於兩隻眼睛看什麼東西都是模模糊糊的了。

眼睛壞了的母親常倚在門框上，望著模模糊糊的前方，她是倚門望崽歸，倚門望女歸。

一天，她望著望著，模模糊糊的眼睛似乎陡然增添了光彩，她看見了她的兒子，看見了她的女兒，她看見兒子和女兒都回來了，正在朝她走來，她猛地伸出兩隻枯槁的手朝前抓去，喊，我的兒啊，我的女啊……她抓住的，卻是自己男人的雙手。

男人甩開她的手，說，你發癲啊，見了鬼啊！

這一聲剛完，女人順著門框癱倒在地上，如同一根脫了欙子的枯藤……

許家母親被鬼纏而死的事又傳得沸沸揚揚……

許家父親又做道場，又化紙錢，又請人驅鬼……爾後又重新娶了個女人……

和合先生把這些怪事一說出來，屈八為母親傷了一陣心後，不能不立即想到了他的妹妹。但又無論如何不敢相信，那麼一個弱女子，能成了八十里山的匪首？他決心要去會一會。倘若真是他妹妹的隊伍，他就要將隊伍拉過來。只要把這支隊伍拉過來，那就要人有人，要槍有槍，要糧有糧了。自己這個司令，也就跑不脫了。

第八章

屈八去找白箭或白劍，他自己給定了個由頭，叫做收編改造。「收編改造」這詞，是他在當紅軍時學到的。紅軍隊伍裡，就有收編改造的土匪，收編過來後予以改造，就不是土匪了。

屈八要去找白箭或白劍，和合先生第一個贊成。和合先生說山上的人馬（他不說土匪）若能下山和我們一道打日本鬼，那就是保衛家鄉，人家來和我們一道保衛家鄉，我們應該是求之不得。和合先生一率先表態，其他的人就說他講得在理，打日本鬼多一個人總比少一個人好，況且人家還有現成的槍。只是擔心屈八能不能說服人家下山。

屈八去會白箭或白劍，是擔了莫大風險的。這個風險倒不是怕被白箭或白劍「喀嚓」一刀，將他的腦殼剁了，也就是並非安全問題。對於安全問題，和合先生他們都要他放心，說你獨身一人前往，身上無錢無糧，土匪根本不會拿你怎樣。更何況無論是白箭也好，白劍也罷，沒聽說過胡亂殺人；就是在這之前的土匪，也主要是吊羊，吊了羊後不拿錢去贖，才殺。我叔爺還補了一句，說你出去這麼多年，連我都不認得你了，土匪更不可能認得你，就算認出了你是許老巴，也早就曉得你爺老子是不肯拿錢贖人的，將你吊羊也沒有用。

屈八所擔的莫大風險，是他自己認為的政治風險，那土匪頭兒若真是他的妹妹，他在「階級」上就更複雜，更說不清了，父親是個地主，妹妹是個土匪頭兒……他在當紅軍的那幾年正是大力肅反的幾年，他受的「教育」正是大力肅反的「教育」，如果不是因為父親的問題在清黨時被劃入清除之列，如果肅反不是肅到了他的頭上，逼得他不能不逃跑，他是個肅反的堅決擁護和堅定執行者。肅人家的反的人，多威風！喊抓就抓，喊殺就殺，那權威，瞬間便立起來了。即算在他已經當了逃兵，已經脫黨那麼多年的此時，他依然認為像我叔爺林滿群那樣的人，到時候不肅也是不行的。

屈八也想過，自己的妹妹若真是土匪，那是被逼的，把她逼成土匪的就是那老財地主父親！當然，她可以寧死也不當土匪，但誰又不怕死呢？怕死，沒辦法，只好順從土匪，成了土匪，這都說得過去，只是成了土匪頭兒，可就無論怎麼說都說不過去了。土匪頭兒，那是無論碰上什麼政府，都要捉住殺頭的。因而，他去收編土匪，等於是去救他妹妹，只要改造過來，立功可以贖罪。然而，他又知道，即便是「收編改造」後去打日本，在山民和鄉民們眼裡，土匪依然還是土匪，說得最好的無非是句「就連土匪也參加了打日本鬼」……

屈八想來想去，還是不能被人看作是去找土匪頭兒妹妹。他雖然早已脫黨，但仍然認為自己是在黨，或至少是還要回歸的。他不能落下個專門去找土匪頭兒妹妹的把柄。土匪那名兒，是一沾上就抹不掉的，如同妓女，不管你是什麼原因淪為妓女的，「一日為妓，終身為娼」，哪怕你日後成了誥命夫人，人一說起，那女人原來是個娼妓呢！擂鼓戰金山的梁紅玉不就如是？一直到了二十一世紀還有人在網上撰文，標題是醒目的〈中國第一妓女將軍〉，且為諸多名網轉載。足可見這一旦沾上匪與妓的可怕。凡匪者，即算以後做了大官，人背後亦言，那官是土匪出身。

然而，為了壯大隊伍，屈八不能不去找土匪頭兒，也就是不能不去冒這個政治風險，如果光靠在祠堂裡開會的「骨幹」，那真的最多能拉起支鳥銃隊。

屈八從事過宣傳工作，他知道要找點「理論根據」或政策依據，他將落款王震、王首道的「湖南人民抗日救國軍佈告」背過來背過去，裡面硬是沒有一句講到土匪，但有「一致聯合對敵，展開民族鬥爭」，他把收編改造土匪納入了進去。他是去執行「一致聯合對敵」。

有了「一致聯合對敵」的依據，屈八底氣足了許多。對於這「一致聯合對敵」的收編，屈八有著十足的把握。因為「師出有名」，是要他們抗日，是打侵略到我們新寧的日本鬼。倘若是要他們去打寶慶的日本鬼，不一定拉得動，雖說新寧屬寶慶管，相隔也只有那麼遠，但他們依然會說不幹鳥事，人家在寶慶，又不在我們新寧。屈八是熟知故鄉的鄉情的。如果要他們出新寧，去寶慶，乃至去長沙、武漢，除非是每打一仗，就讓他們的包袱裝滿金銀，當年的江忠源帶新寧楚勇，曾國藩帶湘軍出境作戰，就是每攻下一地，任憑部下大發戰利之財，提攜部下多升戰時之官。他屈八能這樣嗎？不能！

屈八想到那時的新寧縣，竟出現了「隔牆兩制台」、「對岸兩提台」，各類將領上百。劉長佑、劉坤一、江忠源、劉光才，直隸總督、兩江總督、安徽巡撫、浙江提督。了得！這些人，能不讓人羨煞？然天時不再，境況全變，新寧的人脈風水似乎已被那些人占盡，從此後再也沒出格外顯赫之人，他屈八也不敢往那麼大的官上去想，他只要能當個縣長什麼的也就實現了理想。而這個理想是可以實現的，以抗日而獲得隊伍，以隊伍再回歸革命。革命勝利了，他也不想去外地，就在家鄉當個父母官，足矣！

對於收編有十足把握的屈八，倒是對那如何才能找得到白箭或白劍，如何才能會面，頗費了一番心思。

屈八是這麼上山去找土匪的。

他打著一面招子，上書「我是屈八，要會頭領，抗日大事，十萬火急」。

這打著招子去找土匪的辦法，其實是獵戶楊六和我叔爺想出來的。

楊六說要想極快地找到那什麼白箭「黑劍」，只有進入山林後邊走邊喊，我是某某，要找大王，商量大事，刻不容緩。楊六說一些急著要買野物的客商來找獵戶，就是用的這個辦法，進了山林，扯開喉嚨一喊，我是客商，要買野物，價錢公道，快來相商。自然就會有聽見的循聲去迎他，若是這家沒有他所要的獵物，自會介紹另一家。這客商如果光靠找著一家獵戶，再打聽有無所需獵物，那要多費好多腳力、好多時光，因為獵戶住得分散，那房子又都在掩蔽的不打眼之處，你有時走過屋旁都不知，看見了屋子卻繞不過去。只有如收荒貨、如賣絨線頂針的貨郎那麼一喊，就會有人來引路。這找他看得見你、你看不見他的土匪也一樣。你一喊，便會有裝扮成樵夫、採藥之人什麼的巡山的小嘍囉去報信……

楊六如此一說，大家都認為在理。我叔爺在點了頭後則說：

「楊六你這主意不錯，只是八十里山那麼大，不比你們獵戶住的山坳，屈隊長若是喊得那麼半天，喉嚨早就喊嘶，發聲不出，再喊，只有屈隊長自己能聽見了。依我之見，不如打一面招子，寫幾個大字：我是屈八，要找山大王妹妹，速速通報。那巡山的土匪總有認得幾個字的。就算不認得字，一見平白裡出現個打著招子的怪人，也會立即通報……」

我叔爺這麼一說，聽的人皆點頭，認為比扯開喉嚨喊確實要好。和合先生又補充一句，說八十里山那麼大，也不能無的放矢，首先就到屈隊長自家許家寨近邊的山上去，那怪事多出在許家寨，想必附近山上就有巡山的小嘍囉。

輪到屈八拍板了。屈八正色而道，說他此次上山，絕不是專為去找他妹妹，其一，許伶俐是死是活，白箭或白劍是否就是她，根本還不得而知；其二，若不是為抗日大計，為保家鄉，他才不會冒這個險；其三，倘若他此去遭遇不測，抗日隊伍不能散，抗日大旗不能倒，就是個鳥銃隊，也得和日本鬼幹上幾場真的！否則，他死不瞑目。

屈八這麼一講，所有的人都沸騰了熱血，紛紛說屈隊長你放心，我們若不和日本鬼幹幾場真的，也就不是新寧人了！江碧波和鄭南山更是激昂，說屈隊長你若是不能回來了，我們先打日本鬼，再清剿土匪，若不能為你報仇，我們也一死和你相伴。江碧波和鄭南山這麼一說，和合先生等人又撫慰，說屈隊長你此去，能否招安土匪不說，回來是絕對不成問題的，不然，我們也不會同意你去冒險，我們還等著你來當頭兒，聽從你的吩咐。

屈八說，凡事都要做最好的打算，最壞的準備，萬一我遭遇不測，這扶夷人民抗日救國軍，以鳥銃隊為主力，由楊六當司令，由和合先生林之吾當參謀長，林滿群當軍事教官，鄭南山當宣傳科長，江碧波當司令部幹事，老春當聯絡官……

屈八如同交待後事一般，卻一下就把個原來意見不統一的救國軍給正式定了。因為人家都做出了死的打算，還有什麼可說的呢。「人之將死，其言也善」，還能不認可。何況那救國軍的大號已降了一級，由「湘西南」改成本縣扶夷；何況主要人員都被任命了頭銜。

被任命的司令楊六說：

「屈八兄弟，你只管去，我保險你會回來的。司令還是你的。」

和合先生等人也都說「保險」屈八會回來，回來就當司令。這「保險」之說並非真的能保他萬無一失，而是一句吉利話，大凡人出行，出去辦事、幹事，我們家鄉人都會說「保險」其怎樣，如出去做生意，就保險他發財，出去混差事，就保險他升官。這屈八去會土匪，就保險他平安回來，而且回來當司令。

屈八要的就是他回來當司令這句話。他之所以把「湘西南」降為本縣，是唯恐又生出波折。但他還是說他即算不在了，只要救國軍狠狠地打日本，保家園，就等於他當司令一樣。

這時我叔爺說了一句。我叔爺說：

「楊六就暫時代理司令囉，等屈八回來再卸任，當副司令也好，當鳥銃隊長也好，聽屈司令的。」

我叔爺說這話的起因，本是認為楊六當不了司令。楊六怎麼能當司令呢？楊六能有當司令那個才，那個智，那個能力？我叔爺知道他自己也是不能當司令的，既然定了個司令，這司令還是只能歸屈八當。我叔爺是從大局著眼來說出這句話的。這句話說得屈八心裡高興，認為我叔爺這句話總算站在正確立場上來說了，而且到底是當過兵的，知道「代理、卸任」。

楊六對我叔爺這句話則毫無意見，他一個獵戶，從來就沒想過什麼司令隊長的，這「代理司令」也好，隊長也好，使他感到的是要大派他的用場了。

代司令楊六立即說他就去找獵戶，把他那裡所有的獵人都喊來，把所有的鳥銃都帶來。和合先生則說他先去籌集一部分糧食，要鄉里百姓每戶出一點。「日本人來了，搶也會被搶光，與其被搶，不如先捐一點去打日本人。這個道理講得通的。」鄭南山講他配合和合先生去做這個宣傳工作。江碧波說她去要自己的父親多捐些糧食出來。老春說他腳力好，就去打探日本人的動靜……

未要屈八安排，這些人都給自己派定了差事。

屈八就根據楊六和我叔爺的啟發、提議，找塊白布做招子，寫上「我是屈八，要會頭領，抗日大事，十萬火急」。這幾個字又令代司令、參謀長、軍事教官、宣傳科長、司令部幹事、聯絡官等交口讚譽，都說寫得好，到底是從外面大地方回來的，想出的話就是不一樣。

屈八打著招子一上山，果然有巡山的「便衣」土匪很快就把信報到了頭兒那裡。

頭兒就是他妹妹許伶俐。只是許伶俐這名字早就廢棄了，她改名白箭。那白劍之人根本不存在，也就是她。

白箭正站在一塊巨石上，聽松濤一陣一陣揪人心腑。

白箭站在巨石上聽揪人心肺的松濤時，她的貼身女侍月菊姑娘正在向她激昂進言，要她乾脆搶入她父親的寨中去，放他一把火，好平息心頭之恨。

月菊姑娘原本是劉家莊莊主劉老大的侍女，這侍女是實際名份，公開名份是「親女」。我老家人特興認親娘親爺、親崽親女，這個「親」字非「親生」之意，而是拜認、受認的乾親。這認親娘親爺、親崽親女也並非需要門當戶對，恰恰相反，家境不好的往往去認家境好的做親娘親爺，家境好的也願認家境不好的做親崽親女。為甚？家境不好的認家境好的，不是圖能得什麼多大的好處、多大的照應（好處、照應有時也有，但大抵不多），主要是希冀沾染個好八字，使自家的運氣好些；家境好的之所以認家境不好的，圖的是個名氣，人丁興旺，崽女越多越好。換言之，他若不認家境不好的，也認不了家境好的，家境好的、和他差不多的，會去拜認他做親娘親爺嗎？

月菊姑娘做了劉老大的親女後，父母親卻沒有沾到莊主的好八字，相繼病死。父母親死後，劉老大將月菊接到莊上，開始還對她甚好，漸漸地便生分起來。由「女兒」變成了個侍女，等於是個不但要做粗活，而且要服侍劉老大的丫環。這「生分」本也好理解，至親在一起住的時間長了都難免生出許多口角，鬧出許多矛盾，更何況她原本是個非親非故的外人。月菊對於一天到晚的累得該死倒也甘願，因為父母在時，她在家裡也是一天到晚的累得該死，只是「親娘」劉老太太總愛罵她是個只曉得吃飯百無一用的賠錢貨，說以後將她嫁出去時還得倒貼幾件嫁妝。她在家裡時父母也常這樣罵她，但親生父母的罵她聽了無所謂，「親娘」的罵可就使她時常暗地裡掉淚。「親爺」劉老大倒是不罵她，只是愛用旱煙鍋頭燙她。「親爺」一抽長旱煙桿時，要她裝煙、點火。那一鍋旱煙抽畢，過了下癮的「親爺」會突然將滾燙的旱煙鍋頭朝她燙來。「親爺」燙得她叫時，格外高興，有種莫名的興奮，比過足煙癮還興奮。當然，「親爺」也不是每次都燙她，燙得她尖叫一次後，又會撫慰她，要她別怕別怕，還將那已經不燙的煙鍋頭倒轉來，以手抓著，說這有什麼燙呢，一點也不燙。待到她某次又為「親爺」裝煙點火，以為「親爺」不會燙她時，那煙鍋頭又要燙得她尖叫一次。

「親爺」不燙她時，對她其實還算好，「親爺」跟她說，他就是有這麼一個嗜好，他也知道這個嗜好要不得，怎麼能燙自己的女呢？可如同抽上了鴉片，戒不了。「親爺」要她千萬別見怪，忍著點，就等於是孝順做爺的。「親爺」跟她講了個故事，說一個老母親要吃鮮魚，可大冬天的河裡都結了冰，到哪裡去弄鮮魚呢？兒子為了孝順母親，就脫光衣服躺到冰面上，硬是用自己的熱身子融化出一個冰窟窿，孝心感動天地，那孝子將手一伸進冰窟窿裡，就抓到一條鮮魚……「親爺」說這是「二十四孝」裡面的，上了書的。

「親爺」還跟她說，他要戒掉這個不好的嗜好，只有去抽鴉片，聽人說只要抽上幾口鴉片，別的什麼就都不需要了。你如果硬是盡不了這份孝心，那做爺的就只好去抽鴉片了。

月菊怕「親爺」真的去抽鴉片，決心盡這份孝心。一下定決心去盡孝心後，就不怕燙了，那手也被燙得麻木了，感覺不出疼了，不叫了。可「親爺」要的就是她的叫。見她燙手不叫了，便要燙她的背，燙她的背時得要她撩起衣服，這一撩衣服，捎帶著撩出半截胸部，已發育成熟的胸部又惹得「親爺」眼熱，煙鍋頭轉向……

那時從沒聽說過人有虐待癖或被虐待癖什麼的，這劉老大約莫是屬於有虐待癖，因為他並沒有對月菊行強姦，他始終還是恪守「父女」的名份。只是那轉向的煙鍋頭終於使得月菊於一個黃昏跑了。

月菊跑了，卻並不是真的要逃跑，她也沒地方可去，她就在山上亂竄，竄到夜幕濃濃地如捲席子般捲了攏來，一輪彎月於黑暗中衝了出來，正準備回莊子去挨「親娘」的痛罵時，碰上了白箭。

白箭一見月菊，斷定這是個和自己當初一樣的苦命女子，便好言詢問個中仔細，月菊不知道她是白箭，是土匪頭兒，只以為猛地裡遇到個好心的女人、好心的姐姐，遂把從未能對人訴說的苦衷一股腦兒全倒了出來。

月菊邊哭邊說，白箭則抓起她的手臂，於月光下一看，佈滿被旱煙鍋頭燙滿的疤痕；再掀起她的衣服，於月光下一看，胸前胸後也佈滿被旱煙鍋頭燙的疤痕……

於是，就發生了火燒劉家莊的事。

白箭放的那把火，不僅是為月菊姑娘出氣解恨，也是為自己出氣解恨，這有寨子有莊子的父親，為什麼對自己的女兒都如此無情，如此下得了手?!

當時白箭並不知道劉家莊劉老大是月菊的乾爹而非親生父親。我老家的人喊乾爹乾娘都是喊爹、娘，對人訴說也是稱爹、娘，除非聽的人聽出不對頭，譬如你爹姓劉你怎麼不姓劉？方會回答，是我親爹親娘呢！這親爹親娘若在外地人聽來，又會大惑不解，其實是乾爹乾娘。

白箭恨自己的父親，這種恨永遠也難以抹去。她一直想狠狠地報復父親，可怎麼報復呢？她拿著劉家莊出了那口惡氣。

月菊見燒了她乾爹的莊子，始是又哭又鬧，還罵，罵燒她「親爹」莊子的是土匪。月菊哭鬧的是，你燒了我爹的莊子，我以後怎麼辦？我爹燙的是我，我娘罵的是我，又沒燙你，又沒罵你，爹娘打罵崽女是自己家裡的事，關你什麼事，你怎麼能燒他的莊子，怎麼這樣沒良心?!土匪！土匪！待到看見一支白劍塞到他「親爹」手裡時，才知道是真正的土匪，便不敢哭，不敢鬧，更不敢罵了。

白箭把月菊帶到了身邊。很快，提心吊膽的月菊就覺得是碰上了真正的好人，她跟著白箭有吃有喝有穿，不挨燙不挨罵，還不要做多少事，還得自己去尋事做，還有了能經常在一起說話，說女人之間的悄悄話的人……

月菊遂成了白箭的貼身女侍。

月菊知道了白箭被土匪吊羊，親生父親硬不肯拿五十塊大洋去贖，害得她被土匪凌辱得死去活來，終於殺了土匪，自己也成了土匪，父親卻認定她早已死了，為她做了道場的所有事情。

月菊認為白箭的親生父親比她那「親爺」還要狠心，就常勸白箭也去她父親的寨子放一把火。此刻，月菊又對白箭提到了放火的事。月菊說，你還念那個老畜生什麼父親之情幹什麼，他若念你女兒之情，當初也就不會見死不救了。更何況那個老畜生又娶了女人，又生了崽女。你母親，就是被他逼死的……

白箭卻對著月菊吼道：「你給我住口，住口！他是我父親、父親，是我的親生父親！你沒看見他經常為我燒紙錢嗎？他若不念父女之情他會如此？……」

其實，父親不時為她燒的紙錢更激起她的仇恨。

她父親認定他的女兒已經死了好多年了！她父親早已將她變成了一個孤魂野鬼！她父親在五十塊光洋的期限過去不久就為她做了超度死鬼的道場，她父親在每年清明卻從未念叨過她，她父親根本就不願提到她，彷彿從來沒有過這麼一個女兒，她父親是在寨子裡鬧鬼後才不斷地燒化紙錢……她父親難道真是在贖自己的罪愆嗎？不，不，他是害怕，是害怕女兒的冤魂，害怕大門上的血跡，害怕帶血的白箭，他是在趕鬼、驅鬼，要把親生女兒這個鬼也徹底清除……

白箭說了「他是我父親、親生父親……」後，月菊以為她是燒自己親生父親的寨子下不了手，便說，你若下不得這個狠心我替你去！

月菊正要動身，只聽得白箭一聲吼：「回來！」白箭說今後誰敢燒她父親那裡的一草一木，她就要先撕了誰！說罷揚手一刀，將一根樅樹枝條劈做兩截。

月菊一下愣了。半晌後吱吱唔唔地說，那你燒劉家莊時怎麼沒想到那是我爺的莊子？

月菊不知道白箭火燒劉家莊是帶著對許家寨的惡氣在燒的。

我老家的土匪與外地土匪可能有所不同。我老家的老人們跟我說，我們這裡的土匪很少有殺人的，沒聽說過土匪亂殺人的事，土匪殺人只有兩種情況，一種是和他有深仇大恨的，一種是吊羊不肯拿錢去贖的。除了這兩種，其他的他殺你幹什麼呢？「搶東西那就搶啦！」老人們說，「主要是搶過往客商。有時也搶商鋪，但那商鋪主人和和氣氣、買賣公平、買貨的實在沒錢肯賒帳、討米的上門總要施捨一點的，不搶。放火燒房子的也很少很少。」

由是我猜測，白箭火燒劉家莊，許是受了他哥哥許老巴的啟發。而她父親的寨子已經被哥哥燒了一次，她難道還能去燒第二次？但不讓她父親吃些苦頭、受些教訓，她又實在咽不下那口氣，所以她在父親的寨子裡鬧鬼。

她一邊鬧鬼恐嚇她父親，一邊又不准任何人去動她父親，只能以她是既痛恨她父親又割捨不斷那根父女情絲來解釋。

當白箭正站在一塊巨石上聽一陣一陣揪人心腑的松濤時，報信的小嘍囉說來了一個屈八，打著一個招子，要相商什麼抗日大事。

白箭說：

「你認識他？」

小嘍囉說：

「不認識。」

白箭說：

「那你怎麼知道他叫屈八？」

小嘍囉說：

「他那招子上寫著他是屈八呢。」

白箭說：

「你識得字？」

小嘍囉說：「略識得幾個。」

聽這個小嘍囉說認識字，白箭來了興趣。

白箭問：

「你是怎麼識得字的？」

小嘍囉答：

「偷學的。」

聽小嘍囉說是偷學的，白箭更來了興趣，因為她自己認識的那些個字，也是從小跟著哥哥許老巴偷學的。

白箭一來了興趣，把那心頭的不快暫時給驅除出去了，使得屈八能在第一時間見到了要見的人。這也如同有人要見領導，領導心情好的時候才容易被接見。特別是大領導，你打通了秘書那一關，秘書是一定得見著大領導高興時，才會將你引見的。也只有大領導高興時，你的問題才有可能解決。

這白箭是土匪的領導，也是心情好了，便很爽快地要小嘍囉將那個打著招子的屈八引來相見。白箭說，你把他帶來，帶來，倒看他有什麼事要和我說。

小嘍囉引屈八來相見時，並沒有像其他小說、電影電視裡那樣，將屈八的眼睛以一塊黑布蒙了，或用個黑袋子將他的頭蒙住，而是就如同引領不識路的人去往某某寨子、莊子一樣，小嘍囉在前面走，屈八在後面跟著。小嘍囉走得飛快，屈八有點跟不上，拚命趕。

這白箭率領的土匪不怕有人認得路徑，一則是八十里山那麼大，洞子那麼多，今天你來了這裡，明天再來這裡時，鬼都見不著一個；二是從未見過有什麼大的官府清剿行動。八十里山的土匪從未去騷擾過官府，和官府沒有結下樑子，只是有時搶一搶過路客商，搶一搶不按和氣、信譽生財的商鋪；搶得一路客商，搶得一個商鋪，吃得幾個月，這幾個月便相安無事。那劉家莊被火燒了後，儘管也告到了官府，官府儘管也說那還了得，但依然是不了了之，因為僅僅只燒了個劉家莊，別的地方沒見起火，況且又沒死人，還有百姓輿論說那莊主劉老大太刻薄，官府以仇人報復結事。官府自身的事尚且顧不過來，懶得去理睬那幾個毛賊。

當小嘍囉領著屈八快到白箭面前時，白箭一看小嘍囉後面拿著招子的人，起始沒在意，只覺得這人會想主意，打著招子來找我。再不經意地一看時，那人，走路的樣子怎麼地有點熟悉；因了那怎麼地有點熟悉的樣子，不由得睜大了眼睛使勁地盯著；使勁地盯著盯著，那人越來越近，來到了面前……

白箭「啊」地一聲，愣了……

不用說屈八——許老巴和白箭——許伶俐的相會相識場面。分別十來年了，哥哥以為妹妹早就死了，妹妹以為哥哥早就失蹤，兩人原都以為要見面也只能是鬼魂相會了，誰知這一下，驀地，兩個大活人到了一起。於屈八來說，畢竟還是已對妹妹的生死存有疑惑，畢竟還是已經懷疑妹妹就是白箭，故吃驚之狀要小於妹妹。那白箭許伶俐一見著哥哥，可就把持不住了，先是驚愕，不敢相信，待到相信來到面前的確是哥哥，眼淚水簌地奪眶而出，站立不穩。山裡人從沒有因激動，或其他緣故去抱住親人的習俗，她不可能往哥哥懷裡伏，只能任憑自已往地上倒，慌得月菊將她一把抱住……

白箭清醒過來後，歡喜得如同當年的伶俐女子；歡喜過後，將十來年的痛苦、委屈、無奈、仇恨，將母親的去世、老東西的再娶（她當著哥哥的面竟不願說出父親二字）……一股腦地對著哥哥傾訴。屈八嗟之、歎之，一時卻不知和妹妹的見面究竟是喜還是悲，他對妹妹是愛之切，憐之深的，否則，當年也不會一把火燒了爺老子的寨子。然而，在他面前的，卻是個真正的土匪頭兒了。他早已不認那個吝嗇至極害慘妹妹的老財父親，他連問一下都不願問，他只剩下妹妹這一個親人了，可這僅有的一個親人，是個匪首，他成了匪首的哥哥……

把妹妹帶下山去，就能洗刷掉土匪的惡名嗎？屈八覺得難矣、難矣！他知道，妹妹即算成了抗日英雄，那土匪的歷史也是難以洗刷掉的。但他來的目的就是要拉這支隊伍下山，也只有讓這支隊伍成為抗日隊伍，再轉為革命隊伍，作為匪首的妹妹，才能將功贖罪，才有一條出路。於是他對妹妹講起了當前抗日的重大意義，他認為要說服當了多年匪首的妹妹，不會是件容易的事，可白箭剛一聽出他的意思，便是一句話：

「聽哥哥的！別說打日本鬼，就是打縣裡官府衙門，也只要哥哥一句話！」

白箭這話倒讓屈八驚了一下，這哪裡還是那個見面便哭、哭得暈倒、暈過來後歡天喜地、絮絮話說個不停的妹妹！

屈八要妹妹以後當著人面別喊他哥哥，得喊司令。白箭說知道，這是隊伍上的規矩。屈八又要她改名，不能再叫白箭了，恢復許伶俐也不行，他自己都不願再姓許。白箭說名字也任憑哥哥取，許伶俐早就死了，當然不能再是許伶俐，只是還得姓白，這個「白」字不能改。屈八不明白妹妹為什麼不能改「白」字，但「軍務」緊急，沒時間也沒必要去追問個為什麼，況且妹妹在最關鍵的大事上都爽快地答應了自己，這種小事不應和妹妹拗。加之隨著「白」字立即讓他想到了一個好聽的名，他脫口而出，說，那就叫白、白曼。

於是許伶俐——白箭、白劍，變成了白曼。

白曼要跟著屈八下山去抗日了，她對部下說，願意跟她去打日本鬼的，跟她走，不願意去的，或留山上，或散了，隨便。白曼這話一出，屈八急了，他要的就是能打仗的人員，越多越好，如果光去個妹妹帶幾個人，他也就白上山了，他趕緊重複下山的重大意義，說此一去是保家衛國，大家可以青史留名。他這青史留名未引起什麼反響，留不留名的對土匪們根本無所謂。有土匪立即打斷了他的話，喊：

「去年日本鬼在我們這裡壞事做絕，欺我們家鄉無好漢，我們願跟著白大哥下山，先打了日本鬼再說！」

土匪們齊聲喊：

「願跟白大哥下山，先打了日本鬼再說！」

和許多人一樣，屈八根本就沒想到土匪對打日本鬼會如此齊心。其實何止在我們新寧，在整個雪峰山會戰期間，雪峰山各個戰場，崇山峻嶺之間，凡有土匪出沒的地方，幾乎皆有土匪參戰。有關雪峰山會戰的各種文史資料，都有記載。老人們的回憶，也往往提及。

屈八聽得土匪們齊聲喊「白大哥」，才知道妹妹那「白」字不能改的原因。妹妹這個女人，在土匪中是以大哥號令於眾的。這也就使得外面人弄不清八十里山的土匪頭兒到底是男還是女。

屈八為土匪們的激情感染，旋即也講出了些激昂的話。最後，他宣佈下山的人不再是以前的那種性質的人了，是扶夷人民抗日救國軍的戰士了，是新的隊伍了……

屈八這麼一講，又有人打斷他的話，說他們明白，你講的是改編、招安，不過改編、招安得有餉發啊，不知道長官帶了餉來沒有？

此人如此一講，白曼立即摸出了竹製的白箭，那人一見白箭，趕忙縮頭噤聲。白曼說，去打日本鬼，不准講什麼餉不餉的，有餉要打，無餉也要打！只准向前拼命，不准臨陣逃跑，和日本鬼拼了命的，就是好漢！說畢，將那竹製的白箭往前一扔，喊一聲：

「出發！」

第九章

老春帶回了打探到的消息。

老春說，新寧城裡，有好幾百中央軍，正在加固城牆，修築工事。武岡城裡，也是好幾百中央軍，和新寧城裡的差不多，只是那工事，修到了城外十里之處。東安的日本兵，正準備向新寧進發；全州的日本兵，好像也要開拔……

老春這個負責打探消息的聯絡官，自然不可能知道詳盡的軍事部署。但他說的這幾點，大體準確。

新寧和武岡的守軍的確分別只有幾百人，皆為一個營，都是第四方面軍司令官王耀武屬下第七十四軍五十八師一七二團的；七十四軍軍長是施中誠，副軍長張靈甫；五十八師師長是蔡仁傑，湖南常德人；一七二團團長為明燦，湖北浠水人。

七十四軍有抗日鐵軍之稱。從淞滬會戰開始即成為日軍的主要對手之一，兩次被最高統帥部授予飛虎旗。常德保衛戰死守常德的就是該軍第五十七師，師長余程萬率全師八千將士面對日軍第十一軍數萬兇悍兵力，死守常德十六天，擊斃日軍一萬餘人，最後僅剩下師長及兩個團長、官兵八十餘人。七十四軍在抗戰全面爆發後，和日軍打的幾乎全是以硬對硬的陣地戰。張靈甫和老搭檔蔡仁傑、老部下明燦等在淞滬會戰中取得羅店大捷，死守望亭；在萬家嶺大捷中奇襲張古山繼而死守張古山，令史迪威都讚歎不已；在被譽為抗戰以來「最精彩之作」的上高會戰中死守雲頭山……上高會戰後，原本由雜牌軍組成的七十四軍為蔣介石欽點為華中四大戰區的主力攻擊軍……以後由鄂西會戰等直打到雪峰山會戰。

守新寧縣城和武岡城的兵力之所以僅各為該軍的一個營，一則這是國軍在抗戰中形成的主要戰法，即以守城兵力牽制住日軍，配合外圍部隊進行圍殲；二則顧慮到日軍的火炮厲害，諸如新寧、武岡這樣的小城佈置過多的兵力恐成為日軍火炮的靶子。守城的少量兵力只要拖延住攻城日軍，對會戰來說就是一個勝利。七十四軍其他部隊皆在雪峰山東麓佔據有利地形，構成決戰主陣地。

從全域來說，中國軍根據地、空偵察，已判明日軍分三路進攻，其中路主攻隆回、洞口，左路進攻新寧、武岡、綏寧，右路進攻新化、漵浦，其意圖：一是左右包抄我第四方面軍，二是穿越湘黔公路，突進安江，攻佔芷江。中國軍已作出部署，依託雪峰山天險，第四方面軍王耀武以七十四軍和一百軍各配屬一個炮兵團，分別於洞口以南的武岡、綏寧和洞口以北的龍譚、漵浦一線正面狙擊，在我南北兩翼的靖縣和新化，分別配置七十三軍、胡璉第十八軍和第三方面軍湯恩伯的第二十六軍、九十四軍，一旦日軍進至雪峰山腹地，即以十八軍和第三方面軍分別殺出兩翼，南北對進，合圍日軍。

新寧守軍的主要任務，就是拖延日軍對武岡的進攻。

對於國軍第七十四軍的威名，作為老百姓的老春他們不知道。我叔爺則略知一二。他是在衡陽聽第十軍的弟兄們說的，因為馳援常德最先抵達常德德山，救出余程萬師長等八十餘人的就是第十軍。

當時老春把打探到的消息一說，我叔爺、和合先生異口同聲叫了聲「啊呀」。

「啊呀，日本人是要合圍我們新寧！」

「啊呀，日本人是要兩路夾攻。」

我叔爺、和合先生之所以如此斷定且斷定得準確，因為東安在新寧之東，全州在新寧之西，兩地皆毗鄰新寧，亦是新寧人出外的兩條通徑，叫做上東安、下全州。我叔爺有一定的軍事常識，且他打過的衡陽之戰，日軍正是四面合圍。和合先生則屬於鄉里那種知天文、曉地理，古書、古文讀得多的智謀之士。

「日本人從東安來犯，我們白沙，正是當衢必經之地。」和合先生又補充一句。

「日本人肯定是一路先侵犯我們白沙旋攻新寧，一路從崀山而來合攻新寧，轉而攻打武岡。」我叔爺也補充一句。

聽著和合先生和我叔爺這麼說的人，儘管是從白曼帶來的幾十號人，及楊六帶來的三十多個瑤民獵戶中挑選出來，即將擔任各種不同職務的「準領導」，還是立即有人驚恐緊張起來。

「哎呀，那我們怎麼辦？」

「是啊，我們白沙既然是必經之地，豈不是又要最先遭難！」

「兵來將擋，水來土淹！現、現在我們還怕什麼？」昂首闊步走進「會議室」的屈八聽到這些驚恐緊張的話，立即大聲說道，並將手一揮。他說話儘管有時還略微有點結巴，但大致已經聽不出。

「對！我們現在要槍有槍，要人有人，還怕個鳥？」楊六把胸脯一拍。

「楊副司令說得對！」

屈八一喊楊副司令，楊六忙嘿嘿地說，屈司令，別這樣喊我，不習慣，不習慣，還是喊楊六。喊我楊六好答話，喊什麼楊副司令反而不知道喊誰了。

眾人都笑起來。

這一笑，氣氛又輕鬆了。

已有了將近百把號人、幾十條槍、幾十桿鳥銃，心裡高興不已的屈八卻嚴肅地說：

「大家不要笑，我們現在召開的就是如何保衛家園的軍事擴大會議。我們現在是抗日的部隊了，部隊就得有部隊的紀律、部隊的樣子，不能再像老百姓那樣。」

「說得也是，說得也是。我們是部隊了，是開軍事大會。大家不要笑。」立即有人附和屈八的話。

這人一附和，多人便跟著說：

「不要笑，不要笑，我們是開軍事大會，不是扯卵談、講白話。」

「這開……開會是得有個開會的樣子。開會，那是不能笑的。」

如此說的人大抵是覺得這開會有味，因為從沒參加過什麼會，也不知道什麼叫開會。十年後，我老家成立農業生產合作社，工作組的同志要大家作好準備，明天發言。還有人以為是發鹽，帶了鹽罐來到會場，急急地問，在哪裡發鹽？

主持會議的和合先生乾咳了一聲，示意靜場，說：

「現在正式開會，請屈司令講話。」

屈八掃視了一下與會人員，說：

「首先，我宣佈我們扶夷人民抗日救國軍的編制、有關任命和紀律，第一，我們救國軍設立司令部，司令部由屈八任司令，楊六任副司令，林之吾任參謀長。」

屈八剛講到這裡，就有人插話：

「編制是什麼？林之吾又是哪一個呢？」

「編制就是誰當什麼，誰管什麼。就是司令、副司令、參謀長他們。」有人搶著回答。

「林之吾就是和合先生啦！」

「就是和合先生呵！屈司令你還是喊和合先生好些，我們都知道。喊林之什麼吾拗口，也確實不知道。」

又有人要笑，但拼命忍住。

屈八對隨意插話的實在不滿，但也沒有辦法。

他繼續宣佈：

「林滿群任軍事教官。」

「林滿群是不是群滿爺啊？」

「對，就是群滿爺！」屈八簡直要無可奈何了。

「那還是喊群滿爺好些。群滿爺當教官，那當然，人家是吃過好多次糧的，我曉得。」

「屈司令編織（制）得當。」有人奉承起來。

「司令部下面設有宣傳科，由鄭南山任科長。鄭南山你站起來，讓大家認識。」

鄭南山就站起，對大家點頭。

「呵，是教書先生呵，認得，認得。也『編織』得當。只是，我們要宣什麼傳什麼呢？」有人要請屈司令講個道道出來，好讓他知曉。

屈八只得說：

「這個宣傳問題，是個很重要的問題，鄭南山科長知道，以後由他跟你們講。現在時間急迫，先不談這個。」

「對，對，現在還是先講如何對付就要來到我們白沙的日本人。再也不能像去年那樣受他們的害了。」

「講得好，你這就是宣傳嘛，就是要讓所有的人都知道，不能再像去年那樣光由日本人殺我們，我們也要給他們點厲害看看，把來犯的日本人從我們的家鄉趕出去！」

「這就是宣傳呵！那我們曉得去宣，曉得去傳。去年我們白沙人、四鄉的人，哪個家裡沒被日本人害慘啊！」這人說完，又兀自嘀咕一句，「其實就是個『傳』，把話語傳開，日本人又要來了……」

這被日本人害慘的事一經提出，可就炸開了鍋，紛紛爭著說。

「去年那神仙岩，慘啊！一洞的人，全被用煙薰死啊！」

「是啊是啊，我幸虧沒進去，要是進去，也就完了。」

「我們老街的鋪子，全被燒光，好不容易重新修起……」

「軍事擴大會議」眼看著又要走題，屈八趕緊說：

「你們控訴得好，你們也要對自己分管的部下這樣講，對所有的老百姓講，就能激勵士氣，就能讓老百姓都支持我們，這就是宣傳的重要性。等有了時間，我還會親自去講。現在，我們有了自己的武裝，絕不能讓日本人再在這裡逞兇。至於如何對付即將來到我們白沙的日本人，等下還要由有關人員專門研究。先聽我把話講完。」

「先聽屈司令講，別打岔，別打岔。」

屈八說司令部下面還設有作戰科，作戰科的科長由參謀長和合先生兼任，作戰科的人員有教官群滿爺、聯絡員老春等。作戰科擬定好作戰計畫後，交由他司令批准。司令沒批准的作戰計畫，不准實行。

屈八乾脆還是喊和合先生、群滿爺、老春，免得又有搞不清他們真姓大名的人問是誰。

屈八把作戰科放在宣傳科後面，是因為他當過紅軍宣傳隊員。這一是他對宣傳工作有種偏愛，二是對那作戰，實在不太裡手。他雖然還在軍部當過工作人員，其實就是打雜。

屈八又將部隊分為兩個支隊，第一支隊以楊六的鳥銃隊為主要力量，由他自己親自兼任支隊長，副司令楊六兼任副支隊長；第二支隊以白曼的人馬為主力，支隊長就由白曼擔任，女學生江碧波任支隊文書。每個支隊下設三個分隊，各任命了分隊長。他本來還想設立支隊政委，可沒有一個共產黨員，儘管他自己認為自己還是個共產黨員，但也知道早就是不被承認了的。「以後再說吧，」他心裡想，「只要碰上個真正的共產黨員，先恢復自己的黨籍，再發展黨員，設立政委。」他不相信諾大一個新寧縣，在抗日期間就沒有一個真正的共產黨人。「等和日本人打響了，自己部隊的名聲出去了，只要本地有真正的共產黨人，肯定會找上門來。」

屈八對這兩個支隊的設立是想了又想的，鳥銃隊是真正的基本力量，清一色的獵戶，階級可靠，並且是可以迅速轉化並依賴的革命力量，得由自己親自掌握；讓白曼的人馬單獨做一個支隊，一則是因為若是將他們分散安插，肯定不行，那些人目前只聽白曼的，任何人都休想指揮得動，而白曼是自己的妹妹，無疑會聽自己的，也就等於親自掌握一樣；二則可讓那些人放心，下山抗日不是要吃掉他們；三則，也是最主要的，對他們必須保持警惕，因為土匪畢竟是土匪，誰也不敢保證那匪性會不會復發，萬一匪性復發，可以叛變懲處。將江碧波安排去當文書，一個年輕女子，不會引起他們注意，其實是安插一個監督、情報人員，可以隨時掌握有關情況。對自己的妹妹，他不是不放心，但萬一出了問題，他擔心妹妹也不一定能控制得住，畢竟是個女人嘛。至於若是真的發生了反水的事，該如何去平定，能否平定，他還沒去顧及。不過他已經想好了一招，那就是要讓這第二支隊多跟日本人幹仗，多「考驗考驗」，至於這一「考驗」是否會使白曼首先被「考驗」掉，那就管不得那麼多了，與日本人戰死，他這土匪妹妹就成了英雄……他就是女英雄的哥哥，而不再是女土匪的哥哥……

屈八接著宣佈部隊的紀律。那就是必須服從命令聽指揮，所有的人都必須聽從司令部的指揮命令。司令部當然就得聽他司令的。

對於他宣佈的這個核心紀律，大家都表示應該是這樣，既然是要打仗嘛，還能不聽指揮命令?!那三國演義，諸葛丞相一聲令下，誰敢不聽?不聽，軍法從事。那魏延有反骨，孔明先生臨死之前定下妙計，死後都斬了他。

屈八宣佈完紀律後，就要司令部的人、宣傳科、作戰科的科長、教官、各支隊長留下來商討這第一仗該如何打。其他的人去做戰鬥準備，隨時聽從命令。

楊六問了一句，我這個鳥銃隊的副隊長參不參加？屈八說，你是副司令啦，還能不參加！楊六說忘了忘了，總是只記得我那個鳥銃隊。大家便笑。屈八說，不要老記得個鳥銃隊，是第一支隊。這時白曼也說了一句，白曼說我也老是只記得個箭字軍。

白曼這話讓屈八很不高興。屈八本想說，還什麼箭字軍、箭字軍，你那箭字軍是土匪！可他忍住了。偏我叔爺跟著說，我們這隊伍若是叫箭字軍還威風些呢！屈八就火了，厲聲斥責我叔爺胡說，損了抗日救國軍的名聲。我叔爺則嘿嘿笑，低聲說，救國軍的牌子還是大了些，護鄉隊還差不多。

我叔爺是個兵油子，屈八的斥責於他無所謂。白曼可就受不住了，講箭字軍是損了抗日的名聲，不就是講她還是土匪？她本來是蠻高興的，見這些人議事有說有笑有風趣，更沒人對她講過或問過半句她在山上的事。我老家人是從不在人面前揭人瘡疤的，背後叨咕那又是一回事。她的親哥哥卻當面說出了這樣的話，若是按她在山上的脾氣，她會拍案而起；若是另一個人這樣講，她會拔刀相向。但在這裡，她還是按捺住了，把心裡那口氣憋了下去。

商討如何對付日本人的會議正式開始。會議由屈八主持。屈八講了些這是我們和日本人打的第一仗，必須打好的話後，要作戰科的先說。

和合先生說，作戰要知己知彼，打探了消息的老春怕要請來才行。屈八說那就要他來，列席。就把老春又喊了進來。

和合先生問老春，你說東安的日本兵就要向我們新寧進發，這消息是從哪裡得來的？老春說他是從東安逃難過來的難民那裡聽到的。和合先生又問他在哪個地方碰到的難民，難民有多少，往哪個方向去了，問了多少個難民，難民說的話都是一致嗎？和合先生問得特仔細，最後問得老春跺起腳來，說日本鬼若不往我們這裡開來，將他的腦殼砍了，甘願受那個什麼軍法。

和合先生便微微一笑，說他問完了，還有人要問嗎？

老春說：

「你們這是審問我啊？輪流來。」

屈八說：

「情況是要問得越清楚越好，情報是得準確再準確。」

我叔爺便問：

「老春，你講新寧城裡只有幾百中央軍，可確實？」

老春說：

「我親自進了城呢，親眼看見了呢，我有個遠房親戚在城裡，又問了他。」

「曉得是哪支部隊麼？」

老春搖頭，說不知道，反正是中央軍，不占民房，不侵商鋪，只要人幫他們加固城牆。

「你看見他們戴了胸章或掛了臂章麼？就是左胸前縫了一塊布，上面寫有字；左手臂吊了一個牌牌樣的東西，上面也寫了字。」

我叔爺這麼一說，老春一拍大腿巴子，說，曉得是哪支中央軍了。老春說他看見那些老總們都戴了那東西，但沒看清上面寫的什麼，因為他是遠遠地看的，看不清楚。為什麼沒有走攏去看呢？老春說怕走攏去後，人家要他去修工事。這幫忙修工事本是應該的，可他身負使命啊，還要趕快到別的地方打探消息啊，若被拉去修工事，推辭嘛，那是不助抗日，自己心裡也過意不去；去嘛，誤了我們自己的大事，所以就沒有攏去……

我叔爺聽他講了這麼多，還是沒講出是哪支部隊，不得不打斷他的話：

「老春，你既然沒看清，怎麼又說曉得了？快講你曉得的。」

主持會議的屈八說：

「講簡單些，知道就知道，不知道就不知道。」

老春說：

「群滿爺那麼一提醒我，我當然就曉得了啦。我雖然沒看清，可有小把戲在玩打仗的遊戲，胸前貼了張紙條，唱，我是七十四軍，你是日本鬼子……」

「那就是七十四軍了！」我叔爺興奮起來，「我的個乖乖。」他講了句學來的外地話。

我叔爺說他在衡陽的第十軍，就是救過七十四軍的，那七十四軍守常德，打日本鬼打得那個勇猛，和他第十軍守衡陽差不多。可守常德的最終還是來了救兵，他守衡陽硬是沒來一個救兵。他第十軍救過七十四軍一次，這一回，他又要救他們去。

聽的人不解，問，你怎麼去救他們？

我叔爺說，我得去通風報信啦，告訴他們日本人會東西夾擊，要他們快做準備，增派援兵啦！就那麼幾百人，豈不會被日本人包了丸子。

關於我叔爺要去報信救七十四軍的事，有不同意見。以司令屈八為首的一種意見說人家是正股八經的中央軍，到處派有偵探情報的，還用得著你去報信？以我叔爺為首的則說這信是應該要送的，不管人家的偵察兵怎麼樣，我們得到了情報就要快點送去。人家是為了我們新寧呢，我們不是要保衛家園嗎，有了情報都不送，那就等於見死不救。

屈八說自己這邊的事還沒佈置好，就忙著去幹那些沒用的事。他搬出了紀律，說必須服從司令，不去。我叔爺見他搬出了紀律，就換了一種說法，講他此一去，不光為了報信，更主要的是問七十四軍要幾支好槍。我叔爺說他是第十軍的老兵，只要他一去，保險背幾支好槍回來。再說去城裡就那麼二十里路，他半天工夫就能回來，誤不了自己這邊的事。這叫報信為虛，要槍為實。

屈八聽得能搞幾支好槍來，就同意我叔爺去報信，但要再跟一個人去。屈八說的是怕那幾支槍我叔爺背不動，跟個人去好幫著背槍。其實是對我叔爺不放心。

屈八一說怕我叔爺背不動槍，我叔爺就來了火，說：

「屈司令你是看我這副樣子像個老人了吧，我群滿爺比你還小幾歲呢！你快三十了，我才二十幾，我就一個人去，沒背回鋼槍來，軍法從事！」

「好，大家都聽清楚了，林教官群滿爺同志沒背回鋼槍來，軍法從事！」

「君子一言既出，駟馬難追。我群滿爺怕死就不立軍令狀！」

我叔爺說得激昂，心裡卻好笑。鳥軍法，老子沒搞到槍的話，不曉得開溜啊?!還送個腦殼把你砍！你許老巴算老幾？

屈八說：

「行，這事就這麼定了，下面研究我們如何跟來犯的日本鬼打好第一仗。群滿爺等這事定了後再走。」

屈八要參謀長和合先生先講。屈八說參謀長你開始問完情況後微微一笑，我就知道你已經定好妙計了。快把你那妙計拿出來。

和合先生趕緊說，別喊我參謀長，別喊參謀長，不習慣、不習慣。還是請軍事教官先講，這裡只有林教官真正和日本鬼打過硬仗。他最熟悉日本人的那些名堂。

我叔爺沒有說喊他軍事教官不習慣，他以非他莫屬的得意口吻講了起來。他說既然城裡有七十四軍的隊伍，我們這些人馬要想真正學會打仗，只有去參與守城。這第一，你去幫他守城，他還能不發給你好槍，他一發給你好槍，這鳥銃隊不就立馬變成鋼槍隊了。這第二，只要跟著七十四軍的隊伍打那麼一仗，等於練兵偷學，射擊啊、投彈啊、防守啊、進攻啊，全學到手了，咱這隊伍，不就是兵強馬壯了……

我叔爺說要去參與守城，是想起了他在衡陽的守城之仗。那衡陽守城之仗，就是因為沒有援兵，最後城破人亡。這新寧守城之仗，若無援兵，境況又可想而知……他是再也見不得孤軍守城之事。他講出的那兩點，是為了以「自身利益」說服眾人前去守城。

果然就有人說，群滿爺講得有理、有理。

我叔爺正準備講第三點，屈八已站了起來，說不行，去參與守城絕對不行。

屈八知道若去參與守城，定是惡戰，那一仗下來，自己這支隊伍也許就完了。他可不願意將自己的人馬去幫國民黨立下守城之功，他得保存勢力。但他接著說出來的一句話，則立使群情激奮，幾乎齊聲贊同。

屈八說我們的隊伍是在白沙成立的，這第一仗就得為保衛白沙而戰！否則對不起白沙的父老鄉親。

屈八這話不僅激昂，更符合「鄉情鄉理」，頓時有人喊：

「屈司令講得對，這第一仗要打就在白沙打。」

「先在我們白沙打出了威風，再打到城裡去，打到武岡去！」

……

我叔爺卻笑了起來。他本要講的第三點是，你去參與守城，人家那中央正規軍，其實是不會要你真刀真槍在前線幹的，充其量就是幫著運送彈藥啊，抬傷兵啊，那城真要守不住時，人家會要你最先撤退。就算沒要你最先撤，你不曉得先溜啊？你雖然打了個什麼什麼軍的旗號，在人家眼裡，根本就不是什麼軍隊，你先開溜，也不犯什麼軍紀。我叔爺早把退路想好了，他是最善於保護「自己」的。你幫著運送彈藥啊，抬傷兵啊，人家那鋼槍鋼炮也許不會發給你，認為你不會使不會用，但只要戰鬥一打響，有的是槍炮任你撿，再趁著黑夜去摸日本人丟下的槍支彈藥，那可全是日式裝備。我叔爺和他的弟兄們在衡陽守城時，後來靠的就是用鬼子的槍炮打鬼子。不過此時，他尚不知道國軍第七十四軍的裝備，已經超過了日軍，幾乎全是美式。我叔爺想到的是，去參與守城，一是可稱為援兵，那城守住了，援兵的功勞該多大；二是撈到了鋼槍鋼炮，把這鳥銃土槍一換，那就是真正的隊伍了；三是這夥人見識見識槍林彈雨，膽量就壯了，也知道什麼叫打仗了；四是儘管有風險，參戰哪能不傷亡人呢，但風險不是特別大，就算城破了，帶著武器往近旁的金芝嶺一跑，鑽進深山老林中，日本人奈何得個鳥……

可沒等他說出這只有賺而不會蝕本的道道來，要在白沙和日本人「決戰」的趨勢已定。於是他懶得再去「拗」，只是覺得好笑。他笑著說，真的要在白沙打我倒也沒意見，不過就憑著我們這個鳥銃隊、箭字軍（他又說出了這個屈八忌諱的名字），要和日本人面對面地幹，那是因為你們沒和日本人打過仗。

我叔爺收斂了笑容，說，你們知道日本人的火力嗎？知道他們的戰鬥力嗎？知道他們的重炮山炮小鋼炮嗎？知道他們槍法的準確嗎？「嘎崩」，里把路都能把人打死……我們這些人呢，立正、稍息、左轉右轉，站個隊都站不齊，我把話說到前頭囉，槍聲炮聲一響，要是沒有嚇得尿褲子的，將我群滿爺軍法從事囉。

我叔爺這話不但又惹怒了副司令兼鳥銃隊副隊長楊六，還惹怒了白曼。楊六說他鳥銃隊若有一個膽小的，他甘願受軍法。白曼說她手下若有臨陣退縮的，她先廢了他。兩人都說保證和日本人拼個你死我活。

我叔爺則說楊六你要保證也最多能保證你那些獵戶，還有編入你們隊的啦，你別枉自被軍法砍了腦殼哩。至於箭字軍嘛，那就全靠白支隊長了。但要真的像你們講的拼個你死我活，那這一仗打完，也就沒什麼會開了。

我叔爺沒有說出那個「全軍覆滅」的話來，那太不吉利，是臨戰前的大忌。說沒什麼會開了他認為無所謂。

「既然屈司令不同意去參與守城，我服從司令。不過我再講個最實在的，絕不會蝕本的打法。」我叔爺說，「我們只能搞些混水摸魚的勾當。待中央軍和日本人打響，等打得差不多了，日本人必定傷亡慘重，我們再從後面去偷襲，這是打法之一，但施行此種打法時，守城的部隊也必定傷亡慘重，以我們的力量，想解縣城之圍，是不可能的，但總歸是援助了他們，對得起良心；還有一種打法，那就是守城之仗一打響，我們就從外面東打一下，西打一下，日本人一來對付我們，我們就往山裡跑，日本人一回頭，我們又去打一下，這叫騷擾，也是支援了守軍。總之，不援守軍，日後良心難安；若在白沙和日本人對幹，得量力而行。作為軍事教官，本人得為弟兄們負責……」

我叔爺所講的絕不離支援守軍，是他在第十軍守衛衡陽之戰中飽嘗了無援軍的惡果，若是有援軍，他也不會在彈盡之際去奪日本人的炮而被炸瞎那隻眼睛了。

我叔爺說的偷襲、騷擾、為弟兄們負責，和屈八想的保存勢力卻不謀而合了。屈八當即說，林教官講的這番話，倒是值得格外重視。他不好收回保衛白沙的話。

這時候和合先生說話了。

和合先生的話首先仍是「和合」，他說楊六、白曼及諸位的話顯示了我們新寧人的血性，這血性就是天地之正氣。「天地有正氣，浩然在人間」，他背了兩句文天祥的〈正氣歌〉。這文天祥的〈正氣歌〉在我老家是認為可以避邪驅穢的，凡識字人家，多藏有石印本或手抄本；不識字的文盲，亦能誦得幾句。他背完兩句〈正氣歌〉，迅疾把話轉向我叔爺，說群滿爺不愧是從衡陽血戰出來的勇士，然諸多勇士有勇無謀，群滿爺則是有勇有謀。

和合先生之迅疾轉話，是怕講了他人的血性，惹惱了我叔爺的脾性，雖然他那話中有「及諸位」，那「及諸位」當然就應該包括了我叔爺，但明顯是為了給楊六、白曼的激情加油，以免熄火，士氣只能鼓而不能衰。他和合先生儘管不是熟讀兵書，那正史野籍卻不知讀過多少，倘若連這一點都不知曉，也就枉為了智謀之士。

和合先生說群滿爺講出了許多精妙戰法，正是講出的這許多精妙戰法，使得他有了一個既能支援守城將士，又能在白沙打響第一仗，顯我保衛本土之威風，且定贏不輸的辦法。

和合先生如同說書，暫按下不表了。等人催促。

屈八第一個說：

「快講快講，參謀長快講。」

「快講快講，你老人家快把錦囊妙計講出來！」

「你老人家是口乾了麼？喝茶喝茶。」

我叔爺因為和合先生誇讚他有勇有謀，又講妙計是從他那精妙戰法中得出的，心裡高興，便也只等著「參謀長」快講。

和合先生端起遞過來的一碗茶，略略喝了一口，放下，不緊不慢地說：

「日本人從東安進犯，目的是犯我縣城，然欲犯縣城，必先犯我白沙，欲犯我白沙，必從一險要之地經過，你們知道那個險要之地麼？」

老春脫口而出：

「盤灣岔。」

「對，就是盤灣岔。」和合先生仍是不緊不慢地說，「那盤灣岔，不光地勢險要，岩陡林深，利於藏兵，且岔路縱橫，便於疏散……」

「在盤灣岔打他娘的伏擊！」我叔爺頓時興奮起來，「集中兵力，埋伏於險要之處，出其不意，攻其不備，猛地打他個措手不及，待他組織強攻時，迅速轉向岔路，隱沒於叢林之中，他若收兵前行，我從側面襲擊……」

和合先生呵呵而笑，說這雖談不上是圍魏救趙，卻也是拖延了日軍攻城時日，令其銳氣大折，這既是支援了守軍，卻比之直接援城更為有效，況且可視戰況，尾追日軍至城外騷擾。總之可靈活運用，令其不得安生。至於具體如何佈置，還得由群滿爺指點，由屈司令決定。

我叔爺來了勁火，正要談他的具體佈置，和合先生卻又迸出一句：

「盤灣岔之仗只要打好，還能保我白沙不受兵燹之苦。」

他又暫時按下不表了。

自然是又紛紛催促。

和合先生伸出右手中指，沾碗中茶水，在積滿灰塵的破桌上畫了起來，眾人齊探腦而視。

和合先生畫了個盤灣岔簡易地圖，地圖伸出幾條彎彎曲曲的路線。他端起茶碗，移放於一條線路之端。說：

「這茶碗，就是我們白沙老街。」

老春已經看出端倪，正要說，被我叔爺搶了先。

「只要在盤灣岔此處一堵，日本人必將改道前往縣城。」他用右手中指，猛地在一條灰線上畫了個橫槓。

「好計好計！我們就在盤灣岔狠狠地打，打他娘的伏擊！」

一見盤灣岔之戰還可讓自己的根基之地——白沙不要「走日本」，群情更是激奮。

「到底是和合先生參謀長，到底是群滿爺林教官，服了服了，不服不行。」

這場面，把個司令屈八給晾起來了，他再不把和合先生及我叔爺的說法變成自己的主見，果斷決定，下達命令，那還行麼？可他正示意安靜，他要說話了時，我叔爺又毫不知趣地搶先說了起來。

「各位，各位，」他因為正在興頭上，說話打起了正規軍長官的官腔，「本人認為，盤灣岔之戰必勝的原因還有以下幾點，第一，山林作戰，日軍的火力施展不開，那攻城用的最兇猛的遠程重炮、火炮無用武之地；第二，日軍善於攻城，但不善於山戰，我軍正是全都善於山戰之士，來得快，跑得快；第三，所以，這是以我之長，攻敵之短，所以，盤灣岔之仗必勝。」

我叔爺畢竟只是吃過多次糧，當過多次兵的老兵，像長官那樣講話還是不行，分幾點這麼一講，覺得還是費力，便索性不要「點」了。

「所以，我們根本不必害怕（他還是擔心槍炮一響，日本人哇哇地叫著那麼一衝，這些人就會嚇得不知所措），本來，新兵一上戰場，怕的是大炮，可鬼子的大炮已經派不上用場，你們就不必怕了。最要防著的一點，倒是鬼子的小鋼炮，那玩意，在山地上也能隨時架起，隨時開炮，落點又準，所以，我們一是先要集中火力，打完後便立即分散，換個地方再集中火力，打完後又立即分散，讓鬼子的小鋼炮找不到目標；二是要準備幾個神射手，趁鬼子的小鋼炮正在架時，幹掉炮手；三是得尋機去奪那小鋼炮，只要奪得幾門小鋼炮，他娘的，就要炸得鬼子人仰馬翻……」

我叔爺在衡陽第十軍裡當的就是炮兵，炮彈打完了才去幹步兵，他愛使的就是炮。這次，他決心要奪鬼子的鋼炮，以報在衡陽為奪炮而被炸瞎一隻眼睛之仇。

我叔爺對盤灣岔之仗的兵力部署是這樣的：將楊六鳥銃隊的三個分隊合為兩個，埋伏在第一線，第一分隊的鳥銃一齊發射完後，第二分隊再發射，因為那鳥銃打完一銃，便要重新裝填彈藥。白曼的箭字軍埋伏於第二線，當被打懵的鬼子清醒過來向鳥銃隊進攻時，鳥銃隊立即撤退到第二線的後面，由箭字軍向追來的鬼子打第二次伏擊……他認為白曼的土匪戰鬥力要比楊六的鳥銃隊強，強的要放到後面，相當於預備隊。那些沒有槍的，拿馬刀、梭鏢、弩弓的人，聽他的指揮，伺機去撿鬼子的槍，奪鬼子的炮……

我叔爺說：

「戰況預計是這樣的，第一線的伏擊一打，毫無準備的鬼子肯定傷亡不小，但那死傷的鬼子仍在他們的隊伍中，槍支難以撿到。鬼子向第一線發起進攻後，那就是有準備有指揮的了，但絕不會想到我們還有第二線的伏擊。第二線伏擊一打，那就有鋼槍可撿可奪了。估計鬼子向山上進攻的兵力不會很多，因為那鳥銃一打後，他們曉得不是正規軍，用不著花大兵力，這又是輕敵，輕敵之兵一進入我們的第二道伏擊線，箭字軍的真槍一打，炸彈一扔，鬼子會以為中了正規軍的伏擊，必然大亂，那就是撿槍奪槍的大好時機。槍一到手，我帶的這些人就從後面截斷這夥鬼子，前後夾攻，收拾完他們，火速轉移，再抄山路，趕到鬼子前面埋伏去……」

我叔爺說他講完了，最後請總指揮屈八司令定奪。

我叔爺在興奮地講著戰術時，和合先生曾附耳委婉地提示他，要他注意別搶屈司令的話頭。他低聲回應說，什麼司令囉，叫個地方自衛隊的隊長好不得，硬要編排個司令出來。而其他人也老是喊那個扶夷人民抗日救國軍喊不習慣，事後還是說鳥銃隊、箭字軍，有的乾脆說土匪也跟著我們打。這也就是扶夷人民抗日救國軍在我老家的資料上幾乎不見提及，而只有一些口頭回憶、經人記述的文章裡有以瑤民為主的鳥銃隊、土匪打日軍的原因。

屈八還未開口，聽我叔爺講得興奮不已的人卻嚷了起來。

「佈置得好，就按群滿爺說的這麼打！這一仗，就由你群滿爺來指揮。」

「不一定要等奪得槍後再抄鬼子後路，我的大刀保險刀刀見紅！」

「群滿爺，我和你去奪那鬼子的小鋼炮，我的弩箭百發百中，我射死扛炮的鬼子，奪過來由你開炮。」

……

和合先生要大家別嚷，聽屈司令安排。嚷的人便說：

「對對對，聽屈司令安排。」

「請屈司令下命令，下命令。」

屈八先是被我叔爺搶了話頭心裡不快，待聽到有人亂叫由群滿爺來指揮更是惱火，「毫無組織常識、毫無組織常識！」但我叔爺講的那些又確實講得不錯，他知道自己暫時還沒有那個戰術佈置能力，作為司令，他也知道就是得先讓別人講，然後再把別人的意見變成自己的主見。因而他儘管不快，儘管惱火，講出來的話卻著實像個儒將司令。

他首先肯定這個戰法很好，參謀長和教官都動了腦子，對敵對我對地形進行了詳盡的研究，研究得透徹。同時說明我們用人得當，各部門恪盡職守。現在天時、地利、人和都在我方。他說這個天時就是日本的氣數已盡，註定要完蛋了。他一是有軍事戰報為據，「德寇正在瓦解、日寇亦將土崩、蘇聯英美中法、保障戰後和平」（他有意把〈湖南人民抗日救國軍佈告〉說成軍事戰報，這軍事戰報，可沒有幾個人能看到的），蘇聯和英國、美國、中國、法國都在準備保障戰後和平了，你說日本還有多久？他現在的進犯，就是瘋狂地最後一撲了。二是有本地民諺為據，「日本打到廣西——日落西山」。民諺是很準的啊，「日落西北一點紅，半夜起來搭雨棚」，這觀天的民諺準不準？信不信？不信？保管半夜大雨來臨。這地利就不用說了，除了盤灣岔，崇山峻嶺間還有的是打伏擊之處，要日本鬼有來無回。人和呢？人和就是我們上下同心同力，剛才大家表示的殺敵決心，就已經說明了一切……

「現在，我宣佈，第一，盤灣岔陣地指揮，由林教官群滿爺擔任。」

這第一點剛宣佈，我叔爺就說，我當指揮不行、不行，指揮還是要屈司令親自指揮。

我叔爺在這裡並不是故意推脫，更不是明知道屈八指揮不行而有意將他的軍。他是一門心思只想在伏擊中繳獲鬼子的炮，再用那炮來報他的獨眼之仇。

我叔爺一推脫，其他人就以為他是謙虛、客氣「講禮性」。便紛紛說：

「群滿爺，你可別講客氣，你不行還有誰行呢？」

「是啊是啊，你群滿爺應該指揮、指揮，你老人家不能客氣。」

我老家的人是凡受人器重去辦什麼事，總要先謙虛客氣兩句的，如「這麼重大的事你老人家要我去辦，就這麼放得心啊？」或「我盡力、盡力，若沒辦成，你老人家可別怪我呵！」這生死之搏打仗的事，他們也如是以為了。當然，他們幾天之前還是些鄉民，他們現在依然還是鄉民。

屈八見狀，覺得又好氣又好笑，好氣的是，本是實在沒有辦法，自己對那戰場指揮確實還沒有經驗，才不得已給個指揮權給那群滿爺，他竟然還推辭不要；好笑的是那些勸的人，哪有那麼去要人接受指揮權的。

正因為我叔爺不要指揮權，屈八放了心，反而非要他指揮不可。

「林滿群，這是命令！命令你都敢不執行嗎？虧你還是在正規部隊打過仗的，不執行命令，還怎麼打仗制勝?!」

「你指揮，我幫你參謀也是一樣的啦。」我叔爺根本就沒把這看成支部隊。

「就這麼定了，執行！」

屈八宣佈第二個命令：

「第二，盤灣岔之仗，第二支隊進入第一伏擊線，和第一支隊對換。」

這第二道命令一下，楊六又不幹了。

楊六說，你是講要我的鳥銃隊不打第一輪，讓箭字軍先打啊，那不行不行！群滿爺先就講了，我們是打頭陣的呢。你要把我們換到後面去，得講出個理由，不要以為我們打頭陣不如箭字軍。不講出個理由來，不行！

屈八要箭字軍打頭陣，本是怕自己的骨幹隊伍吃虧，怕一接火就傷亡過大。因為畢竟是從沒和鬼子打過仗的，倘若見了鬼子那陣勢一下慌了神，怎麼辦？他必須保存自己的這部分革命力量。至於白曼的隊伍，反正原本是些土匪，死掉一些也不要緊。箇中深意，楊六自然不可能理會，屈八也不好跟他明說。

屈八沒想到楊六會抵拒這道命令，一下火了。但他卻把火發在「箭字軍」這個稱呼上。

「什麼箭字軍、箭字軍，不准再喊箭字軍！一喊箭字軍，讓人想到的是以前那支隊伍，那個性質。是第二支隊！我們扶夷人民抗日救國軍的第二支隊！」

「好哩，是第二支隊就第二支隊哩，喊箭字軍順口些啦。」對於屈八發的這個火，楊六無所謂。梗直的楊六要的就是打頭陣，打第一槍。他還以為屈八把箭字軍換上來打頭陣，放在最前面是要妹妹身先士卒，做出表率。

楊六低聲接受了屈八關於不能喊箭字軍的批評後，仍然要屈八講出換他們的理由來，否則堅決不換。說司令的命令也得講理。屈八只好想出個理由，說第二支隊的火力強些，有真槍真彈，一開打嘛，火力就要打得猛。

屈八的這個理由不為楊六所服，楊六說他們第一排鳥銃打出去，就是齊聲的十多銃，那響聲，比十多支步槍打出去還要嚇人得多，鐵砂擊中的面更寬，保險日本鬼哎喲哎喲倒下一大片，緊接著又是第二排十多支鳥銃打出去，那火力還不猛啊！

楊六說完，和合先生說了一句。和合先生說若是把第二支隊換到第一伏擊線，有可能會暴露我們的實力，日本鬼以為碰上正規軍打伏擊，會集中大兵力進攻，那第二次伏擊有可能落空，請司令考慮。

和合先生說完，我叔爺又咕嚕了一句，說我這陣地指揮還剛接受任命，陣地部署就被換了。

「那就這樣，第一支隊和第二支隊不換了，還是由第一支隊打第一伏擊。第二支隊拿出六支槍來交給司令部，由司令部發給第一支隊，加強第一支隊的火力。」屈八改換了命令。

屈八是迫不得已改換的命令，但若把原來的命令全部收回，太失面子。要箭字軍交幾條槍出來，既可挽回點面子，又加強了自己骨幹隊伍的實力。

第二支隊長白曼本是在靜靜地聽著有關分析、部署，和她哥哥下達的命令。對於要她在第二線伏擊也好，打頭陣也好，她都可以，沒有看法，反正是打，反正一定要打好。她也知道最後得聽最高頭兒的。她在山上當頭兒時，誰不聽她的話就不行。所以要是按屈八的組織紀律，她表現最好。

然而，這要她交幾條槍的命令一出來，表現最好的她也要抗拒了。

她正要開口，身旁的一個人先嚷起來。

「把我們的槍拿走，我們拿什麼打啊？他們要加強火力，我們就不要加強火力？」

屈八一聽，喝道，你是誰？

「我是誰？我是月菊。」

屈八上山找白曼時就認識了月菊，也知道她是白曼的貼身女侍，但沒注意到她什麼時候進了「會議室」，到了白曼身邊。

月菊是隨時不離白曼左右的，她本在外面候著，但候著候著就忍不住溜了進來。她倒不是擔心白曼的安全，而是習慣了，一下也離不開。

「誰叫你進來的，出去！這裡不是你講話的地方！」

屈八這話不僅令白曼大為不滿，與會的其他「幹部」也覺得太過火了一些。都是自己隊夥裡的幾個人，要人家出去也可以客氣一點啦。

白曼當即頂了她哥哥一句，說月菊講的意思就是我的意思，我這個支隊的槍本來就不夠，再拿幾支出去，我的任務怎麼完成？

屈八本是要堅決執行「紀律」的，月菊如果不立即出去，就要喊人將她押出去，關禁閉。他眼前立時浮現出在紅三軍軍部時的情景，誰敢和首長頂，誰敢違背首長的意思，抓走……至於那幾條槍，非得要交給楊六才行。否則，自己的每一個命令不是都打了水漂麼？他想著這槍是給楊六支隊的，楊六肯定會支持他……

楊六果然說話了。可楊六說的是白隊長和月菊講得有理，他們的槍若給了我們，他們的火力確實就會大大減弱。只有像群滿爺教官講的那樣，從鬼子手裡去奪。也只有從鬼子手裡奪來的槍，用起來才得勁。

「那槍，我們不能要。」楊六說，「我們第一鳥銃隊，保證打贏頭陣！保證打完盤灣岔，鳥銃換鋼槍！」

楊六這生性耿直的瑤民漢子，根本就沒有屈八想的那麼多，無論在什麼時候，打獵也好，放火燒荒種包穀也好，他是絕不會占別人一點便宜的，當然，人家也別來強佔他應有的那份。這明擺著是讓白曼吃虧，讓他佔便宜的事，他會要麼？更有一點，他就是要憑自己鳥銃隊的本事，打出個樣子給大家看。若有了人家給的槍，那本事，還真不能完全顯現出來了。

白曼之所以不願意把槍拿出去，想的也不是保存自己的勢力，那抽調槍支是自己哥哥的決定，哥哥還會害她？她是知道打仗的兇險的，少一條槍，很可能就要多死一個人，仗就可能打輸，那一輸了，可是自己這支隊伍下山的第一仗，這第一仗若丟了箭字軍的臉面，那以後……

我叔爺在心裡嘀咕，說屈八沒事找事，多出好多事。又在心裡慨歎，書生用兵，書生用兵。

楊六堅決不要白曼的槍，屈八的命令又只能作廢了。可他立即找到了給自己圓場的話。

屈八哈哈大笑起來，說：

「好，好，我們楊六支隊終於表示了用鳥銃換鋼槍的決心，我也相信，楊六支隊一定能做到！

『將不激不行啊』！」

屈八說他這是用的激將法。

這「激將法」一出，和合先生噓了一口氣。和合先生擔心這為了抽調槍支的事，楊六和白曼鬧出矛盾，仗還未打，自己內部先生出些事來，豈不犯了大忌。亦擔心屈八不好下臺。他本來也是認為屈八隨意調換人馬、調配槍支是不懂戰術、自找麻煩，非司令所應為，這一下，話語一轉為「激將」，成了一「法」，心裡不由地讚歎實在轉得好，轉出了司令的水準。

「屈司令這激將法用得好！」他特意鼓起掌來。

「屈司令原來是在用激將法呵！」其他人跟著鼓掌。

屈八在掌聲中「下了台」。

屈八在掌聲中「下台」後又說了一句，看和合先生還有什麼要大家注意的嗎，如果沒有，就按計劃準備行動。

和合先生說他沒有什麼說的了，大家抓緊練兵，練槍法，聽候出發的命令。

我叔爺在站起來準備離開時，說了一句，他說再多派些探子出去，專探東安方向；從全州來的鬼子反正先被縣城擋住，縣城一打響，我們就知道，從東安來的則一定要探準再探準。

他這話，不知屈八聽到沒有，也不知管不管用。

倒是有人逗趣地對他說，群滿爺你還要上城裡去啊，你一個半邊瞎子，人家中央軍會接見你麼？

第十章

我叔爺到白沙老街碼頭借了一條船，溯扶夷江而上，往縣城撐去。

他撐船一是為了省腳力，二是想著守城的七十四軍若給他槍，給他子彈、手榴彈，他也確實難背；有了一條船，再多的槍支彈藥，也能不費力地載回去。

我叔爺當然知道不可能有要用船裝的槍支彈藥給他，他是一種浪漫的想法，他才二十多歲，正是浪漫的時候，二十多歲的他，便已經多次替人頂壯丁吃糧，當過步兵、偵察兵、炮兵……陸軍的各兵種幾乎幹遍，最後一次在衡陽真的和日本人拼死相搏上了，落了個瞎子的殘疾。二十多歲的他就死裡逃生數次，連個老婆都沒有，且想找老婆也萬難了，誰會嫁給個半邊瞎子？若按旁人看法，他實為可憐，他自己卻全不以為然，反而認為自己委實命大。去見七十四軍，他有種興奮的躁動，他老是想著自己在衡陽打仗是第十軍的人，第十軍曾經救過你七十四軍，這當年救你的第十軍的人來了，況且又帶來了重要情報，能不是座上之賓？

「先到他們那裡吃餐好的再說！」我叔爺抹了抹乾燥的嘴巴皮，放下篙桿，捧一捧江水，喝下。

到了縣城碼頭，他栓好船，剛走上岸，就聽得一個放哨的士兵喊道：

「老鄉，不要進城，要打仗了，還是回去吧。」

我叔爺睜大那隻沒瞎的眼睛，一看那士兵，呵，頭上戴的是鋼盔，脖子上吊著小巧的無柄蛋形手榴彈，手裡端的是卡賓槍，腰間栓滿子彈匣……軍裝嶄新，卻絕不是新兵。

「兄弟、兄弟，你從上到下全是美式了啊！比我在第十軍時強遠了。」我叔爺笑呵呵地說。

「什麼第十軍？」

「國民革命軍陸軍第十軍啦！去年六月守衡陽的第十軍啦！前年年底你們守常德時，第一個前來解圍的第十軍啦！」

「你是第十軍的兄弟？」那士兵看著我叔爺那副樣子，不相信。

「怎麼，不像啊？把你那身軍裝給我穿上囉，立馬就是堂堂第十軍軍炮兵營炮兵、預十師步兵林滿群。兄弟，不要看我現在這個樣子啊，我這隻眼睛，就是在衡陽被鬼子炸瞎的……」

我叔爺正要大講在衡陽城的血戰，那士兵又說道：

「老鄉，光這麼講不行啊，你得拿出個證明來啊，有第十軍的符號嗎？」

「什麼老鄉老鄉，我不是老鄉，早告訴你我是第十軍的。衡陽城破，我的弟兄們基本死光，老子是被鬼子的炮火炸瞎後暈死在地，僥倖逃得一命，哪裡還有什麼第十軍的符號，若留得那符號，在逃走的路上被查出，還有命？兄弟，你是沒見過那種陣勢，沒遇到過那種兇險吧，少給我在這裡盤問過來盤問過去，老子帶來了重要情報，快點帶我去見你們長官，耽誤了大事，看你有幾個腦殼！」

我叔爺耍起了老兵的脾氣。

「好好好，你要見我們長官就見我們長官，我帶你去。」

那士兵倒不是被我叔爺耍的「大爺」脾氣鎮住，而是聽說有重要情報。這重要情報，不管他是第十軍的老兵送來也好，是百姓送來也好，都不能耽擱。

那士兵對另一個士兵交待了一句，便領著我叔爺往連部而去。這所謂的「領」，卻是要我叔爺走在前面，他走在後面，形同「押」。這令我叔爺很不高興。

那士兵一邊指點著往左往右，一邊對我叔爺說：

「哎，你是說你叫林滿群吧？」

「大名沒錯，地方上都喊我群滿爺。」

「群滿爺。」那士兵笑起來，「群滿爺你脾氣蠻大啊！」

「這算什麼脾氣，在第十軍時，哪個不曉得我群滿爺。告訴你，兄弟，我在第十軍原本是步兵，是我們師長親自點名讓我到軍炮兵營，去昆明接收美式山炮，我以前幹過炮兵啊！我們師長知道啊！我就由步兵變成了炮兵。他媽的，從昆明接收回來那十二門七點五口徑的美式山炮，一到桂林，被那狗日的炮兵旅長扣留了六門，害得我們只帶了六門山炮回去，那一回去時，鬼子已將衡陽城包圍，我們弟兄是冒死衝進城去的，你知道我們弟兄是如何衝進去的嗎？我們弟兄是高喊『人在炮在，人亡炮亡，擋我者死』，踩著鬼子的屍體和我們自己倒下的兄弟的屍體衝進去的。桂林那狗日的炮兵旅長，當時還要將我們第十軍炮兵營收編為他的一個營，不讓我們回衡陽了，是我們營長給蔣委員長發電報，蔣委員長親自回電：『著第十軍屬炮兵營即刻歸建，參加衡陽之戰』，那狗日的旅長不敢違抗委員長的電令，才讓我們走的。可他媽的硬是扣了我們六門炮，扣了一半炮彈。若是他媽的不扣我們的炮，不扣我們的炮彈，那小鬼子，能攻破衡陽？兄弟，那可都是美國大炮啊！可惜只有六門、六門。唉，我們守衡陽的弟兄們慘啊！……唉，不像你們，如今全是美式裝備了。你們這美式裝備若是在去年全給我們第十軍囉……」

我叔爺這麼一說，那士兵已經完全相信他是第十軍的人了。

「兄弟，」那士兵喊他兄弟了，「那只怪你們第十軍時運不濟。我們現在可不光全是美式裝備、從上到下嶄新一身，那伙食，也非從前可比嘍！美國罐頭，兄弟，你吃過嗎？」

一聽美國罐頭，我叔爺不由地吞了口口水。那玩意，的確沒吃過。他媽的這次要他們犒勞犒勞。可他回答的是：

「什麼時運不濟！內無糧草彈藥，外無一個援兵，那鬼子是越打越多，越圍越多，唉，你們七十四軍當時為什麼不來援救我們，你們七十四軍不是到了城邊又溜走的吧？」

那士兵忙說：

「我們七十四軍怎麼會到了城邊還離開呢，我們肯定是沒接到增援命令。我們若接到增援命令，那肯定是逢山開路，遇水搭橋，鬼子能擋住我們？那肯定就解你第十軍之圍了。」

七十四軍到底作沒作為援軍，我叔爺也搞不清。反正聽說是來了好幾支援軍，但還未接近衡陽就開溜了。他想了想，記得最清楚的是有個第六十二軍，到了衡陽城外又跑了，城裡派出特務營殺出城去接應，到了約定地點，鬼都不見一個，反而害得特務營在衝出殺回中死了幾十個弟兄。

「兄弟你貴姓大名？」我叔爺沒記起中途開溜的到底有不有七十四軍，若是有，他這情報也就懶得去送了。可硬是沒記起，便轉了話題。

士兵說他姓岳。岳飛岳家軍的岳。

我叔爺說：

「岳飛岳家軍的岳啊，好姓好姓。我是水滸裡面豹子頭林冲的林。」

那士兵立即說：

「岳飛和林冲是共一個師傅的，師傅姓周，名侗。周侗。」

「呵呵，岳兄你讀了不少野書，曉得不少嘛。」我叔爺其實不知道周侗，「那就等於你我也是共一個師傅啊。岳兄，我倆既然共一個師傅，原來又是友軍，你這麼在後面押著我，不夠意思吧，岳兄你得在前面引路。」

岳兄士兵笑起來，趕上一步，但依然不到前面，只是和我叔爺略略平行。

我叔爺看著他端著的槍，說：

「岳兄你這美國的卡賓槍，比我們原來的槍強在什麼地方啊？」

不待回答，他又說：

「我們第十軍炮兵營的炮，在沒有那六門美式山炮之前，就是些老式日造三八式野炮，現在你們的炮是些什麼新式的美式炮啊？用來守城的多不多？」

岳兄士兵立即回道：

「你是來送情報的還是打探情報啊？問這麼多。」

岳兄士兵這話哽得我叔爺一噎。

「得得，見了你們長官再和你理論。你們長官說不定還要向我請教守城之法呢！」我叔爺也知道自己問多了，這火力什麼的是不應該問的。可被哽的那一下又確實不舒服，便又補上一句：

「你知道你們要抵擋的是哪路日軍嗎？那東安有日軍，全州也有日軍，他們的指揮官是誰？」

我叔爺是自己不知道，卻故意這樣反問。這一則可說明他的確是來送情報而非「打探情報」，二則可從這士兵嘴裡得知要攻城的究竟是日軍的哪個部隊。

岳兄士兵沒吭聲。他也許是像我叔爺一樣不知道，也許是懶得搭理。

見岳兄士兵未搭腔，我叔爺便說：

「岳兄，你是還不真正瞭解我群滿爺，我群滿爺也體諒你的職守，不和你計較。到時候，岳兄你若有了什麼難處，記住我群滿爺囉，我群滿爺會來的。」

我叔爺說的那什麼難處，是指危難；說他會來，是指來救這位岳兄。但戰還沒打響，不能說忌諱的話。他這個老兵是不但知道而且頗講究那些忌諱的。

懶得搭理他的岳兄嘀咕了一句，什麼鳥群滿爺，到我們七十四軍這裡來吹牛皮。

「你說什麼，說什麼？」我叔爺沒聽清，趕緊問。

「我是說，你把情報送到後，我們連長會獎賞你。」岳兄士兵忍不住笑了一聲。

「對，對。你們連長不獎賞我是不行的。」

岳兄士兵將我叔爺「押」到連部，喊道：

「報告連長，我帶來一個老鄉，他說他是原第十軍的同志，名叫林滿群，說有重要情報。」

這「同志」在我叔爺第十軍的老兵們之間極少使用，在七十四軍卻喊得多。

一聽說是來送重要情報的，連長忙請我叔爺坐，並親自為他倒了一茶缸開水。

我叔爺咕嘟咕嘟把一茶缸水全喝光，他是已經餓了，但又不好開口先要吃飯，特別是要那美國罐頭。

放下茶缸，我叔爺開口了。但他開口講的並不是情報，而是先證明自己確是第十軍的，他把軍長方先覺、主力預十師師長葛先才，其他兩個師的師長、參謀長，自己預十師的三個團長、自己團的營長、連排長的名字，以及軍炮兵營營長的名字全給說了出來。

這位連長對於他到底是不是第十軍的根本不在意，這位連長要的是他快講情報。

我叔爺說：

「我若不是第十軍的，若不是守過衡陽，知道守城之難的，我就不會跑二十里路來送情報了。我們那兒就有人說過沒必要送，那是因為他們沒打過仗，不知道情報的重要！」

連長便說：

「對對對，林滿群同志你說得對，沒有情報，怎麼能戰勝敵人。」

得了連長的表揚，我叔爺高興起來，沒有再講別的囉嗦話，就直接把老春打探到的消息，加上他自己的分析，說鬼子會從東安、全州兩路夾攻。要連長迅速向上報告，早做準備。

這重要情報一講出來，連長笑了。七十四軍五十八師一七二團已經往東安、全州方向派出警戒部隊，我叔爺這情報等於是他們已經知道的，無多大價值。東安日軍必攻新寧，已無疑問，但全州日軍會與東安日軍夾攻新寧，則還是由我叔爺嘴裡說得這麼肯定。因為全州日軍尚無明顯行動，一七二團判斷他們也許另有圖謀，並沒有認定他們會夾攻新寧。而後來的戰況則完全證實了兩路夾攻，東安日軍在攻打了新寧縣城三天后，全州增援日軍到達……

連長當時雖覺得這情報沒有多大價值，還是感謝我叔爺這麼遠地趕來送情報，說新寧的老鄉好，配合國軍。

我叔爺說：

「我不是老鄉呢，我是第十軍的老兵！」

連長說：

「好，好，你是第十軍的老兵。老兵好。」

連長說完，又似乎自言自語地說，東安日軍是敵第六十八師團的主力第五十八旅團，全州日軍是第三十四師團……

「你說什麼？日軍的第六十八師團、三十四師團？都是橫山老狗的人馬！」我叔爺一聽，立時吼了起來。他沒想到，要攻打新寧的，就是去年衡陽之戰的死對頭，就是他和第十軍弟兄們的仇敵。

連長自然不會理解我叔爺的突然激憤，他說了一句，對，就是橫山的部屬。然後問道：

「你怎麼如此肯定日軍會兩路夾攻？」

「我是死守衡陽的老兵啦！橫山老狗的六十八師團就是我第十軍不共戴天的仇人啦！我的眼睛就是被他們炸瞎的啦！夾攻、合圍是鬼子的一貫戰法啦！衡陽就是被鬼子四面包圍，斷我糧草武器啦！」

「夾攻、合圍是鬼子的一貫戰法不錯。」連長說，「可此地這麼一座小城，他們難道也……」

連長還沒說完，我叔爺就說：

「連長，我是本地人，對本地地形熟悉不過，鬼子是要先拿下新寧，再攻武岡；我們新寧至武岡有條大道，名喚新武大道，鬼子不沿新武大道去攻武岡，他還會去鑽山林啊？他若鑽山林，那戰車、大炮、輜重，如何翻山越嶺？他不拿下此城，如何進得新武大道？他若一路人馬攻此城受阻，能不兩路夾攻？倒是我軍，應該迫使鬼子無大道可走，逼他們去翻山越嶺！依我之見，應將新武大道挖斷、炸毀……」

連長聽了我叔爺這番話後，讚揚道，講得好，講得好，你這位老兵的情報和建議，我會報告上去的。

這位連長究竟將沒將毀掉新武大道的建議報告上去，不知道。反正後來日軍就是在攻下新寧城後，沿新武大道猛攻武岡。但武岡城在五倍於我的日軍三面合圍之下，堅守了整整十天，直到反攻，創造出小城保衛戰的奇跡。只是那一個營的守軍也傷亡過半。

這位連長也許根本就沒有向上面報告，因為他的職責就是守衛縣城某一陣地，新武大道究竟該不該毀，不在他的職責之內，也非他的許可權所能。也許報告了上去，上面認為無所謂，因為七十四軍此時可謂人強馬壯，其裝備、火力已經勝過日軍，士氣更盛，不在乎日軍利不利用新武大道，而留下新武大道，亦可為自己的反攻所用。更何況自己握有制空權，日軍沿新武大道而進，正好讓空軍來轟炸。

我叔爺不知道此時的中美空軍勢力，若無空中優勢，毀了新武大道，自然可延緩日軍進攻武岡的時間，讓武岡守軍的準備更充分，減少武岡守軍的傷亡。

我叔爺得了連長的讚揚後，自是得意。他一邊憤憤地罵著橫山老狗，罵著狗日的六十八師團，一邊在心裡想，這連長，該犒勞他一餐好飯吃了吧，該讓他嚐嚐那美國罐頭了吧。

但連長卻沒有要犒勞他吃飯的意思，倒是那位岳兄，在示意他可以走了。

不賺餐飯吃，不嚐嚐那美國罐頭的味道，我叔爺認為那就白來了。他霍地來了個立正，對連長舉手敬了個軍禮，說：

「報告連長，第十軍老兵林滿群還有要事相求。」

「還有要事？你說。」

「報告連長，守土抗敵，人人有責；貴軍即將與鬼子大戰，我雖已不在正式軍隊之列，但豈能袖手旁觀。故特請連長給我幾條槍，我要帶些強壯鄉民，給鬼子些厲害看看。」

我叔爺不說屁八的抗日救國軍，也不說鳥銃隊、箭字軍，只說是他要帶領鄉民打鬼子，才能顯示出他自己。

「老兵勇氣可嘉，鄉間民情可用。」連長讚歎起來。可看著面前的這個瞎了一隻眼睛的人，他還能擺弄槍嗎？但若一口回絕，又恐冷了他的心。他若回去一講，國軍根本就不需要民眾，豈不又傷了民意，淡了民情。

連長想了想，說：

「林滿群同志，你是從國軍出來的，你知道，國軍怎麼能隨意發放槍支彈藥……」

連長的話還沒講完，我叔爺就說道：

「什麼隨意發放，這是去打鬼子。行，你不給就不給，第十軍老兵林滿群就赤手空拳去奪鬼子的槍來給你看看！我若是奪槍死在鬼子手裡，臨死我都要說是你不肯給槍。」

我叔爺做出既憤怒又委屈至極的樣子，甩手要走。

「林滿群同志，息怒息怒。這樣好不好，槍支我實是無權給你，我給你幾枚手榴彈，你也便於使用……」

「呵，原來你看我是個半邊瞎，以為我不能使槍了，可我被鬼子炸瞎的是左眼，射擊瞄準，誰不把個左眼閉上啊？我正是省了閉眼的工夫。不過，你說得也有理囉，槍支登記得清楚，確實不太好給，手榴彈嘛，也行。」我叔爺用手一指岳兄士兵，「得要他脖子上掛的那種。不是美式的不要。」

連長笑起來，說，識貨、識貨，我就給你兩枚。連長沒說他們現在都是那種手榴彈。

「四枚，給四枚。」我叔爺如做生意般講起價來。

連長只好給了四枚。

我叔爺喜咧咧地接過手榴彈，說，這一下，不愁奪不到鬼子的槍了。我帶人到小路上打鬼子的伏擊，奪了槍，鬼子攻你們守的城，我從後面打鬼子的屁股。

我叔爺雖然得了手榴彈，可那餐飯，那美國罐頭還是沒有著落。

連長要岳兄士兵送我叔爺走，我叔爺連聲說不要送、不要送，搭幫連長，搭幫連長，我要去告訴鄉親，是連長支援了我們保衛家園的武器……

他剛走兩步，忽然往地上一蹲，做出副難受的樣子。

「怎麼了？怎麼了？」連長著急地問。

「報告連長，實在是不好意思，清早出來就沒吃飯，又趕了這麼遠的路，餓暈了。連長，你們開飯還沒到時候，我也不能再麻煩你，有美國罐頭，給我吃一個就好了。」我叔爺捂著肚子說。

「疏忽，是我疏忽了。」連長立即命令拿兩個罐頭來。

我叔爺接過兩個罐頭，又說：

「連長，我想代表老鄉們說句話，只是有點不好意思說。」

「你說，你說，沒有什麼不能說的。」

「連長，這美國罐頭，我那老鄉們也想嚐嚐，我總不能只顧自己吃吧……」

連長一聽，說，對，對，你也帶兩個給老鄉們嚐嚐。

連長命令又拿來兩個罐頭。

我叔爺得了四個罐頭，感謝不盡。又說了對岳兄士兵說過的話，說連長你若有了什麼難處，記住我林滿群囉，我林滿群會來的。

後來，我叔爺果然帶了人來。但這位連長，已經殉國了。我叔爺大喊來遲了，來遲了。其實他來得再早，也無濟於事。

我叔爺總是記得這位連長，好多年後還說到這位連長給他手榴彈，給他美國罐頭的事。說那手榴彈，威力如何大；說那美國罐頭如何好吃。說那連長，如何如何地對他好……

第十一章

我叔爺回到白沙，先將進城的事大肆渲染一番，說送去的情報得到營長（他把連長升了一級）大力讚賞，專門派了個連長接待他，連長陪著他寸步不離，光警衛員就前後左右站了四個。為什麼站四個呢？主要是為了保護他。說營長要他轉告各位，感謝民眾對七十四軍的支持。說他還專門講到了老春，講情報是老春上全州、下東安打探到的。陪著他的連長就說等打了勝仗，要給老春頒獎。

我叔爺特意編了段講老春的話，他是要讓老春成為自己的得力幫手。他一心想著的是奪鬼子的小鋼炮，可不是光去奪幾條槍。老春不但身高力大，而且膽量過人，奪鋼炮非他相幫不可。再說，奪了鋼炮後，也好讓老春扛著……

說了一番自己在城裡得意的事，我叔爺又誇起七十四軍的裝備來，說七十四軍那槍、那炮，全是美國的，那軍裝，嗶嘰呢的，筆挺，想要它打折都打不起。「小鬼子碰上咱中國有這樣的裝備，這樣的火力的軍隊，這回算是倒楣嘍！咱們起事也正起得是時候，七十四軍吸引得鬼子猴急火急地往縣城趕，咱們正好打伏擊，打了他的伏擊，他又不敢分兵過多來打咱們。正是該著咱們趁勢長威風嘍！」

這話，說得眾人越發鬥志激昂，都說要快點打就好了。

在我叔爺講得正得勁的時候，屈八插了一句。屈八說，林教官群滿爺同志，你上城去送情報，當然，為了共同打敗日本侵略者，友軍自會熱情接待，可你說還有四個警衛員跟著，是不是牛皮吹得太大了點？

屈八這樣說，一是因他講的話中全沒有提到他這個司令，只提了個老春，心裡有點不舒服；二是他把七十四軍誇得那麼神，心裡更是不舒服，國民黨的軍隊，有什麼了不得呢？怎麼能那麼誇呢？想當年，紅三軍就常把他們打得一敗塗地，若不是來了個夏曦，肅反肅得連段德昌都殺了，也不會被國民黨軍追得到處跑……一想到在紅三軍後來的日子，他又覺得肅反還是不能亂肅。可夏曦及保衛局人員的權威，又令他羨慕，一肅反，權威就樹立得無人敢去觸動，那真是說一不二，指東就是東，指西就是西，沒有誰敢偏離一丁點兒，就連賀老總也不能不讓他三分……他既羨慕權威，想讓自己的權威也儘快樹立，又感到不能過急，得慢慢來，就好比肅反，不肅是不行的，肅就要瞅準了，像群滿爺這種人，國民黨軍隊裡出來的，本性難改，竟在自己面前大吹國民黨軍隊……他若是知道自己當年是紅三軍的，他還敢這麼吹嗎？只是，在未遇到真正的共產黨人之前，自己的過去，不能讓人知道；遇到了真正的共產黨人後，自己那逃跑的事，也不能讓他知道，只能說是隊伍打散了，失去了聯繫……但不管自己是當了逃兵也好，脫黨也好，誰在他面前誇國民黨的軍隊，他難以容忍。只是，他若立即斥責群滿爺誇國民黨軍隊，這守衛縣城的，就是國民黨軍隊，沒有別的軍隊；這即將和日本鬼激戰的，也只有國民黨軍隊，別無其他軍隊。自己組織起的這支救國軍，到時候自然要屬於共產黨的軍隊，可他也知道，真要放在整個大戰中，微不足道，游擊隊而已。他就是不願被稱做游擊隊，才取名抗日救國軍，才不斷訓斥那喊鳥銃隊、箭字隊的人，才嚴令喊第一支隊、第二支隊，但鄉民畢竟是鄉民，隨口說出的還是鳥銃隊、箭字隊……

屈八不能讓這個群滿爺再誇國民黨軍隊了，便說他在吹上城的事，而且他也確實聽出了「吹」，一個連長，不管他是哪個軍隊的連長，會有四個警衛員跟著？胡扯！

屈八一說我叔爺吹牛，我叔爺驀地亮出了一個罐頭。

「我吹牛？你們看看，這是什麼？美國罐頭！連長說我勞苦功高，親自送了我兩個，我不肯要，連長說一定得拿著，不拿他就要生氣了。這兩個罐頭本都是給我吃的，可我想著弟兄們，不能一個人全吃了啊，我就吃了一個，留了一個，留給大家嚐嚐。哎喲，這美國罐頭的滋味喲，嘖嘖。」

我叔爺把四個罐頭變成了兩個。他自己吃了三個，這剩下的一個本也是極想吃了的，但想著若全吃了，就沒有可炫耀的了，只得拼命忍著、忍著。

他撬開罐頭，往這個鼻子面前伸一下，往那個鼻子面前伸一下，要他們先聞一聞那香氣。最後把罐頭交給屈八，說，司令，還是由你來分配，看怎麼讓弟兄們每人都嚐一嚐。

一個罐頭，這麼多人，還要「讓每個人都嚐一嚐」，這不明擺著是他群滿爺討好眾人，卻讓屈八為難嗎！可我叔爺接著又說：

「這個罐頭是人家給的，算不了什麼，要想吃罐頭，多打日本鬼，小鬼子有的是日本罐頭。」

這話，又激起一片呵呵聲。

「打日本鬼，吃日本罐頭！」

「打日本鬼，吃日本罐頭！」

他媽的，這傢伙用這個來激勵士氣。屈八雖然對這種激勵士氣的方法不滿，但這部下的情緒硬是被像點火一樣點起來了。

屈八猛然想起一件事，這件事可就要讓這個林滿群跪地求饒了。他記起了這個林滿群在會議上說過的話，沒弄來鋼槍，甘願軍法從事！他那鋼槍在哪裡呢？肯定是什麼武器都沒搞到。當然，殺他的頭還是殺不得的，但至少可令他再不敢亂說亂講。

屈八正要說出我叔爺立下的「軍令狀」，我叔爺卻把手一揮：

「你們再看這個！」

他驀地亮出了手榴彈。

「這是什麼？這是美式手榴彈！」

手榴彈一亮出，其轟動可就更超過美國罐頭了。齊圍攏，要仔細看，還伸手，想摸。

「散開散開！」我叔爺喊，「這可不是開玩笑的，一爆炸，了得！」

「沒見過吧，」他又說，「那長把木柄手榴彈，你們都可能沒見過，更何況這種新式的美國手榴彈了。告訴你們，這也是那連長送的。連長是送給我專門去奪鬼子的小鋼炮的。連長聽我說要去奪鬼子的槍，說那槍，你反正是奪得到的，這種手榴彈，日本鬼子都沒有，奪都沒地方奪。就給了我四個。有了這種手榴彈，見著架起小鋼炮準備發射的鬼子，我群滿爺扔他娘的一個，『轟！』就把那鬼子連同鋼炮全給炸飛了……」

這時楊六插話了。楊六說：

「群滿爺，這手榴彈，你說那連長是給你專門去奪鬼子鋼炮的，你將小鋼炮炸了，還奪什麼？」

我叔爺情知說漏了嘴，趕快補一句：

「鬼子的鋼炮要開炮了，我還不炸他娘的啊，還等著挨炮啊?!六阿哥，打仗要看情勢靈活應變啦。」

說完，他拿著手榴彈，走到屈八面前，說：

「司令，我不是吹牛皮吧。我說了要從七十四軍那裡搞武器回來，就搞了武器回來。我群滿爺說的話，哪一句不兌現？怎麼樣，表揚表揚！」

見我叔爺拿出了手榴彈，屈八心想，這傢伙還真的搞來了武器，用「軍法」鎮他看來又鎮不住了，但還得將他一軍。便冷冷地說道：

「兌現？你還記得你立下的軍令狀吧，你那軍令狀說的可是鋼槍！鋼槍和手榴彈，兩回事。」

「哎呀司令，鋼槍是武器，手榴彈也是武器，都是武器啦。這美國手榴彈不比那老式鋼槍厲害啊？有了雞和肉我還去吃那青菜啊？他給我老式鋼槍我不要，我只專要這美國手榴彈！」

「你剛才不是講七十四軍全是美式裝備嗎？怎麼又變成了老式鋼槍？」

「司令哎，人家那美式裝備捨不得給啦，要給只給老式鋼槍啦！」我叔爺忙對其他人說，「你們給評評理，看這美國手榴彈是不是比老掉牙的槍強？」

旋有人說，群滿爺你既然講了要弄來鋼槍那就得是鋼槍，用手榴彈替換總不在理上。

「對啊，對啊，鋼槍是鋼槍，手榴彈是手榴彈。」有人附和。

「我只要你們說，這手榴彈的威力怎麼樣？我現在就扔一個給你們看看。」

我叔爺說著就做出要扔手榴彈的樣，嚇得眾人忙往兩邊躲。

「扔不得，扔不得！」和合先生喊道，「群滿爺你怎麼能這樣？」

我叔爺說，他們不相信這美國手榴彈的威力呢！我弄來了手榴彈，司令不但不表揚，還要搬出軍法來呢！

和合先生就對屈八說，群滿爺雖然沒有弄來鋼槍，但這美國手榴彈也確實不錯，總之是弄來了武器，可暫且免罰、免罰。

「看在參謀長講情的份上，就暫且免了你這一次。」屈八喝道，「還不快將那手榴彈收起。」

我叔爺哈哈笑著說，開個玩笑，就把你們嚇成這個樣，手榴彈不拉弦，扔出去等於是個石頭。

屈八儘管知道那手榴彈沒拉弦，但怕繼續「鬥」下去，這個兵痞真的拉爆手榴彈，後果就不堪設想。「這是個危險人物！得格外防著點！」

「你開玩笑，我可不跟你開玩笑。」屈八說，「你得將功補過，看你立個什麼功來。」

一說到立功，楊六喊開了：

「屈司令，快下命令，往盤灣岔出發，到那裡埋伏去，早點打他狗娘養的日本鬼！」

楊六因為剛才也被我叔爺沒拉弦的手榴彈嚇了一下，覺得丟了山裡漢子的面子，「他娘的，這個林滿群，盡在耍弄我們哩，欺負我們沒有真正打過仗哩！」

楊六這麼一喊，立即引來一片喊聲，要立即出發。還喊的喊奪日本手榴彈，奪日本罐頭去。

屈八正要下命令準備出發，我叔爺卻說：

「不行不行，現在還不能去，去早了容易暴露目標，誰知道那附近有不有漢奸，誰知道鬼子會不會派便衣去那裡偵探？如果暴露了目標，讓鬼子知道了，前功盡棄。」

我叔爺這話，的確是從全局出發。儘管他差一點似乎就要被處以「軍法」，但他照樣把屈八那話看作是玩笑話。「不說不笑，閻王不要」。但玩笑歸玩笑，真正打仗的事，他不馬虎。

和合先生同意我叔爺的意見，說去早了是怕走漏風聲。

楊六則喊：

「現在還不去，天天待在這裡幹鳥？」

我叔爺說：

「練兵啊，練槍法啊，我告訴你們怎麼打鋼槍，怎麼打得準，怎麼扔手榴彈……還有，我這次上城，不但送了情報，換回美國罐頭手榴彈，還打探回了可靠情報，那從東安出發的鬼子，是日軍第六十八師團，從全州來的鬼子，是三十四師團，他媽的，都是老子在衡陽血戰時的死對頭，都是那個橫山老狗的部下。一開戰，儘管那六十八師團的最高頭頭就被我第十軍炸死了，儘管鬼子損兵折將，但橫山老狗的部隊，都是日軍的精銳部隊，打起仗來，他媽的兇猛得很，所以我們千萬不能輕敵，得作好充分準備……」

有人喊，那橫山老狗是個什麼樣的凶煞惡鬼？群滿爺你見過嗎？

楊六則說：

「管他什麼六十八師團、三十四師團、，不就是些鬼子嘛！群滿爺，你只管佈置好如何伏擊就行，槍法不用你教……」

我叔爺回答說：

「六阿哥，鳥銃和那鋼槍不一樣呢！到時候你就知道了。我當然希望你們的鳥銃比鬼子的鋼槍厲害啦！我群滿爺正是要報衡陽之仇啦……」

楊六自和我叔爺爭論鳥銃厲害還是三八大蓋厲害，要和我叔爺比試槍法以來，就一直對我叔爺不服。他這不服是僅僅限於我叔爺看不起鳥銃，對於我叔爺提出的佈陣、戰法等等，並無異議。用他的話說是該服的服，不該服的就是不服。

楊六鳥銃隊的三十多個瑤民，大都是槍法準、手法高的獵人。常年累月和野豬、豹子等猛獸鬥來鬥去，不僅練出了一手好槍法，而且練出了一身膽，不怕死，加之一年四季翻山越嶺，手腳麻利動作快自不必說，若是手腳不麻利動作不快，也就對付不了猛獸，且山熟、路熟、情況熟，哪兒有道彎，哪兒有條溪，皆瞭若指掌。故而，他們對我叔爺明顯地有點輕視當然不服。

「日本鬼不就是兩條腿的野獸麼，咱們像打野獸那麼打他，不就得了？」

「咱們打過四條腿的野獸有多少？數都數不清。還怕他兩條腿的野獸？」

「把守在『嗆口上』，待它近了，猛地開火，不打死它才有鬼！」

這「嗆口」，就是野獸必經的路徑。

「挖陷阱啦，布鐵夾啦，埋竹簽啦……那兩條腿的野獸不一樣夾得它喊哇哇，戳得它叫天。」

「拳不離手，譜不離口，又有幾天沒打野獸了，槍法還是得練。」楊六說，「到時候好更顯我們的威風。」

於是鳥銃隊的便拿著鳥銃打樹幹，打叉芭，必以鐵砂集中在目標上的才算打準，零散鐵砂打在目標上的算失準。

正打著，我叔爺從白曼那裡要了一支步槍，提著走過來，說，來來來，我告訴你們如何使用鋼槍。

楊六說：

「我們有鳥銃，先讓我告訴你如何放銃。」

我叔爺說：

「六阿哥哎，別跟我強了，我知道這鳥銃你用起來百發百中，可鳥銃打不了多遠啦，裝火藥又費時啦，你看這鋼槍，『喀嚓』，子彈上了膛，瞄準，『砰』，遠遠地撂倒一個，『喀嚓』，子彈又上了膛……」

他做了兩次上膛、射擊的動作，又說：

「等到繳獲了鋼槍，這鳥銃就得換，你難道還不願意換啊？現在先學會了，到時候省掉好多麻煩，你一銃打出去，打倒了鬼子，他的鋼槍扔在一邊，你去抓起他的槍，就能射擊，不比你裝火藥快得多啊？若繳獲得幾挺機關槍，了得，『噠噠噠噠』，幾十發、幾百發子彈掃射出去……這些，都得先學一學。現在雖然沒有機關槍，我先做個樣子，把些要緊的告訴你們，等到你們以鳥銃奪得機關槍，第一功勞就是你們的啦。」

這麼一說，楊六才鬆了口。

「要得囉，那你就先教囉。不過我看管他什麼槍，都和鳥銃差不多，還不是把子彈裝進去，一扣扳機，關鍵還是瞄得準……」

我叔爺笑起來，說：

「不錯，不錯，道（原）理都是一樣的，所以我先給你們講，你們一點就通。」

這「一點就通」，等於誇獎了楊六他們，楊六憋著的那股氣立時消了。便認真地聽我叔爺講起各種不同武器的部件、使用要領來。

我叔爺這個老兵油子，是絕不會和任何人拗到底，也不會自己慪氣的。他一是只要達到目的，譬如搓餐飯吃，嚐一嚐那美國罐頭，要連長給武器，他會想盡一切辦法，反正是油著臉皮纏，自尊不自尊的對他無所謂。二是想了他能想到的辦法，而目的依然沒達到，事情沒辦成，他也絕不會懊惱、生氣，轉背他又是樂呵呵地。這要楊六練鋼槍，學會使用別的武器，他也一樣，總之只要講得你照他的去辦就行了。若硬是不照他的去辦，他甩手拍拍屁股，毫不介意地走開。彷彿這事，原本就與他無干。

我叔爺以步槍示範，講了注意事項，射擊要領，又把步槍假設為機關槍，講了又講，再講如何投擲手榴彈，還講了戰場上的哪種響聲最可怕，譬如「啾——啾」，那子彈是貼著地面來的，該如何躲……此外應如何衝鋒，如何撤退……

我叔爺根據他自己的實戰經驗，把戰場上可能遇到的問題都考慮了進去。按理說，這鳥銃隊的獵人本就藝高膽大，再加上這麼一訓練，打第一伏擊不會出現什麼意外情況了。可誰也沒想到，一個「梅山九郎」，不但使得伏擊險些沒打成，而且差點賠了老本。

山裡的瑤民，和漢人山民、鄉民、街上人一樣，家家戶戶都設有神龕，只是漢人家裡設的神龕，供奉的是祖先牌位、菩薩；瑤民供奉的是木雕的法師神像和梅山九郎神像。漢人信的當屬佛教，瑤民信的是道教。瑤民每逢初一、十五都要給法師神像和梅山九郎燒香、供茶、化紙。那梅山九郎更是獵戶人家必拜之神，每次上山打獵，均要在梅山九郎神像前跪拜、磕頭，請動梅山九郎暗中相助。打回獵物，先要敬了梅山九郎才能剝皮開剖。吃前還得先供奉了梅山九郎。

這初次參戰的瑤民獵戶，既然把打鬼子看作是打野獸，也就在戰前同樣要拜梅山九郎，請動梅山九郎暗中相助。這要拜梅山九郎在出發前便拜也不打緊，偏在進入伏擊陣地後，鬼子大隊人馬出現時，有人才想起沒拜梅山九郎……

我叔爺在認真地當了兩天教官後，去問屈八，派出的探子回來沒有，東安的日軍到底出動沒有，到了哪個地方？

屈八司令正親自帶著教書先生宣傳科長鄭南山在做宣傳工作。兩天來，他盡情地發揮了自己在紅三軍當過宣傳隊員的特長，他在宣傳形式上把當年宣傳隊所搞過的一切全搬了出來，在宣傳內容上則以湖南人民抗日救國軍佈告上的話為宗旨，化為說書一樣的語言，還編成快板由鄭南山邊敲竹板邊唱，鄭南山還即興朗誦詩歌；他面對著較多的「聽眾」親自宣講，面對著一兩個「聽眾」也親自宣講。他想著那時的紅軍宣傳隊多厲害，嘴巴子勝過槍彈，每到一個地方，一宣傳，一鼓動，「擴紅」就成功。他的身體力行讓鄭南山感動不已，他的宣講口才令鄭南山佩服不已。然而，頭一天收效不大。聽的人聽得蠻有味，但聽完也就完了，走了，散了。不過「聽眾」蠻講客氣，一見他們站著講，就有人要他們坐著講，說太難站。就有人拿來凳子，請他們坐，還有人端來茶水，要他們喝，說吃碗茶、吃碗茶，講得口乾哩。在有個地方還沒講完時，人都散得差不多了，但有一個老太太始終守在旁邊，不走。即使只有一個聽的，屈八也堅持宣講，直到全部講完。全部講完後問老太太，為何你老人家能一直聽完？老太太說，你老人家，我還要把凳子收回家去哩。

第二天，鄭南山不打快板，也不朗誦詩歌了，改說去年鬼子在白沙，在新寧的暴行。這一改，聽的人不用他講了，全是自個兒搶著講了，這個沒講完，那個已講開，先是大都邊哭邊講，講他（她）家被鬼子殺了多少個人，是怎麼被殺的，被燒了幾間房，被搶了多少東西……

「實在是沒撩他沒惹他啊！這麼狠毒啊沒良心，要遭天打雷轟啊！」

待聽說鬼子馬上又要來時，起了一陣慌亂，「那怎麼辦？怎麼辦？又只有逃難了，可往哪裡逃呢？」

這個時候屈八站到凳子上把手一揮，說我們已經成立了扶夷人民抗日救國軍，我們已經有百把個人，幾十條槍，我們誓死保衛家鄉，絕不讓日本鬼再來我們白沙燒殺搶掠！為了保衛家鄉……

屈八還沒說完，人群中已經有人喊：

「有錢的出錢，有力的出力，有武器的拿武器，幫著打鬼子，參加打鬼子，報仇！」

「是啊，是啊，一命要用一命償！報仇！報仇！」

當即有二十多個男人要求加入抗日軍，但要求加入的人中也有人說，救國軍還是太大了點囉，要我到外地方去救國我還是不去，我也沒那個能力，我只在自己這地方和鬼子拼。

緊接著有女人也要參加。說自己的男人已經死在日本鬼手裡了，只有為男人報仇了。留在家裡也不妥，逃難被日本鬼追著打，還不如去打日本鬼。便有人說你們女人參加能幹什麼呢？立即回一句，當火頭軍還不行啊，燒火做飯、送飯，打仗不要吃飯啊？還有，你們的衣服破了不要人縫啊？打仗也要穿得齊整精神些哪！

屈八司令和宣傳科長鄭南山這次的抗日宣傳工作在我老家可謂自「走日本」以來的宣傳第一，取得的成果也是第一。就連縣城裡的學校，在八年抗戰期間，也只有從衡山遷來的衡山鄉村師範學校，也就是鄭南山讀過書、艾青教過書的那個學校，曾經組織過學生成立宣傳隊，張貼標語、展出圖片、發表演講、宣傳抗日，還組織過劇團演戲。但這個學校在新寧的時間不久，白沙的老人對其沒有什麼印象，一問他們，老人說好像是有那麼一回事。倒是縣立小學有件事，有老人還記得，說有個老師，要學生把校門前掛的國民黨旗幟降下，掛了把掃帚升上去。結果掛掃帚的學生挨剋，要學生掛掃帚的這個老師被解聘。「小學生盡是些細把戲，他們曉得什麼呢？要他掛掃帚還不就掛掃帚，好玩啦。」說這事的老人咧開嘴巴笑。那個老師是中共新寧地下支部書記。據新修縣誌記載，日本侵略軍犯境（即老百姓說的走日本）時，中共新寧地下支部與上級黨組織失去聯繫，也就是沒有什麼活動……所以屈八盼著有真正的共產黨人來「接頭」，卻始終未見有人來。

我叔爺找著屈八問派出去的探子回來沒有時，屈八正在心裡總結宣傳工作的經驗，也正在宣傳工作成效顯著的興頭上，聽我叔爺那麼一問，說道：

「什麼探子？偵察人員就是偵察人員，你怎麼老是改不了那些不正規的喊法。」

屈八本要說那些舊的習慣喊法。但覺得「不正規」幾個字對曾在正規部隊搞過的群滿爺更有教育說服力。

果然，我叔爺就忙說：

「對，對，是偵察人員、偵察員。偵察員回來沒有？按理說，日本兵也該快到了。」

屈八說：

「偵察員老春是你從城裡回來那天中午出發的……」

我叔爺說：

「我沒問他哪天走的，我是問他回來沒有？」

屈八本是要從偵察員老春出發的時間說起，分析老春當天應該到了哪裡，次日到了哪裡，此時應該到了哪裡，可還沒開始分析就被他的這位屬下教官打斷，況且這位教官經常如此，毫無領導與被領導、首長與下級的觀念，這若是在平時老鄉之間也就罷了，可這是在戰時，是在正式的隊伍，他能不予以嚴厲訓斥？當然，目前依然還是只能批評教育。

「群滿爺林教官林滿群同志，我是你的上級，你能這麼對上級首長講話嗎？能這麼隨意打斷領導的話嗎？你在中央軍正規部隊幹過，那中央軍是這麼把你教出來的？你在那裡敢對你的長官如此說話？不過，我們這是人民抗日軍，沒有必要像中央軍那麼樣搞得等級森嚴，但部隊就是部隊，部隊不能沒有規矩，這你是完全知道的。既然知道，作為老兵，你更得以身作則，起模範帶頭作用。如果……」

「司令司令，你訓斥得對。」我叔爺又打斷了他的話，「我保證帶頭、帶頭。偵察員老春到底回來沒有？」

屈八算是暫時拿著我叔爺這老兵油子沒轍了，人家一開口就承認了錯誤，又作了保證，還能拿他怎麼樣呢？這隊伍……目前……也只能這麼先維持了，待到把骨幹人員培養出來後，再大力整頓。屈八心裡有數，暫時還少不了這個「從反動軍隊裡出來的人物」。

從我叔爺個人角度來說，倘若屈八這支人民抗日救國軍真成了氣候，我叔爺絕對是第一個被整頓的對象。那「被整頓」，百分之九十九是會被一槍給崩了，因為他除了出身是一無所有、比貧雇農還貧雇農的「無產階級」外，兵販子、國民黨兵痞、投機革命隊伍、以反動軍隊的舊習俗腐蝕革命隊伍、目無組織領導、拿美國手榴彈威嚇革命同志、準備引爆……等等等等，哪一條都可以崩了他。但真要崩掉他，又是百分之九十九的不可能。我叔爺是何等精明狡黠，卻又無所求之人，第一，他進了這屈八的隊伍後，主要是為了報在衡陽被日軍火炮炸瞎一隻眼睛之仇，他一心要奪小鋼炮，就是要以炮報仇，才算報了仇；而在他得知進犯日軍就是圍攻衡陽的日軍後，雪峰山會戰（儘管他不知道），他是打到底了，而屈八不可能在與日軍作戰時「整頓」他，屈八親歷了紅三軍「火線肅反」造成的敗局。從這點來說，屈八比夏曦要聰明。當然，是從夏曦那裡得來的經驗。第二，不待屈八的人民抗日軍成了氣候，他就會溜之走也，因為他這人從無什麼想當官、謀個職務之求。他絕不會因自己抗日打鬼子、為這支隊伍立下了汗馬功勞，隊伍壯大了，正是可以功勞而得提拔、升遷，便怎麼都得留下來享受功勞之所應得。若有了這個想法，當然就跑不脫。而他一輩子圖的僅僅是個有口飯吃、不受管束便行。他是無所求便無所謂（畏）。別說「留」他不住，不待你「留」，他早就不見了蹤影。故而屈八不可能「整頓」住他。解放後，歷次運動也沒整著他，就連文化大革命都沒揪他鬥他，因為誰也沒去顧及他，只是有鄉民偶爾提到他時，說群滿爺是個遭孽的可憐人。他最終只是餓死了而已。

屈八當下沒好氣地回答：

「沒回來。」

「就只去了老春一個偵察員？」

「當然只去了他一個。還能把人都派出去？家裡這麼多重要事！」我叔爺一聽，急了，說他上城之前，就特意講了要多派出探子，專門打探東安日軍的情況，全州那個方向，則不要管他。

「你什麼時候講的？我怎麼不知道？」

我叔爺說就是在你宣佈散會，大家往外走的時候，我特意講的啦！

「搞的什麼名堂？在會上不講，散會的時候講，我是沒聽見！你也沒有向我報告。」屈八真的火了。

我叔爺預感可能會出漏子，因為只去了老春一個人偵探，萬一他沒打探清楚，萬一他不能及時回來，那……但他又要證明自己確實說了要多派探子的話，便說：

「和合先生肯定聽見了的，他沒向你報告？」

「他和江碧波籌糧去了。是我派去的，他有他的任務。」

剛說到和合先生和江碧波，這二人來了。

江碧波喜孜孜地對屈八說，她首先做通了她父親的工作，她父親不但願意出錢出糧，而且要去說服別的大戶出錢出糧。

「糧食問題是不成問題了。」江碧波以老成的口氣說，且不無嬌嗔地補上一句，「司令，這下你就可以放心了。」

「你是怎麼動員你父親拿錢拿糧出來的？」屈八很感興趣。

江碧波就說她是如何為了糧食問題去見她父親的，見了父親後怎麼開場，開場後又怎麼說，哪幾句話起了最關鍵的作用。說得詳詳細細，最後說主要還是用司令你跟我們講的那些抗日救國保家的道理。

屈八聽得心裡高興，呵呵地笑起來，說：

「不錯，不錯。可我並沒有要你直接去找你父親啊！」

江碧波說：

「司令你跟我們講了的，『實行統一戰線，團結一切好人，工農商學各界，軍隊地方士紳，不分階級黨派，皆願相見以誠，一致聯合對敵，展開民族鬥爭，取締貪官污吏，扶持好人正紳』，這順口溜，我都背得了。我就想要我父親做個『好人正紳』，得到『扶持』。再則，我父親帶了頭，其他的大戶就好做工作了。」

屈八說：

「那不是順口溜，那是……」

他見我叔爺、和合先生都在場，覺得還不適宜將那「佈告」講出來，轉而笑呵呵地說：

「我什麼時候這樣念過啊？小江幹事。我可只是闡述了內容而已。當然，沒錯沒錯，就是這個意思。」

「我聽見你背過這『順口溜』呢！」江碧波閃動著大大的眼睛，斜睨著屈八，「這『順口溜』，可真的編得好，編得有水準，讓所有的人都信服，也好發動所有的人……」

江碧波認為這「順口溜」就是屈八編出來的，只是屈八謙虛，不願說是他編的。她對屈八更加敬慕不已。這敬慕裡，其實已有著她那少女的愛戀，只是她不敢做過多的表示，她雖然是上洋學堂的學生，早已為自由戀愛鼓動起雙翼，但她卻有點怕這個屈八，她只能在獨自一人時，展開那浪漫的相思，而在具體表現上，就是盡心盡力完成屈八交給的任務，要她幹什麼就幹什麼，無論幹什麼都要幹好，以得到屈八的表揚，以讓屈八格外注意她……

屈八見江碧波還在說那是「順口溜」，真想告訴她，這是威名赫赫的王震、王首道將軍發佈的湖南抗日人民救國軍佈告，這是共產黨的政策，是指導抗戰的綱領。但他又覺得現在還不是告訴她的時候。他想，這個女學生，既單純又熱情，應該是個組織發展的對象，可恨自己還沒有和組織接上頭……他又想，自己雖然還沒有和組織接上頭，但為組織發展黨員，又有什麼不對呢?!……至於這個江碧波對他的意思，他也不是完全不知，但他是大丈夫，「大丈夫處世，當以建功立業為重」！大功告成之時，什麼會沒有呢？

屈八在和江碧波繼續談著「順口溜」的內涵和外延時，我叔爺在為老春的還沒有回來，又只有老春一個人去當探子，敵情不一定探得準確、日軍可能會突然出現而急得不行。他想問和合先生，怎麼沒有派出更多的探子出去？可他又怕和合先生也說沒聽清他講要多派幾個探子的話，那麼，他在屈八面前就等於說了假話，就更沒有面子了。

我叔爺儘管怕丟了自己的面子，終究還是忍不住打斷了屈八和江碧波的談話。

「屈司令，眼下要緊的事，還是先對付可能突然出現的敵情，還是請你趕快下命令，立即向盤灣岔進發為好。」

「怎麼，我早就說過要到盤灣岔去，你說不能去，現在偵察員還沒回來，你又催著要到盤灣岔去，你這是什麼意思嘛？等偵察員老春回來再說！」

我叔爺忙解釋。他解釋的意思是彼一時，此一時也，彼時尚有時日，敵人還離得遠，此時已經過了幾天，敵人很可能會突然出現，此地非拒敵之處，待在這裡危險，去盤灣岔則安全，即算不能打上伏擊，也可保隊伍不受損失……但他畢竟不是軍事參謀人才，表述得不清楚，講不透徹，反而是越講越讓屈八惱火，覺得他是如同算命先生一樣在胡謅，什麼那時不去盤灣岔穩妥，什麼現時不去盤灣岔危險……全是在找理由為他自己辯護。偏這時和合先生又未及時幫他講話，而是說出了一件籌糧的讓屈八不知該如何才好的事。

和合先生說許家寨的「寨主」這次也答應出糧。

和合先生許是見屈八和我叔爺為「彼時去盤灣岔、此時去盤灣岔」拗上了，要「和合」一下，故而先不發表對「盤灣岔」的看法，而是講籌糧的又一成果。但他又沒有直接說出答應出糧的是屈八那吝嗇至極的父親，他只說許家寨的「寨主」講要請人挑糧，也會送糧食來。

一聽說許家寨的寨主也會送糧來，聽的人幾乎都驚訝了。

「你說的是誰？誰？是許家寨的……」

「許家寨，那，那不就是司令的爺老子麼?!」

「許老巴——屈八的父親，他連自己的親生女兒——許伶俐——白曼都捨不得出錢去救，這次又怎麼捨得送糧來呢？」說這話的人對著和合先生的耳朵，輕輕地問。

「這有什麼特別奇怪的？」和合先生說，「他那寨子，去年在日本人來時，被占了……我這次聽人說，他那後娶的女人，也被日本人那個，那個糟蹋了，他和後頭女人生的崽，才幾歲，被日本人扔進火裡……唉，他去年也遭了大劫呵！幸虧他的穀子藏得好，沒被日本人搜出來。聽說我們要打日本鬼，所以……這是司令的宣傳搞得好，傳到了他那裡……」

和合先生一邊輕聲地說，一邊盯著屈八，看屈八的反應。

此時的屈八，彷彿愣了。半晌，才說了一句：

「那個『寨主』，他不會自己來吧？他不知道我吧……」

和合先生說那就不清楚了。

屈八又愣了半晌，對和合先生說：

「如果他來了，由你處理。不要帶他來見我，也不要告訴白曼。」

屈八說完，又嘀咕一句，不就是送幾石穀子來嘛，那幾石穀子，只怕也盡是癟殼殼。

和合先生本是想趁著這機會，勸說屈八——許老巴——白曼——許伶俐和許家寨「寨主」「和合」，因為他這一輩子做的就是「和合」之事。可見屈八如此，他把那勸說之詞又咽了回去。應道，好，好，我照司令的意思辦。

和合先生認為，只要屈八收了他父親的糧，這事，就大有迴旋的餘地，只是不能著急，得慢慢來，慢慢「和合」。

屈八也許還是想見他父親的，也許真的橫了心絕不願見。總之無人能揣測到他的內心。他聽和合先生答應了照他的意思辦後，便再沒就他父親送糧的事說什麼，而是喊江碧波跟他到「司令部」去談宣傳工作。屈八說鄭南山已在「司令部」等著，正好到一起好好總結總結這次的宣傳經驗。

「好呢！總結經驗去呵！」江碧波甩動著學生頭，跟在屈八後面，往「司令部」走去。她儘管想讓自己顯得老成、老成，但還是止不住腳步一跳一跳。

江碧波的這一跳一跳，若是在平時，我叔爺至少都會說一句，看那女子，跳大神呢！不過跳得有趣。可此時，他全顧不得什麼有趣的女子，而是立即對和合先生說，你怎麼不幫著我催屈八立即去盤灣岔，反而講什麼他爺老子要送糧？這個時候提到他爺老子，豈不會動搖他的軍心？和合先生說他一是得先報告交辦的事情，二是想做件好事。

「好事、好事，日本人要是一下來了，什麼好事都會完蛋！」

我叔爺本想說你不把軍事大事放在首位，你算個什麼參謀長?!可慮及鄉里鄉親的，和合先生又是德高望重之人，就把那直接不敬的話換了一下。

和合先生一聽我叔爺這話，立即從「和合」中醒悟過來，說，那我們兩個再去找司令，要他下命令，立即開拔。

和合先生剛一說完，又驚喜地叫起來，好了好了，老春回來了。

我叔爺那一隻眼卻沒看清，趕緊問，在哪裡，在哪裡？眼尖的和合先生說，到了禾坪對面，走走走，接他去。

偵察員老春一回來，並不急著回答我叔爺「日本人到了哪裡」的話，而是急著要見司令。

見了屈八司令，老春說出的仍然不是日本人到了哪裡，而是一個令人意想不到的消息。

老春說他這回帶來了一個頂頂重大的情報。

「什麼頂頂重大的情報？」屈八催他快講。

老春卻要先喝一口水，說口乾死了，乾死了。

屈八就要江碧波快給老春倒碗水。

我叔爺說，口再乾你也先把那頂頂重大的情報講出來啦！

「先喝水，先喝水。」老春說。

江碧波舀了一杓子生水，老春接過杓子，一口氣喝個精光。

江碧波舀一杓子生水並不是對老春不尊。我們老家人，從小到老都是喝生水，就算到了二十一世紀還是愛喝生水，進得家門，從水缸裡舀一杓水就喝，哪怕是寒冬臘月也大多如是。我們老家人說那扶夷江裡的水好喝，從山上引下來的泉水更好喝，清甜！若是講喝生水不衛生，則答曰，喝了幾十年哩，點事都沒有！當然也有開水煮的茶、泡的茶，但多是用來招待客人。

老春喝光一杓子生水，撩起衣袖抹抹嘴巴，這才開始說。

老春說他走到哪裡哪裡，碰上了一個什麼樣的人，那人可不是個尋常之人……

那個非尋常人是怎麼跟他搭上腔的呢？老春講得詳細又詳細。講得屈八也不由地催促，要他只講主要的、主要的！

老春說：

「我不把這些詳詳細細地講出來，你們不會相信呢！」

屈八說：

「我相信，我們相信，你只要把最主要的講出來就行。」

老春這才講出了最主要的。這最主要的是什麼呢？原來老春碰上了一個大隊伍的「收編人」。那個「收編人」說可以撥出多少多少開辦費，將屈八司令這支隊伍予以收編，叫做收編擴軍，收編擴軍後並可以供給什麼什麼……

「他們到底是支什麼隊伍？」屈八趕緊問。

屈八第一想到的便是王震的湖南人民抗日救國軍。如果是這支隊伍，那就真是「踏破鐵鞋無覓處，得來全不費功夫」了。屈八不可能知道的是，王震的南下隊伍沒有進入湘西南，已經返回去了。

「他答應給多少開辦費？」有人趕緊問。

老春說那人講他們的司令有話，凡在百人者，撥開辦費法幣五萬元。百人以上，按整百推算，如兩百人則為十萬。

「呵呀，我們不正是百來號人嗎？」

「快算算，五萬法幣折合稻穀該有多少？」

和合先生立即算了出來，說約合稻穀一千石。

「一千石稻穀啊，嘖嘖！」

「還有什麼？還有什麼？」有人催老春快講。

「那人講，只要一被收編，所有武器、裝備、服裝、餉糧均由他們司令撥發。」

老春這話一出，引起一片呵呀。

「呵呀，他們那司令本錢就大啦！」

「呵呀，那只怕就真的是個大救國軍啦！」

屈八聽著這些「呵呀」，心裡很不是個滋味，這不就等於在說本司令無本錢，本救國軍微不足道嗎？他真想狠狠地訓斥一番，什麼「本錢本錢」，抗日救國難道還要分本錢大本錢小嗎？但他卻是冷靜地問老春：

「他就沒對我們提什麼條件嗎？」

「對我們提的條件？」老春忙說，「提了，提了，四個字，『就地抗日』。」

「就這麼一個條件？就這麼四個字？他沒跟你講抗日救國的道道麼？」

老春搖搖頭。

「只講給錢給裝備，不講抗日救國的道道……」屈八在心裡斷定，這不會是他希望的隊伍。既然不是他希望的隊伍，他就絕不會同意被收編。但他知道，這麼大的「好事」，若自己一口拒絕，說不行，難以平息眾人那「嘖嘖」、「呵呀」之聲。

「他那隊伍的名稱你總該打聽清楚了吧？」屈八問。

「那名稱、名稱，好像是叫什麼抗日挺進縱隊。」

「到底是什麼抗日挺進縱隊？」屈八追問。

「這個，這個就忘記去問仔細了。」老春說，「反正是個抗日挺進縱隊。這個絕對沒錯。」說完，老春又趕緊補充，說自己當時一聽有那麼好的條件，就急著要趕回來，所以，所以，主要還是怕被人家先搶了那麼好的條件去。這就好比做生意，誰先談成就歸誰做啦！老春說他雖然沒正式做過生意，但這點生意經他還是懂的。「做生意就得搶機會嘛，對不對？」

「什麼做生意、做生意?!」

屈八正要呵斥，鄭南山說話了。鄭南山說：

「屈司令，你多次說我們是要幹大事的，這欲成大事，正需有人相助。這機會倒也是個機會。」

暗戀著屈八的江碧波自然已能揣摩出他的一些心思。儘管她已看出屈八對此事由高興而至遲疑，還是忍不住說：

「屈司令，管他是哪支隊伍，只要他給錢給槍，我們就先得了他的錢和槍再說。」

和合先生也是希望接受這收編的，但他不忙於言語，他得等到問他時再說。

果然，屈八開口問他了。屈八說：

「之吾參謀長，你覺得此事如何？」

和合先生說：

「這被收編當然有被收編的好處，這好處老春已經講了，就是有錢有槍。只是，還得先弄清他的真實意圖再說。」

和合先生的話正合屈八的意思。可有人迸出一句：

「既然他說要我們就地抗日，就總不會是壞事。」

「說得對，不會是壞事，借他人之力，先壯大我們自己，何樂不為？」有人又補上一句。

屈八轉而問我叔爺。

我叔爺則是對此無所謂，隨他哪支隊伍，隨他收編不收編，他反正沒做什麼大事不大事的打算，他只要快點狠狠地打鬼子一頓，為死在衡陽的弟兄們報一下仇，為自己那隻被炸瞎的眼睛消消心頭之恨。他著急的是屈八總是不提去盤灣岔的事……於是他立即回道：

「他收編也好不收編也好，不關我群滿爺的事，我群滿爺現在只想著一點，我們若不快去盤灣岔，日本人如果突然出現，你想要他收編也無甚可收了，你要接收他的武器票子，只怕也無人去接了。」

我叔爺這話幫了屈八在收編這個問題上的大忙，他當即說，林滿群教官說得對，軍情急迫，此事以後再議，現在我命令，立即往盤灣岔出發！先打好這個伏擊仗！

我叔爺見屈八爽快地做了決定，鬆了一口大氣，趕忙問老春，是否打探到日本兵究竟到了哪裡？老春說：

「我只顧忙著帶這頂頂重大的消息回來，日本兵究竟到了哪裡，可就沒顧得上了。」

我叔爺連聲說：「唉，唉，你是聰明一世，糊塗一時。你怎麼能糊塗了呢？」

不要責怪偵察員老春，也不要笑我老家這第一支民眾抗日隊伍。二〇〇九年七月，當我回到老家，來到當年和日寇激戰過的地方，住在一戶易姓老人家中，和他講到「走日本」時，他說日本兵進了村，他家的酸菜罈子、水缸裡全被拉滿屎；日本兵在宰雞殺鴨時，根本沒有什麼防備，他們這些躲在村外山上的人，只要有膽大的端了鳥銃獵槍，就能打他們一個猝不及防……唉，那時的人，真蠢，膽子太小……

與這「真蠢」、「膽子太小」相對應，我老家的這支民眾抗日隊伍，就算得上真正的英雄好漢了。

這易姓村民的家就在新寧崀山風景區隔壁，四面群山環繞，看到的除了山還是山。我去時尚只有一條小路可通，需翻過一道又一道山坳。當時的閉塞更可想而知。而日本兵就連這樣的地方都來了，並且通過這樣的地方突然出現在守軍面前。這個地方，名叫黃沙江，屬廣西和湖南新寧交界之處。這支日軍，就是從全州前來增援圍攻新寧的一支隊伍。

屈八命令楊六的第一支隊，白曼的第二支隊向盤灣岔進發後，他帶著司令部、直屬支隊正要出發，急急地趕來了一個人。

那人邊走邊喊，我要見你們司令，見你們司令，我有話要和他講。

我叔爺一聽，以為是來了送情報的山民，他心裡最掛記的仍然是日本人究竟到了哪裡？他趕緊對屈八說，司令、司令，來了個要見你的人，只怕是有關鬼子的事。

屈八停下腳步一聽，一看，立時顯得有些手足無措。

那聲音，雖然隔了十來年，但他不會忘記，也不會聽錯；那越來越近的身影，那走路的樣式，他照樣不會忘記，也不會看錯……

屈八愣了一下，旋即說，走！不要管他！

來人卻已經到了隊伍面前。問，你們的司令是哪個、哪個？我要和他說句話。

屈八想躲避也躲不及了，他父親，到了他面前。

有人為他指了指。

他父親一到他面前，眼睛直了、呆了。

當父親真的站在屈八面前時，屈八反而鎮定了。

屈八正要以平靜的口氣說你來幹什麼時，他父親已經叫了起來：

「天啊，你是我的許老巴啊！我的兒啊，我的崽啊，老天有眼，讓你回來了啊！……」

對著屈八帶著哭腔喊叫的父親，已經是個頭髮蒼白、滿臉皺紋、連背也彎了的老人。老人紮著褲腿，因常年勞作，裸露的小腿上暴著一根一根拇指粗的青筋，那拇指粗的青筋隨著小腿的顫抖，不時如同泥鰍般蠕動。

我叔爺後來說，屈八父親，那麼樣的一個哈寶地主，吃捨不得吃，穿捨不得穿，還當不得我這個卵打精光什麼都沒有的人，起碼我還吃了幾餐好的，還吃過美國罐頭。

看著父親的那個樣子，屈八心頭不能不泛起一股酸楚。這是他的父親嗎？這是那個吝嗇得餐餐只准吃黴豆腐、餐餐嚼包穀粒粒，把糧和錢看得比女兒的命還要重的父親嗎？那時的父親，雖然吝嗇，雖然把錢看得比命還重，但有一副結實的身板，有一身用不完的力氣，打赤腳走路都踩得三合泥地面發響，脾氣一來，手把子一捋，他屈八都不敢上前……可眼前的父親……

屈八雖然心裡泛起一股酸楚，卻只冷冷地說出一句：

「我是許老巴，但不是以前的許老巴，我現在是屈八。有什麼事你就快說吧，不要耽誤了我的軍機大事。」

他父親立時以足頓地，說：

「我做了孽，我遭了報應……可我這次是給你送穀子來了，那穀子就在後面，你去打日本鬼，你要好多穀子我給你好多，我只要你幫我狠狠地打那日本鬼，幫我報仇……」

他父親後來娶的那個女人，也就是屈八沒見過面的後媽，被日本鬼蹂躪後，又用刺刀捅死；她那才幾歲的小孩，被扔進火裡活活燒死……

「慘啊，慘啊！你沒有見到那個場面啊！」他父親老淚縱橫。

「什麼我沒見到那個場面？」屈八說，「你以為只有你遭了劫？這全白沙，全新寧，全中國，有幾家沒遭劫？你不要再說了，再說就耽誤我去打鬼子了。」

他父親連忙說：

「好，好，我不說了，不耽誤你去打鬼子了，我等你打完鬼子回來再說，崽啊，你打完鬼子回來可就不能再走啦，我就只有你這麼一個崽了啊！我畢竟是你爺啊，做爺的以前再有罪過，你這個崽也要回來啊！……」

屈八要和合先生處理一下送來的糧食，處理完後立即趕來。

看著屈八帶領隊伍走了，這位父親一邊抹著眼淚，一邊絮絮叨叨，我的崽回來了，我的崽回來了，八字先生說過，我的崽，我的許老巴，三十歲後要走大運的，他這還不到三十歲啦，他就當司令帶兵了……帶兵好，帶兵好，帶兵就不怕鬼子了……

念著念著，他雙腳忽地打跪，栽倒在地上。倒在地上他還在念，我的崽回來了，回來了，我又有崽了……

等他爬起來時，屈八，已經走遠了。屈八隊伍，也看不見了。

這位父親沒想到的是，他的兒子這一走，是再也回不來了。

第十二章

當屈八父親突然栽倒在地上時，和合先生慌得忙喊許家大爺、許家大爺。和合先生見過太多的這類事，老人太激動、太興奮，往往一下就倒到地上……倒到地上怎麼辦呢？只要掐住他的人中，過一會就沒事。可這回他竟慌了神，他慌神倒不是怕許家大爺起不來，而是覺得大不利，這去打鬼子伏擊的隊伍剛出發，作為司令的父親就栽倒在地，那不是如同古時大將出征時風折帥旗一樣麼？絕非好兆，絕非好兆。

和合先生正為此慌神，見許家大爺自己一下又爬了起來，忙在心裡說，還好，還好，他是自己爬起來的，該主此戰雖有挫折，但無大礙。

和合先生的這些想法，是在盤灣岔之仗後，他自己說出來的。而盤灣岔之戰一開始果然就沒打好，幾幾乎變成了遭遇戰。

屈八命令隊伍往盤灣岔進發後，開始是楊六的鳥銃隊走在前面，白曼的箭字隊隨後。可走著走著，不知是白曼下了命令，還是箭字隊的人覺得走在鳥銃隊後面不耐煩，他們突然加快腳步，和鳥銃隊暗地裡比開了走山路。鳥銃隊的獵戶們走山路自然是健步如飛，那是打獵練出來的，打獵時追獵物特別是追被打傷的獵物時速度最快；箭字隊的人走山路卻是「獵獲」財物時練出來的，奪得財物時便

「逃」。那「追」和「逃」便有一定的差距，若逃的不如追的快，豈不早就「入人囊中」？故而在經過一段時間的「較量」後，箭字隊走到了鳥銃隊前面。楊六知道在這樣的山路上，自己的人再想超過去難，便對著白曼喊，白隊長，你是不是急於去搶功啊？白曼回答，我去搶什麼功囉，我們只是先替你去哨探哨探，那第一槍只能歸你們打，軍令誰敢違抗？緊跟著白曼的月菊則對著鳥銃隊的人喊，趕上來啊，趕上來啊，跟我們來賽一賽啊！

白曼是深知自己這支隊伍的「地位」的，她率隊下山後，儘管鄉人都講禮性，沒有人在她面前說過「匪」字，即使有人一不小心說到這個忌諱之字時，也趕緊換成綠林。但她還是心裡有數，隊伍上的人是礙著她哥哥司令的面子。她認為總是有人看不起她的，對她的人馬也是不放心的。故而她要處處爭先，顯示出她和她的這些人馬的力量，特別是狠狠地打鬼子，打出個樣兒來讓人瞧。她無論如何沒有想到的是，對她和她的人馬不放心的其實就是她的哥哥——屈八司令。

白曼隊伍中有一個人卻落了伍，那就是屈八特意安插進去的「間諜」：宣傳幹事、白曼支隊的文書江碧波。

江碧波怎麼能跟上箭字隊的速度呢，鳥銃隊她也跟不上。她很快就落在後面，掉隊了。

江碧波是個不甘落後之人，她不願意被人看作是從箭字隊掉隊出來的人，她一落伍後，就索性不往前趕，而是站到路邊，見人就故意問司令在後面嗎？以說明她是在等司令並有事報告。而且，她這一等司令並有事報告，就又能和屈八在一起了。待到司令部、直屬隊來了，她就趕緊去告訴屈八，白曼帶領箭字隊越過鳥銃隊，走到最前面去了。這個情況報告本沒有什麼實際意義，但正是屈八對她交待過的任務：隨時報告箭字隊的動態。

屈八聽了報告，說毫無行軍紀律、毫無行軍紀律，必須按預定隊形前進！屈八要派人前去傳達命令，命令箭字隊讓鳥銃隊先行。可無人可派，司令部、直屬支隊的人皆為鄉人，走山路無論如何也走不過天天在山上的「山人」。誰還能追得上？這時我叔爺自告奮勇，說他和老春去傳達司令的命令。

我叔爺的「自告奮勇」並不是真的想去傳達什麼誰必須在前、誰必須在後的命令，而是對鳥銃隊不放心。一些從未打過仗的人，扛的又全是鳥銃……他得和鳥銃隊的人到一起。

本來屈八要我叔爺這個林教官跟在他身邊，是為了便於他指揮整個戰鬥，先由這個林教官說出該怎麼怎麼，再由他發佈命令。雖說在會議上曾確定這個林教官為此次伏擊戰的指揮，但就這麼百把個人，又是出征的第一仗，他司令不親自指揮還行？只是我叔爺一「自告奮勇」要去傳達他的命令，他就點了點頭，爽快地表示同意。他以為離戰鬥打響還早得很，這戰鬥得等到他帶領的司令部、直屬隊趕到，把陣地佈置好，然後等著日本人到來……

我叔爺自然也不可能預料到很快發生的事，但當過偵察兵的他，因為老春並沒有帶回日本人到了哪裡的確切情報，心裡一直不踏實。

戰場上的事情就是變幻莫測。一些偶然的因素，往往能決定成敗。正是因為箭字隊未按行軍紀律搶到了最前面，才使得接下來發生的一切有了戲劇性的變化。否則，如果仍然是鳥銃隊在最前面，如果我叔爺仍然和司令部、直屬隊在一起，遠遠地落在後面，盤灣岔之仗可能就是以最慘重的代價收場。

箭字隊和日軍在山間小路迎頭相遇。

雙方都大吃一驚。

日軍沒想到在這樣一個他們特意挑選的很少有人走的路上會碰上中國民眾武裝；箭字隊沒想到這麼快就碰上了日本鬼。日軍的注意力全在中國正規軍的警戒部隊上，猛一見到有槍的山裡人，反應不能不遲鈍了那麼一下，他們還沒碰到過會向他們開槍的山裡人。這樣，儘管雙方都是大吃一驚，占先機的卻是箭字隊。箭字隊的人畢竟是打過仗的，白曼畢竟是開槍殺過人的，所以並沒有驚慌失措。加之箭字隊前面正好有一個轉了一點點彎的坡道屏障，視線有利。

當下白曼一見那長長的帶刺刀的步槍、晃動的豬舌子帽（日本兵的軍帽後面吊了一塊布），什麼都來不及想，命令都來不及發，抬手就是一槍，那一槍也不知打中沒打中，而幾乎和她的槍同時射出子彈的，是緊跟在她身邊的月菊。白曼和月菊的槍一響，箭字隊齊齊開槍，仍然打了日本兵一個猝不及防。不待日本兵還擊，箭字隊的人已鑽進了樹林刺蓬叢中。

槍聲一響，我叔爺被那槍聲一驚，腳下竟也像生風，飛快地追上了鳥銃隊。老春竟然被他拉在了後面。

「停止前進！上山，上山！」我叔爺大聲喊。

他這麼一喊，鳥銃隊的獵人們立即離開原路，上了山坡。

楊六趕緊問，那箭字隊怎麼辦？我們不去救啊？

我叔爺說，箭字隊如果和日本人硬打，等到你去時也沒有用了，只能白白搭上。如果他們往山上跑開，那就問題不大。他要楊六派人速去找到箭字隊的人，通知他們撤退到這裡來，仍按原定計劃不變，要他們守到鳥銃隊的後面。

「鳥銃隊作好戰鬥準備！」我叔爺下了命令。

我叔爺斷定日本兵仍然要到這裡來，因為別無他路。

鳥銃隊在做戰鬥準備時，出現了一個令我叔爺哭笑不得的問題，竟然有人說還沒拜九郎神，因為出發得太突然了，沒來得及拜，這和打獵一樣，打獵前沒拜九郎神，那就沒有陰兵陰將暗中相助……

我叔爺急得在心裡喊，我的爺哎，這個時候了還要拜九郎神！他對楊六說：

「六阿哥，六阿哥，你要他們快點隱蔽啊，日本人說到就到，槍炮不認九郎神啊！」

楊六喊道：

「九郎神已經顯了靈，已經助了我們，才沒有讓我們直接撞上日本鬼，大家不要拜了……」

楊六這麼一喊，聚集到一起跪著拜九郎神的才迅疾隱蔽起來。

盤灣岔這一仗，倘若不是箭字隊而是鳥銃隊最先和日軍遭遇，從沒打過仗、戰前要拜九郎神的鳥銃隊，其後果可想而知。而日軍懵裡懵懂地因幾秒之差，挨了箭字隊的一頓亂槍，還搭幫了山裡的一種火麻草。

火麻草葉子有手掌那麼大一片，且厚、長著嫩嫩的絨毛。這支日軍在進入盤灣岔之前，先休息了一會。一休息，自然是撒的撒尿，屙的屙屎。屙屎的士兵們見著大而厚、密佈嫩嫩絨毛的草葉，遂摘下當手紙來揩屁股，孰知往屁股上一揩，不惟是屁股麻辣辣的刺痛，摘草葉的手也麻辣辣地刺痛起來。原來這火麻草看似鮮嫩可愛，卻是連山民都不敢碰的植物，它如同蠍子一樣螫人。山民要採摘它時，必以鐵鉗夾之。這螫人的火麻草若和肉蒸熟，是一味能祛濕除毒的草藥。

火麻草螫人的那種刺痛，比蠍子螫人猶過三分，日本兵的屁股、手很快紅腫起來，卻又無藥可解，只能破口大罵「巴嘎」，罵蠻子山裡的草也咬人。那罵歸罵，再行軍時，屁股連檔處火辣辣的痛，手也火辣辣的痛，且影響了士氣，都怕了蠻子山裡的草。就在他們心裡窩著火，小心翼翼地唯恐再觸及什麼咬人的草時，和白曼的箭字隊相遇了……

箭字隊一頓亂槍，打死打傷了幾個日軍。日軍朝兩邊山上胡亂掃射一陣後，抬著屍體、傷兵繼續前進。他們知道碰上的不是正規的重慶軍，他們認為只是偶然相遇的蟊賊。自打通大陸交通線後，日軍對中國軍隊就泛稱重慶軍，他們認為在南方戰場碰到的中國正規軍，都是從重慶方面調遣過來的。而對於自己官兵的屍體，是不能留在中國的，火化後得運回日本。只是在雪峰山會戰中，他們想將官兵屍體運回日本也不可能了，崇山峻嶺，沒被打死的只顧倉皇逃竄，死了的則就留在大山裡了。

箭字隊一頓亂槍打完，跑上山後，白曼根本未待我叔爺要楊六派人來通知，就命令抄近路往後撤，他們才不會和日軍死打硬拼！後撤途中正好碰上來通知的人，於是很快就進入了第二伏擊陣地。

日軍在挨了一頓亂槍後，仍然沿著原路前進。

「來了，來了！他娘的，那麼多鬼子啊！」

鳥銃隊的獵人不但眼尖，而且憑那樹枝樹葉的碰動聲響，搖晃程度，就知道來的是什麼，有多少。他們也明白了群滿爺教官為什麼不要他們去援救箭字隊，說去了等於白白搭上。原來和打獵是一個道道，得避開直衝而來的野獸。

沿著山路而來的日軍雖然多，已經隱蔽、作好準備的獵人們卻毫不害怕。他們一則憑的是打野獸練出的膽量，幾百斤的野豬都能打死，這兩條腿的野獸就打不死？二則是已經佔據了非常有利的地形，隱蔽得嚴嚴實實，且有便於脫逃的退路，林深草茂，萬一實在抵擋不住了，撒腳丫子往林木叢中一溜，料定日本人追不上；三則九郎神已經顯靈，保佑了他們，沒讓他們直接和鬼子撞上。

日軍越來越近，越來越近，進入了鳥銃隊的火力範圍。

楊六充分運用了打野獸的打法，他集中了二十多支鳥銃，餘下的則二三人一夥分散躲藏在茅草和刺蓬當中。

「砰通！」

楊六瞄得準準的，也沒喊打，射出了第一銃。

「砰通」、「砰通」……

用不著楊六這個隊長喊打，集中的獵戶們都對準「野獸」開了槍，二十多支鳥銃放出的第一槍，彈無虛發，統統命中，那槍管裡噴射出去的鐵砂彈，散開後又不知撞中多少鬼子，雖然不是每槍都能致人死命，但只要中了鐵砂彈的，就不能不痛得嗚哩哇啦。

日本兵倒下了一片。嗚哩哇啦的叫痛聲在鳥銃聲消失後，響個不絕。

這是什麼武器？日軍可還從來沒遇上過這種武器！「砰通、砰通」，響聲怪異，滿是煙霧，打在身上的又不是子彈，但分明就有人腦袋開了花，沒死的甚至不知道自己到底被打中了什麼地方，只覺得身上到處中彈……

日軍開始還擊，朝山坡衝來。

鳥銃得重新上鐵砂火藥，這二十多個獵人拖著空槍迅疾往兩邊撤離，把空檔讓出給埋伏好的箭字隊。

日本兵往山坡上衝時，分散躲藏的獵人可就從他們的側背開火了。於是這裡幾銃，那裡幾銃，又響起一片一片的嗚哩哇啦叫痛聲。

日軍終於發現了這種「新式武器」，見那開銃的人將鼻子往槍管上一嗅，「砰——通」，槍就響了。

「嗅槍，嗅槍！」日軍亂喊亂叫起來，認為碰上的是支嗅槍隊。

日軍在忙於應付這些零散的嗅槍時，白曼的箭字隊開火了。

白曼的箭字隊一開火，楊六他們的鳥銃重新上好了鐵砂火藥，於是中正式步槍和短槍的響聲、「嗅槍」的「砰通」聲，令日軍不知道碰上了一支什麼部隊。

「噠噠噠」、「噠噠噠噠」，日軍的機槍掃射起來。茅草、樹葉被打得四處亂飛。

我叔爺躲在一棵幾人合抱的古樹後面，手裡攥著美國手榴彈，喊，老春、老春，你看見鬼子的小鋼炮麼？

鬼子若是發射鋼炮，我叔爺當然是一聽那炮聲就知道，他就是想繳獲小鋼炮。至於這機關槍的掃射，就是對著他藏身的古樹打，也傷不著他半根毫毛。

我叔爺在喊著老春時，沒聽見老春回答，卻聽到身邊有人在哭。

這人是被那槍聲嚇得捂住耳朵在哭。這人一哭，我叔爺吼道，哭你媽的×呵，我一個瞎子都不怕，你怕什麼？你再哭，鬼子專朝哭的人開槍。那人就不哭了。那人雖然不哭了，但長檔吊腳褲濕了一大截。

「老春，老春，他媽的你怕死啊，躲到哪裡去了？」我叔爺又喊，他是想著非得要老春這個幫手在他身邊，他才好奪鋼炮，因為他那一隻殘存的眼睛看不遠，看不清楚。他不信這股鬼子沒有小鋼炮。

「林教官，老春，他、他好像繞到那邊去了。」

一個伏在草叢裡的人抬起頭，伸手指了一下，又趕緊把頭埋進草裡。

「鄭南山，鄭科長，你用不著伏到草裡邊呢！有這麼大的樹擋著，你怕個鳥啊？」

我叔爺一把抓起鄭南山，見他抖抖索索個不停，笑了。

「教書先生，怪不得，頭一次。」

原來那嚇得捂著耳朵哭、尿濕了褲子的人，是直屬支隊的。他和鄭南山一起趕到。當屈八聽到槍聲後，命令司令部和直屬支隊跑步前進，趕了上來。用我叔爺後來的話說，他帶領的這些人趕不趕來都無所謂，因為除了屈八有一支由白曼送給他的短槍外，其他人手裡拿的是些長矛、馬葉子刀。這些人一聽到槍響，都有點恐慌，故而一進入陣地，多跟著我叔爺跑，認為跟著打過多次仗的群滿爺教官最保險。

「你抖什麼？」我叔爺又對著鄭南山說，「你念『火把』啊，把火把舉起來燒他娘的日本鬼啊！」

「林、林教官，這個時候了，你，你別開玩笑。」

「好，不開玩笑，不開玩笑，這是壯你的膽呢！你給我看看，小鬼子的鋼炮在什麼地方？」

鄭南山雖然不敢去看，可那身子，不抖了。

鬼子的機槍，突然響得更厲害了。

我叔爺從鬼子機槍的點射到連射，斷定鬼子是找準了箭字隊的伏擊地。不把這機槍幹掉，箭字隊就是撤都撤不了。

「他娘的，這夥鬼子可能沒有鋼炮，老子只有炸他的機槍了。」我叔爺一邊嘟囔一邊對鄭南山說，「教書先生，你像我這樣，看鬼子的機槍在什麼地方？」

我叔爺伏到古樹根旁，那古樹露在地面呈虯龍狀的老根，又粗又大，簡直就是天然的掩蔽工事。

鄭南山學著我叔爺的姿勢伏下，按照我叔爺手指的方向，發現了鬼子的機槍。

「看到了，看到了。」他叫起來。

「別叫，大概有多遠？」

我叔爺連著扔出了兩枚美式手榴彈。

「炸中了！炸中了！」鄭南山又大叫。

兩枚美式手榴彈一炸響，日軍往後撤了。他們許是認定山上還埋伏有正規軍。他們不能在此戀戰，他們的任務是奔襲新寧縣城，他們得轉道而往。

盤灣岔一戰，究竟有多少鬼子中了鳥銃的鐵砂彈，只能是估計；究竟有多少鬼子被擊傷，也只能是估計，估計不上一百也有好幾十；留下的屍體則是十三具，另有八支三八式步槍、被炸毀的機槍一挺。

屈八的隊伍，完整無缺，僅有幾人受了點輕傷。

這支日軍一退走，白曼、月菊和箭字隊的人立即衝去收撿戰利品。我叔爺對楊六喊道，六阿哥，

六阿哥，你們也快去撿啊！接著又對白曼喊道，白隊長，你得派人去警戒，防止鬼子殺回馬槍。只這兩句話，不但提醒了楊六迅疾去撿戰利品加強武裝，而且使得楊六自此視我叔爺為靠得住的弟兄。他認為這勝仗是我叔爺安排（指揮）得好，這話又是明顯地幫著他。

白曼則回了我叔爺一句：

「林教官，警戒該派你們司令部的人去。」

月菊立即跟著說：

「對啊，該派你們司令部的人去。」

我叔爺笑呵呵地說：

「派司令部的人我派不動，沒那個權，得由屈司令派。」

白曼和我叔爺的話都是因為大獲全勝而高興說的，屈八則聽了很不高興，認為白曼和我叔爺都是無視軍紀，一個帶隊去搶戰利品，一個要別人快去撿戰利品，一個說警戒得派司令部的人去，自己不願去，一個說什麼派司令部的人派不動……他當即喊道：

「都不許去撿戰利品，戰利品由直屬支隊統一收撿！箭字隊去負責警戒。」

他這話並沒起多大作用，除了白曼不太情願地硬喊了幾個人去警戒外，箭字隊的人和鳥銃隊的人已經在興高采烈地分享戰利品。他派去的直屬支隊的人，只是仍然有點緊張地在高興地看著。

楊六不但「搶」得了一支三八式，而且剝下了一個日軍屍體上的衣服。他把自己身上那身破爛的衣服一脫，一丟，穿上日軍的衣服，將日軍帽子上的帽徽撕掉，戴到自己頭上，端著三八式，仰天哈哈大笑。

我叔爺則只要手榴彈。他說，手榴彈給我，給我，你們不會使，放到你們身上爆炸了不得了。他把要來的手榴彈用日軍衣服像捆包袱一樣包好，正要找人來幫他提時，老春到了他身邊。

「你知道這些鬼子是哪個部隊的嗎？」他問老春。

「從東安過來的啊！」老春說。

「我是問他們是哪個部隊？」

「那就不知道了。」老春搖頭說。

「就是我和衡陽那幫弟兄們的死對頭、第六十八師團的啦！我算是為那些弟兄們報了下仇，但沒繳獲小鋼炮，也沒打死他們的軍官，不算不算。」

我叔爺一說完，便問老春到哪裡去了？說一打起仗來不見了你的蹤影，仗打完了打贏了你就來了。老春說他到箭字隊的伏擊陣地過癮去了，箭字隊有人負傷，他就拿了那人的鋼槍一頓猛打。

「不知打中了幾個鬼子？」老春說，「也來不及去細看。」

「你還敢去細看啊？你若是抬頭去細看，只怕腦袋就被鬼子的鋼槍爆開了花。」

老春說，所以我還是有點戰鬥經驗的嘛。我叔爺說，你有個鳥的戰鬥經驗，你是害怕，埋著頭只管胡亂開槍。老春就笑了，說，你怎麼知道我是埋著頭開槍？我叔爺說，我是什麼人？我是身經百戰的老兵！老兵還能不知道你們新兵的這些玩意？老春立即說，你第一次打仗時肯定也是這樣，要不你怎麼曉得？我叔爺不置可否地笑了笑，突然用手指著老春：

「你違抗軍令！」

老春說：

「我違抗了什麼軍令？」

「我說過要你緊跟在我身邊的，可你沒有我的命令擅自離開，那就是違抗軍令，等於臨陣脫逃！」

「對，我的罪名是『臨陣脫逃』去打鬼子！請林教官群滿爺懲罰。」

「當然得懲罰啦，這手榴彈，你老老實實地給我提著。」

「是！接受教官的懲罰，我保證老老實實地幫你提著。但我得清個數，免得到時像提紅薯坨坨一樣少了一個，你懷疑是我偷吃了。」

本來不善言笑的老春因為打了勝仗，也高興得來了幽默的話。

我叔爺說你提著手榴彈要時刻跟著我，再不准開溜，下次看我奪鬼子的小鋼炮。老春說奪了鋼炮得記上他的一份功勞。我叔爺說行行行，有你的功勞但也只能是小功勞。老春就爭。兩人正爭得高興，有人對著我叔爺喊：

「群滿爺，群滿爺，你講鬼子身上有日本罐頭，怎麼沒找到一個？」

「沒有日本罐頭？不可能吧，日本人怎麼沒有日本罐頭呢？你再好好搜搜。」

那人便又真的仔細去搜，完了還是說沒有，說群滿爺是不是騙他們。

「我怎麼會騙你們呢，我在衡陽血戰，就是專從死了的鬼子身上搜罐頭打牙祭。」我叔爺胡謅起來，「如果硬是沒有，那就是鬼子將罐頭統一保管了起來，我們沒打著他的後勤供應部隊。下一次囉，下一次我帶你專打鬼子的後勤部隊，那好吃的東西，就會多得不得了！」

一聽說好吃的東西多得不得了，那人就喊，去打後勤鬼子，去打後勤鬼子。

這時屈八司令走了過來。那人一見司令過來，說，司令，下次該帶我們去打有好吃的鬼子了吧。屈八似乎沒聽見，只是對楊六喝道：

「楊隊長，把鬼子的皮脫下來，扔掉，看你像個什麼樣？」

屈八要楊六脫下那身鬼子衣服，楊六不高興了，說：

「我沒得衣服穿呢，有這現成的好衣服還不穿一穿。」

「什麼好衣服？穿上鬼子的軍裝不嚇壞老百姓啊?!脫下，扔掉！這是命令。」

我叔爺忙走過去，說：

「扔不得，扔不得，留著鬼子的衣服有用。」

我叔爺把那衣服的用處說出來，說到時候可以迷惑鬼子。屈八說什麼迷惑鬼子，迷惑老百姓還差不多，老百姓一見，以為是鬼子進村了！再則，我們又用不著化裝混進鬼子隊伍裡去，你混進去幹嗎啊？一句日本話也不會說，一開口就露了餡……我叔爺就說，屈司令你說的那「幹嗎啊」、「露餡啊」，是地道的外地話，司令你畢竟是在外面混了那麼久的人，外地話說得好。

我叔爺是覺得屈八那話說得也還在理，但又不願收回自己的話，便故意插科打諢。可楊六將那鬼子的衣服一穿到身上就不肯脫了，只是說，司令、司令，我保證鳥銃隊的其他人都不穿鬼子衣服，我已經穿上的這一身，你就別逼著我脫了……

鳥銃隊的其他人其實根本就用不著楊六「保證」，誰都不願去扒那血糊糊的鬼子屍體上的衣服。

只是，誰也沒有想到的是，就是這身衣服，後來送了楊六的命。

第十三章

盤灣岔之戰，使得想抄近路進襲縣城的這支日軍不敢再走山間小路，怕再遭伏擊，因而整整多走了一天半，才到達新寧城外。這支日軍的判斷是正確的：打了勝仗，得了戰利品的鳥銃隊和箭字隊從一條只有獵人才知道的小徑趕到白渡橋，又設了一次伏。他們把木橋橋柱砍斷，使橋面架空，想讓日本人走上橋時垮塌；他們挖了陷阱，埋下夾野獸的鐵夾……然後躲在山上，以鳥銃、步槍、繳獲的三八大蓋、手榴彈，以及長弓弩箭，等著日本人來。他們這次顯得很鎮定，因為有了經驗，因為斷定日本人要想趕到這裡，沒有幾個時辰不行。但等來等去，幾個時辰過去了，一晚上過去了，未見日本人的蹤影。他們這才知道一計不可二用，反歎息把那橋給毀了。

四月十二日，從東安分路出擊的日軍聚集新寧城外，對小小的新寧縣城開始猛攻。

為了迅速突破國軍第四方面軍雪峰山主陣地，岡村寧茨任命的芷江攻略戰總指揮——日軍第二十軍團司令官阪西一郎將司令部遷至邵陽，這位畢業於日本陸軍大學的高材生、又曾留學德國的日軍知名驍將親自坐鎮邵陽，督陣指揮攻打芷江的主力——中央突擊隊。

親自督陣的阪西一郎中將指揮作戰的風格不但與岡村寧茨一邊釣魚一邊指揮的儒雅截然不同，就和他那日本陸大高材生、在德國留過學的學歷、經歷也難以掛靠，他是一邊喝酒一邊指揮，似乎酒越喝得多，那勝仗就越有把握。頗有點類似中國的猛張飛。在這之前，這位「猛張飛」的確打過不少勝仗，因為常打勝仗，那本為軍中所忌的戰將喝酒反為軍方稱道，不說他喝酒會誤事，而是說他的指揮才能就在他的海量和豪飲之中。

然而，作為芷江攻略戰總指揮的阪西一郎，那酒，卻讓他成天醉醺醺的了，暴躁不已，動輒怒罵部下。

阪西一郎坐鎮邵陽，以集結於邵陽、永豐地區的第一一六師團、第四十七師團為中央突擊隊，是要利用湘黔公路運輸之便，配屬坦克、炮兵部隊，在左右兩翼攻擊部隊的掩護下，以優勢兵力先奪安江，再取芷江。然而，傳到他耳裡的戰況是由四路同時出擊的中央突擊隊四路受阻：

由邵陽沿湘黔公路向西進攻的第一路日軍於四月十三日出發，在岩口鋪、桃花坪等小鎮即遭頑強狙擊，直至二十六日才抵達洞口第七十四軍雪峰山主陣地前，雖一再增兵猛攻，卻遭受重創，未能前進一步。

第二路日軍於四月十一日由邵陽公路北側向西進攻，十七日便因傷亡慘重，無力發起攻擊，轉取守勢以待增援。

向西北進攻的第三路日軍則被阻於邵陽與新化之間，無法前進。

第四路向北進攻的日軍攻抵新化城下，但除了傷亡慘重外，別無所獲。

中央突擊隊的坦克，僅在湘黔公路上，就被摧毀三十多輛；岡村寧茨從東北調過來助戰的飛機，根本就不是陳納德的對手，許多還沒起飛就被炸毀；起飛的一到空中，就遭遇數倍的中美飛機攔截，沒被擊毀的倉惶逃竄，龜縮不出。

不惟是他的中央突擊隊，左右兩翼更是進展遲緩。

以左翼攻擊隊而言，六十八師團一部數千日軍猛攻一個小小的新寧縣城，竟然連攻三天，城池未破。

對於中央突擊隊遭到中國部隊大縱深地帶的節節狙擊，以致每前進一步都付出重大代價，每爭奪一個要點都經過反覆拼搏，前進遲緩的狀況，阪西一郎尚可容忍，因為他不容忍也不行，這是他親自督陣指揮的；對於左右兩翼的戰況，他就絕不能容忍了。他認為就是左右兩翼攻擊部隊的遲緩，攻擊不力，才導致了中央突擊隊的被動。故而當新寧縣城守軍一個營居然抵擋了六十八師團一部數千主力的三日強攻時，他就不能不醉醺醺地破口大罵了。

阪西一郎不僅是破口大罵左翼攻擊部隊，更多的是把酒瘋發在身邊的參謀身上，以致於參謀們個個心驚膽顫。

「他媽的伴雄健（第三十四師團師團長）到了哪裡，到了哪裡？」

「他媽的再不拿下新寧，叫他提頭來見！」

「砰」的一聲，他將酒瓶子砸在地上。

第三十四師團一部正在向新寧增援。

誠如我叔爺向守城那位連長所說的那樣，日軍會夾攻合圍。

四月十五日，增援日軍到達新寧城下。

守城之營又和兩路夾攻的日軍激戰近兩天，因傷亡過大，於四月十六日下午撤出新寧。

接到戰報的阪西一郎不但未感到高興，反而又將左翼攻擊隊大罵了一番，因為攻陷一個小小新寧縣城的代價，是傷亡累累。

「立即進攻武岡，給我拿下武岡！」

十七日晚，攻陷新寧的日軍沿新武大道向武岡進犯。

從新寧到武岡這九十里路，日軍卻整整花了十天時間才進達，平均每天前進僅為九里，幾乎處處遭到第七十四軍所部的堅強狙擊，及民眾武裝的騷擾抵抗。

二十六日黃昏，日軍一部二千餘人終於攻抵武岡附近，旋發動猛攻，七十四軍一七四團一個連據險擊敵，苦戰三日，全連壯烈犧牲。

二十七日，另路數千日軍從三面包圍了武岡縣城。武岡守軍，依然只有一個營。這個營，是七十四軍五十八師一七二團一營，營長葛道遂。

九十里路，十天時間，阪西一郎氣得捧桌打椅，將身邊的人一頓亂罵後，給圍攻武岡的六十八師團五十八旅團下達了死令，立即拿下武岡，否則軍法從事！

下完死令，他咕嚕咕嚕灌完一瓶酒，癱倒在椅子上。

阪西一郎本來就對芷江攻略戰信心不足，認為岡村寧茨低估了中國軍隊的力量，是冒險而進。當他被任命為攻打芷江的總指揮時，他只有莫可奈何地接受任命，只能用上那句軍人以服從為天職的話。他對大日本帝國的命運，似乎比別的將軍更看得透徹……此時的戰況，已經在應驗著他的擔心。他不能不將此戰的命運和他自己的命運聯繫到了一起。然而，有什麼辦法呢？他除了「打腫臉充胖子」，繼續炫耀日軍的武力外，只能以暴飲來慰籍自己。

然而，他身邊的人卻不理解他，暗地裡說他只會酗酒罵人，毫不瞭解真實戰況，老是認為從新寧到武岡有新武大道可走，六十八師團擁有坦克、戰車、重炮，直抵武岡應該是長驅直入。殊不知大道兩邊，盡是山嶺，狙擊日軍的第七十四軍所部火力、戰鬥力之強，早已超過了他的六十八師團，士氣之旺，更是日軍所不及。而山民對中國軍隊的支持、援助，零散的伏擊，使得日軍草木皆兵。加之已完全掌握制空權的中美空軍，協同地面部隊，隨叫隨到，展開地毯式的轟炸，許多日軍陣地剛一構築完畢，就被飛機炸得稀爛，陣地上的日軍，成建制被炸彈埋葬。

進犯武岡的日軍只能採取迂迴、鑽隙前進……

終於合圍武岡縣城的日軍亦有驕橫不可一世之人，關根旅團長在接到阪西一郎下達的死命令後，就認為憑他的坦克、重炮，一天就可以攻下武岡。長著一臉絡腮鬍子的一一七大隊隊長永里堰彥更是狂妄地宣稱「幾個小時就可攻下武岡，到時候在武岡城裡刮臉」。

這些驕橫之將認為在抵達武岡時的進展遲緩，是因為天上有飛機轟炸，導致新武大道無法順利通行，迂迴鑽隙耽誤了時間，此刻到了武岡城外，飛機幫助不了城內守軍，是他們攻城施展身手的時機了。他們根本就不知道武岡城和守城防線的堅固。

武岡早在西漢文景年間便正式置縣，縣城三面環山，一面臨水，近代曾置州，管轄三縣，新寧即屬武岡州所轄，故新寧老人多喊武岡州，去武岡叫做上州。其東與邵陽，西與綏寧，南與新寧、城步，北與洞口毗鄰，素為湘西南軍事重鎮，城牆以近千斤一塊的方形青石壘築，且有內壁外壁青石兩層，中間夯填沙石，砌有碟垛，又分內城外城，並經歷代加修整固，長達六公里多，高七米，僅城牆頂部厚度便達三米，兼之護城河寬闊，故而太平天國石達開部曾兩次攻城，第一次攻了七天七夜，未能攻下；第二次又攻七天七夜，照樣未能攻下；桂系軍閥曾以七千眾攻城三天三夜，也未能攻下；右江起義組建的紅七軍從廣西進達新寧後，欲取武岡，亦攻城三天三夜，依然未能攻下……可謂尚無人能攻下之城。七十四軍葛道遂營奉命守衛武岡後，即緊急加固工事，又修建了三道城外防線。

這城外三道防線最後一道防線的堅固，是日軍無論如何也不可能想到的，它是武岡百姓的軍事構築傑作。

守軍一開始構築防線，即有百姓獻計，說將糯米煮熟，捶爛，配以卵石、三合土粘築，可堅固無比。且舉出實例，這實例就是當年修築武岡城牆，就用了此法；且武岡所轄的新寧縣有一條接龍嶺，那接龍嶺就是用糯米飯粘合瓷片所構築。構築後的那個結實，用鋤頭去挖，鋤頭立即卷刃，用四齒耙頭去挖，耙齒彎曲……之所以為接龍嶺，乃是乾隆皇帝游江南，見新寧已現龍脈，恐取代帝王之位，下旨將龍脈挖斷。當地百姓為接龍脈，想出了這個辦法，那山脈因此也叫做了接龍嶺。挖龍脈之事不知確否，接龍嶺卻是實實在在，那糯米飯粘合瓷片所接的一條「龍脈」，迄今尚在。

守軍採用了百姓的這條所獻之計。又以此計將城牆加固。

糯米飯粘合卵石、三合土構築的防線，加固的城牆，在武岡保衛戰中發揮了巨大的作用，日軍的大炮都無法將它轟塌。只是在採用這條計時，守軍擔心從哪裡去搞那麼多糯米？武岡百姓一聽打日本鬼建工事要糯米，紛紛將留在家裡準備過年打糍粑、釀甜酒的糯米拿了出來，踴躍參與構築防線、加固城牆……

四月二十七日，日軍在坦克和近百門火炮的配合下，從城北、城西、城東南三面向武岡城發起強攻。

七十四軍五十八師一七二團一營營長葛道遂指揮全營，憑藉城外防線和堅固的城牆，與面對十倍於己的日軍展開了激戰。

一天過去了，武岡城巋然未動。關根旅團長宣稱一天之內攻下武岡的話化為泡影。

兩天過去了，武岡城依然未動。關根氣得哇哇大叫。

三天過去了，日軍除了突破城外的兩道防線、丟棄下大量士兵屍體外，關根只能望城興歎。他不明白，中國軍隊在城外那最後一道防線是用什麼構築起來的，為什麼皇軍的大炮直接命中都炸它不垮？那武岡城牆為何又如此堅固？他唯一看出來的是，守城的不僅是支那官兵，還有百姓。

關根不敢如實向上面報告戰況。可阪西一郎的命令來了：

「兩天之內再不攻下武岡，從旅團長開始，所有軍官全部軍法從事！」

在這命令下達之前，參謀們就已經向阪西一郎報告了武岡之所以還未攻下的一些原因，如進抵武岡遲緩，除了天上遭飛機轟炸，地上遭頑強阻擊外，還有山民處處騷擾；那武岡城雖然只有一個營的兵力，但城內有百姓助戰，外面仍有山民武裝搗亂……

「山民、山民，他媽的湖南山裡蠻子可恨！……」

未待參謀說完，阪西一郎又狠狠地砸碎了手裡的酒瓶。他大罵了一通山裡蠻子後，又大罵關根旅團長無能之極，十倍於敵的兵力、近百門火炮，還有坦克，居然攻不下一座山區小城。

阪西一郎其實清楚得很，他親自督陣的中央突擊隊，剛開戰不到七天，坦克、裝甲車就被狙擊的中國軍擊毀慘重。那麼關根的坦克、火炮呢？

阪西一郎不願意去知道，關根旅團的十餘輛坦克已被守軍派出的敢死隊用汽油彈報銷，那近百門火炮，也被摧毀得差不多了。昔日曾和日軍多次進行過死戰的七十四軍，裝備火力已勝過日軍，更何況，還有山區百姓的大力支持。

關根是知道阪西一郎之兇狠的，知道他這命令絕不是喝酒喝醉了亂下的。那命令中已經直接將他這個旅團長列入了軍法處置之首。若不能在兩天內攻下武岡，等待他的，真的是只能掉腦袋了。

然而，在坦克、火炮尚齊全時都未能攻下這個武岡城，此時又如何去攻呢？關根思來想去，也只有組織敢死隊這一招了，讓敢死隊員身上捆綁幾十斤重的炸藥包，衝到城牆邊拉響炸藥，將城牆炸開。

武岡之仗，中日雙方各派出了敢死隊，中國軍的敢死隊是以汽油彈炸日軍的坦克，日軍的敢死隊則是捆綁炸藥以自殺方式去炸城牆。只是日軍的敢死隊稱特攻隊而已。

然而，又是一個然而，素以武士道著稱的皇軍，在關根旅團長親自號召士兵志願加入敢死隊時，響應者卻寥寥無幾。這一是因為日軍兵力早已捉襟見肘，參加雪峰山會戰的日軍士兵，有很多是從日本國內徵集來的青少年，武士道精神不足；二是面對猛攻不下之城，死亡慘重，士氣已經低落。

關根在無奈之際，採用了抽籤的辦法，凡抽中者若不去，格殺勿論。

五月一日，關根將三面圍攻改為一點，集中兵力火力，直撲武岡城西門。頓時，只見數百敢死隊員身上捆著大炸藥包，頭纏塗了太陽徽號的白頭巾，手上端著上了刺刀的三八大蓋，在炮火、輕重機槍的掩護下，哇哇地吼叫著直往城牆而衝。

一個又一個、一片又一片的敢死隊員被城上火力擊斃。但前面的倒下，後面的繼續衝個不停，因為掩護他們的火力，不但是對準城上，也時刻準備對付他們。關根早已有令，凡畏縮不前、後退者，一律射殺。

終於有十幾個敢死隊員衝到了城牆邊，他們拉響了捆綁在自己身上的大炸藥包。

隨著「轟隆」「轟隆」的巨響，敢死隊員被炸得屍骨全無，城牆也被炸出了十幾個洞口。

日軍陣地上，發出一片歡呼聲。但還未等到他們發起衝鋒，那些被炸開的洞口，已為沙袋堵死。

守城的士兵和自發參戰的百姓早已準備好了數百個大沙袋，防著關根的這一招。

抽籤抽中的敢死隊員，等於白白送了死。

氣急敗壞的關根看著那依然完整無缺的城牆，只得以人海戰術強攻。

一波一波的日軍如潮水般往西門城牆湧去。後面的日軍踩著前面日軍的屍體，衝到了城牆下。

有士兵攀附著繩梯，爬上了城牆。用望遠鏡看得清清楚楚的關根，忍不住叫起好來。只是他的叫好聲尚未停，從望遠鏡中看到的，是城上守軍以美式噴火槍射出了猛烈的的火焰。

繩梯，被火焰燒斷；繩梯上的士兵，慘叫著掉下；未燒死的，在地上翻滾起一團一團的火球。

五月五日，武岡城仍然未能攻破。但守軍葛道遂營也傷亡過半。

葛道遂發出了緊急求援的電報。

第四方面軍司令官王耀武要第三方面軍第四十四師立即增援。

五月六日，四十四師之一部從距武岡較近的梅口急馳武岡，援軍突然殺到，日軍大亂，武岡守軍從城內殺出，內外夾攻。關根雖嚴令抵抗，但下級軍官已帶頭逃跑，全軍大潰。關根也只得往東北方向而逃。四十四師和葛道遂營則窮追猛打。日軍敗逃途中又時遭民眾武裝襲擊，直逃到靠近綏寧一線方止。

第十四章

楊六，就是穿著那身從鬼子身上剝下來的軍衣，在和潰逃的一股日軍突然相遇時，遭遇不幸的。盤灣岔之仗對於屈八這支隊伍來說，無疑是個大捷。既然取得大捷，在白渡橋伏擊又沒等來鬼子，隊伍就有了安全修整的時間和地點，既然修整，就得好好總結總結。

當屈八召集司令部的人和各支隊長，說要好好地總結總結時，楊六問，總結是幹什麼，又是開會要每個人你講幾句我講幾句吧？我叔爺說，總結你也不知道啊，就是看在這次戰鬥中誰的功勞最大，打得最好，誰怕死，違抗軍令……我叔爺這麼一說，楊六就笑了，說，就是論功行賞、按律責罰呵，那我先說、先說。

楊六說：

「若論功勞，當然就是屈司令啦！如果沒有屈司令組織起我們這支人馬，那不就只有挨日本鬼的槍殺，哪裡還能讓他們嘗我們的鳥銃、子彈。」

楊六之所以先講屈八的功勞最大，是怕自己霸蠻穿上的這身日本軍服會被「總結」得不讓再穿，他想著只要多說屈八幾句好話，屈八就不會計較要他脫下、扔掉這身衣服的軍令了。

楊六這麼一說，屈八心裡當然高興，但他立即說：

「我是司令，司令不在評功之例。說說你們自己，這一仗，誰打得最好，為什麼打得好？誰不聽指揮，或指揮還有些什麼失誤。好好總結總結，以利於下戰。」

與會的人員便去想誰打得最好，誰不聽指揮，可覺得大家都打得好，也沒有什麼人不聽指揮。見無人開口，屈八就要和合先生先講。和合先生說還是由司令講，司令講，我還沒總結好哩。屈八說你是參謀長都沒總結好啊，那就由宣傳科長鄭南山先講，宣傳科應該抓住這次大捷，大做宣傳工作，大造宣傳輿論，使我們扶夷人民抗日救國軍婦孺皆知……

鄭南山本是善於做出總結的，可想著自己在盤灣岔實在表現得不怎麼樣，抱著腦袋趴在地上不敢動……而自己的這一切，林滿群一清二楚，便推脫說，還是請司令先講，不過我覺得這次勝利，除了司令全盤指揮得當，就是林教官臨陣指揮得好，若沒有林教官的臨陣指揮，那……

鄭南山把我叔爺誇讚一番，是為了堵我叔爺的嘴。其實，我叔爺對新兵第一次上戰場的害怕，認為是理所當然，根本就不會說他嚇得要死的事，就連那個嚇得尿褲子的人，他也不會提及。

「你們還是像當百姓一樣時那樣講『客氣』啊?!」屈八笑著說，「那我就先講一講囉。」

因為首戰大捷，屈八興奮異常。沒有批評這些抗日「幹部」依然如同鄉人那樣，要論個什麼事時推來推去地講「客氣」，而是說了句有點幽默的話。

屈八說：

「我認為這次盤灣岔之仗，楊六隊長打得最好，他真正發揮了鳥銃隊的威力……」

屈八還沒說完，楊六就打斷了他的話。楊六說：

「司令、司令，要說我打得最好，我可不敢得這個頭功，我不是還違抗了你的命令嗎？」

「你違抗了我什麼命令？」屈八一邊問，一邊在心裡想，這個楊六，真有點不識好歹。「司令你不准我穿這身鬼子衣服啊，可我還是穿在了身上。」楊六說，「司令，我就將功抵過，那功勞，我不要了，這衣服，你也別叫我脫掉就行。這鬼子穿的傢伙，到底比我那套爛衣服強遠了，有好遠強好遠。」

楊六這麼一說，聽的人都笑起來。還有人說，司令，司令，你剛才也說了鳥銃隊，沒說是第一支隊。你也忘了不要說鳥銃隊而要說第一支隊的「命令」。

大家又開心地笑。

屈八也不由地跟著笑了，說：

「這是我的口誤、口誤。但楊六隊長的功勞是功勞，衣服是衣服，兩回事。這樣吧，既然你當著大家的面承認了錯誤，又居功不傲，而且有實際情況，你原來那身衣服的確太爛，就將功抵過，准許你別脫了。」

此話一出，楊六高興得直喊，司令、司令，下一仗該怎麼打，你快下命令。

……

總結會上，楊六通過「計謀」，保住了穿在身上的那身鬼子衣服，卻沒想到，自己就死在這身鬼子衣服上。

總結會上還出現了爭執，我叔爺說白曼的箭字隊應該是功勞第一。因為箭字隊最先和日軍遭遇，這打仗最怕的是突然遭遇，可白曼在遭遇戰中仍然打了鬼子一個措手不及，那就是連他群滿爺都要佩服的人。屈八說白曼不按規定行軍，擅自搶到最前面，是不聽指揮，這不聽指揮的人，不處分她就算好了，還能是功勞第一？我叔爺說幸虧是白曼搶在了最前面，若是鳥銃隊仍然走在最前面，那就麻煩了，不光鳥銃隊可能損折，後面的伏擊也可能根本就打不成。屈八說軍紀就是軍紀，要是以後各支隊都自行其是，那仗還怎麼打？兩人的爭執最後還是由和合先生「和合」，白曼照比楊六，功過兩抵。

屈八和我叔爺的爭執使得屈八的威信得到提高，與會的認為這個司令不偏袒自己的妹妹，公正公道。

總結會後，屈八找鄭南山單獨談了一次話。

屈八對鄭南山說：

「鄭科長，你是大詩人艾青的學生，對嗎？」

鄭南山點點頭。

「艾青的〈火把〉，你仍然背得吧？」

鄭南山又點點頭。

屈八說：

「我想要你把那〈火把〉再背一遍給我聽聽。」

鄭南山不明白屈八這是什麼意思，怎麼突然說起這些來。他想著自己在盤灣岔曾被槍聲嚇得失態，作為司令部的宣傳科長，確實丟了司令的臉，但屈八並沒有在會上點他的名，他認為是司令顧他的面子。這一下，司令單獨找他談話，突然說起他曾慷慨激昂朗誦過的〈火把〉來，他覺得司令是要以這〈火把〉來啟發教育他。他是為人師表的老師，是專門啟發教育別人的，這讓他不能不有點難堪。但他還是背了幾句：

把火把舉起來
把火把舉起來
把火把舉起來
讓我們每個人火把的烈焰
把黑夜搖坍下來
每個人都舉起火把來

「好啊，這〈火把〉好啊！」屈八說，「鄭科長，不知我的理解對不對啊？〈火把〉應該是一首激情燃燒的革命詩歌吧？那大詩人艾青，應該也是一個大革命者吧？那麼，你作為艾青的學生，應該接觸了不少革命者吧，那麼，就應該有個組織吧，當然、當然，你那時還是個學生……不過，你當年所在的那個學校，應該……」

鄭南山立即明白了屈八的意思。

「屈司令，我知道你想要問什麼了，你只管問。凡是我所知道的，我一定告訴你。」

屈八要問的，就是他曾加入其中、卻又逃離、逃離後又日思夜想的中共組織。對於他自己的「加入、逃離、日思夜想」這「三部曲」，他不知回顧、反思、憧憬過多少次，「加入」，是他人生最輝煌的第一個時期，雖然短暫，但精彩；「逃離」，是他最不願回顧而又不得不回顧的噩夢，可當時不逃離又怎麼辦呢？不逃離，那就早成了自己人的刀下冤鬼……自從看到王震湖南人民抗日救國軍的佈告，他就如同重新被燃燒起來了的火把，他盼著湖南人民抗日救國軍的到來，可他的盼望，落了空；回到家鄉拉起隊伍，他盼著的就是能和組織接上頭，只要組織來了人，憑著自己的這支隊伍，日後那一切的一切……然而，他的盼望到今日仍然落空。他已要江碧波帶著人到處宣傳盤灣岔大捷，這由百姓組成的抗日隊伍打了勝仗，他所盼望的地下黨的同志能不聞訊趕來？他不相信自己的家鄉會沒有他所盼望的人，只要有，他相信就一定會來找他的。這種盼望幾乎成了對他的煎熬，他再也受不住了，他得主動去找組織，去找組織得有最可靠的人，他首先想到的是楊六，楊六是黨最可信賴的「階級」，可楊六只是一個山沖沖裡的獵人，顯然無法完成這麼重大的使命……

他突然想到了鄭南山朗誦〈火把〉，鄭南山朗誦時的那種激情，和他當年在紅三軍宣傳隊時的一個宣傳隊員何等相像！有「火把」就有「火種」，鄭南山說不定就是個火種。當然，屈八知道他絕不是組織裡的人，但屈八決定，如果實在找不到組織，他就來發展組織，這發展組織，鄭南山可算第一批的一個，楊六可算一個，有了三個人，就成立支部，儘管他這個支部書記肯定「底氣不足」，發展的黨員也不知到時候算不算數，可「發展」總是個好事啊，是為黨在做工作啊，再說，自己那「逃離」的事，這麼多年了，也許無人知道了……

鄭南山等著屈八發問，屈八卻沒接著問，而是輕聲地對鄭南山說，你知道我對你們宣傳時說的世界形勢、中國形勢，是從哪裡得來的嗎？是王震率領的湖南人民抗日救國軍的佈告！我把原文背幾句給你聽，「德寇正在瓦解，日寇亦將土崩，蘇聯英美中法，保障戰後和平，世界進步很快，中國豈能後人，願我三湘子弟，一致義憤填膺，起來保鄉衛國，充當抗日英雄」。

「王震是誰？」鄭南山問。

「王震是當年紅軍首長，共產黨的高級將領。」

「呵，我知道了。」鄭南山若有所悟地說。

「你知道什麼？」

「你是王震派來的。」

鄭南山這句話，驀地令屈八心裡一震，對啊，我就說我是王震湖南人民抗日救國軍派來的啊，我就是上級黨組織派回家鄉來發展抗日隊伍的啊！我怎麼就一直沒想到這一點呢？我是派回來的，我是派回來的，對，對，對！⋯⋯

屈八頓時興奮不已，苦苦糾纏在他腦子裡難以解開的麻紗，這一下，找到了麻紗的結頭。如果聯繫上了新寧地下黨的同志，就以這個「王震湖南人民抗日救國軍派來的」身份接頭，如果硬是找不到新寧地下黨的同志，我屈八就是新寧領導抗日武裝的地下黨組織！

「這是秘密啊，南山同志，你得嚴格保密。」興奮不已的屈八，對鄭南山的話既不點頭，也不說對，而是越發壓低聲音。

「知道知道，我在武岡六師讀書時，學校也有人開展秘密活動。」

「你參加過他們的秘密活動嗎？」

「沒有。」鄭南山說，「我只喜愛詩歌，特別是艾青〈火把〉那樣的詩歌。」

「那麼，艾青會不會是共產黨？」

「這就不清楚了。」鄭南山說，「也許是對我保密。但有一點可以肯定，我在新寧當艾青的學生時，沒見他組織我們學生開過秘密會議。他就是寫詩、畫畫，在野外、江邊到處走。倒是他教書、我讀書的鄉村師範學校，組織我們演過抗日劇目。」

一說到抗日劇目，鄭南山激動起來：

「司令，我到現在還記得演出的一個小劇，這個劇叫做〈向抗日傷兵慰問〉：

「（白）今天是舊曆新年，各位家裡一定都在盼望著各位回到家鄉去看看年老的爹娘，年輕的妻子，去抱抱可愛的小弟弟，小姑娘。他們哪裡曉得——

「（唱）你們正在為著我們老百姓／為著千百萬婦女、兒童／受了極榮譽的傷／躺在這病院的床上／那是日本帝國主義為達到侵略的慾望／他們是這樣地瘋狂／自從佔領了我們的北方／又進攻到我們的長江……／他們要把中國當成一個屠場／任他們殺／任他們搶／（白）聽啊！（唱）飛機還在不斷地丟炸彈／大炮還在隆隆地響／我們拼著最後的一滴血／守住我們的家鄉。」

「這個戲，是讓人同仇敵愾。」屈八說。

「當時看了這個戲，恨不得立時上戰場。」鄭南山說，「只是真的上了戰場，才知道，第一次打仗，真的有點害怕。不過，司令，我在這裡向你保證，從今以後的戰鬥，我鄭南山如果不像熊熊燃燒的火把一樣，奮不顧身，勇往直前，我就再也無臉見你！」

「你表現得很好。」屈八說，「盤灣岔之仗我們取得的勝利，是從未有過的大勝利。這勝利裡就有你的一份功勞。我知道。」

一聽屈八這麼說，鄭南山想到了自己的「功勞」，是啊，那個群滿爺林教官用手榴彈炸毀的機槍，不就是我給他指明的嗎？自己怎麼就忘了呢？怎麼老是只記得趴在地上嚇得哆嗦呢？還是司令瞭解得全面。他又認為這肯定是林教官向屈司令彙了報，所以屈司令知道。（後來他跟我叔爺提起這事，感謝我叔爺。我叔爺說，什麼彙報？老子從來就不打小報告。）

其實，鄭南山在盤灣岔嚇得該死也好，群滿爺要他幫著找鬼子機槍的具體位置也好，屈八都不知道。屈八是急著要從鄭南山那裡打聽到他盼望的事，隨口表揚。表揚完後便問：

「那組織演抗日戲劇的，是不是共產黨地下組織？」

鄭南山說：

「這個，我確實也不清楚，反正是公開演的。」

「你難道不知道一個共產黨人？」屈八又問。

「司令，你這麼相信我，我不敢對你說假話。真的不知道。鄉村師範遷到武岡去後，這新寧，就沒有演出抗日戲劇，搞抗日宣傳的了。」

「你從武岡畢業後回來當老師，對吧？學校應該是地下黨活動的主要地帶，你就沒看出什麼活動情況？」

「我這個人，當了老師後學艾青老師，寫詩，到野外、江邊走，找靈感……」鄭南山有點不好意思地說，「所以，所以沒有注意。可我，現在不是碰到你了嗎？」

鄭南山又激動起來。

鄭南山最後那句話，又提醒了屈八，是啊，自己現在就是代表地下黨啊！可不能讓鄭南山看出了破綻。於是他跟鄭南山講了兩樁秘密大事，一是他要發展黨員，鄭南山是第一批發展對象，既然成了發展對象，就得知道黨的綱領，黨在目前的綱領是什麼呢？就是王震湖南人民抗日救國軍的佈告。他把〈佈告〉從頭到尾又背了一遍，要鄭南山也背熟，他說只要照著這佈告綱領去做，就等於是在黨的人了；二是他得和新寧地下黨取得聯繫，這個聯繫的任務，就交給鄭南山，要鄭南山去找他的同學、同事老師……屈八相信，鄭南山的同學、同事當中，應該會有地下黨同志，即算沒有，通過他們，也能夠找到。

鄭南山去執行屈八的秘密任務。新寧縣城保衛戰已經進入白熱化。

遠遠地傳來的密集的槍聲、炮聲，使得楊六再也待不住了，對屈八說，司令，我們還待在這裡幹什麼？人家打得熱火朝天，我們在這歇涼啊？歇涼還太早了點，天又不熱。

楊六是因為首戰告捷，自己得了鋼槍，又得了日本軍服，鳥銃隊的鳥銃也換了好幾支三八大蓋，所以只想快點再打一仗；那些獵人拿著三八大蓋一試，「嘎崩」、「嘎崩」，震得那個響，打得那個遠，嘿，這屌玩意是不一樣！也紛紛要求快點去打，再打他娘的一個大勝仗，弄幾個日本鑵頭嚐嚐。「我們早就說過，日本人有什麼了不得呢？四條腿的野豬都能打死，這兩條腿的還打他不死？」用我叔爺的話說是，這人一打了勝仗，就越發想打，不打心裡就有點癢癢。可打了勝仗，就容易輕敵，所以世上難得有常勝將軍。

對於楊六的請求，屈八沒有答應。屈八只是說，著什麼急，著什麼急，再好好修整修整、準備準備。

屈八是想等鄭南山回來，若是地下黨來了人，那就好決定隊伍的戰略行動；若是沒來人，只要帶了地下黨的意見（指示）來也行。

楊六說，群滿爺你不是講過鬼子攻城時，我們正好從後面去打他的屁股嗎？怎麼還不去打？

「還要修整，又不是修塘壩整田塍。」楊六嘟囔著找到我叔爺。

我叔爺聽著那遠遠地傳來的槍聲、炮聲，判定鬼子的兵力多得驚人，他甚至從那槍聲、炮聲中，聽出了攻城的的確就是他和第十軍弟兄們的死對頭、打衡陽的六十八師團。那發起衝鋒前密集的炮聲，炮聲停止後的短暫平靜，猛然響起的劇烈槍聲，和衡陽戰場幾乎一樣。只是那炮聲中，似乎沒有遠程重炮。

「唔，唔。」我叔爺從專注諦聽的槍炮聲中回過神來，說，「要打，要打，可命令得由屈八下啦。」

「屈司令說還得修整修整，準備準備。」

「這屈八，打了一仗後倒也有了些指揮經驗。是得再修整修整，準備準備，別急。」

我叔爺以為屈八是在以逸待勞，等到鬼子攻城攻得損失慘重時，再從背後襲擊。儘管盤灣岔打了個漂亮的勝仗，我叔爺依然認為，若是現在去，這麼幾十條槍、幾十支鳥銃，對於攻城的日軍來說，等於是撓癢癢。此外，他還認為七十四軍的新寧保衛戰，是和國軍一貫的戰法一樣，守城的先死守，以吸引、消耗日軍的兵力，外圍的援軍再來個反包圍，內外夾攻。故而他想等到援軍來將圍城的日軍包圍後，再趁勢去「吶喊助威」、參與勝利。他想著那守城的是七十四軍，來援的也是七十四軍，真正的自家人救自己人，是絕不會不來的。不像他在守衡陽時，守城的是第十軍，盼著的援軍是其他部隊。

我叔爺的這個判斷失誤。他不知道七十四軍守這個新寧城，只是以其拖延日軍向武岡的進攻而已，實在守不住了時，會主動撤離。這也就是雪峰山會戰中國軍隊總指揮何應欽制定的「層層阻擊，固守要地，靈活出擊，分割圍殲」戰術中的一著。

我叔爺後來說他錯了錯了，當時若聽楊六的話，立即去支援新寧守軍，哪怕是只躲在暗處打幾槍，放幾銃，扔幾顆手榴彈，騷擾騷擾，也不會後悔。因為等到他這支隊伍往縣城趕時，新寧城已經被日軍攻佔。給他美國手榴彈，給他美國罐頭的連長，在守城之戰中陣亡了。

他說他對不起那位連長，也對不起那位岳兄士兵。他曾對岳兄士兵說過，對連長說過，若有難時，他群滿爺會來的。

當時楊六想要我叔爺去催屈八立即進軍，可這個教官也說別急，再等等。楊六覺得納悶，怎麼剛打了個勝仗，這司令和教官都不急著再打了。

去找地下黨的鄭南山在第三天回來了，屈八趕忙問他找到沒有，聯繫上沒有？鄭南山說他的那些同學、同事，一個都沒找到，都不知躲到什麼地方去了。

鄭南山回來的這一天，從全州抵達新寧的日軍第三十四師團一部，已會合六十八師團對新寧縣城合圍猛攻，在兩路夾攻下，守軍因自身傷亡過大，撤離陣地。新寧城被攻陷。

新寧城遭兩路夾攻時，我叔爺聽著那驟然猛烈的槍聲、炮聲，感到這槍炮聲不對頭，怎麼全是日軍的？這說明解圍的援軍未到，攻城的援軍反而到了。他情知守軍形勢不妙，急忙喊上楊六，一道去見屈八。

屈八正在和鄭南山議論那「找人」之事。

屈八說，你真的沒找到一個？

鄭南山說，鬼影子都沒見著一個。

屈八說，你那些同學、同事可能待的地方，你都去了？

鄭南山說，去了，就連他們的親戚朋友家，我都去了，家家都是空無一人，有的是「鐵將軍把門」，有的是連門都沒關，都「走日本」走（躲）得不見了。

「他們是不是被困在城裡了？」

「不可能！日本人要打新寧的風聲一起，學校都停了課，我是和他們一起離開城裡的。要不，司令你在白沙也見不到我。」

「你的同學，都是教書的老師？」

「都是教書先生。師範出來的不教書幹什麼呢？」

屈八不由地說，這和地下黨的同志沒有聯繫上，我們下一步究竟該如何辦呢？

鄭南山脫口而出：

「司令，我看我那些同學、同事，不像是在黨的人，即算有在黨的，但既然找不到，司令你是上面派來的，那王震佈告綱領上的開頭兩句便是「去歲湖南淪陷，日寇肆虐橫行；本軍奉命援湘，消滅萬惡敵人」，現在日寇正在肆虐橫行，正在攻打縣城，我們就照綱領上說的，立刻去援助守軍，把那萬惡的鬼子消滅乾淨！」

鄭南山又激昂起來。

鄭南山激昂而言的最後一句，正好被來見屈八的楊六和我叔爺聽見。

楊六立即嚷道：

「鄭先生科長，我在司令面前怎麼就講不出你那麼好的話來呢，你講得好啊，立刻去，立刻去，把鬼子幹他個乾乾淨淨！」

楊六在嚷時，屈八心裡又為鄭南山的話一震，是啊，我是「上面派來的」！「我已經為自己確立了黨組織身份」，我按照綱領上的話去做就行了，盤灣岔已經取得了大捷，為什麼不接著狠狠地打呢？他當即下了決心。

「怎麼，楊隊長你又請戰來了！林教官你也請戰來了！」屈八說，「好啊，眾志成城。明天清晨就向縣城進發，從鬼子後面狠狠地去打！」

「白天去不行。」我叔爺說，「我們畢竟只有這麼些兵力，白天去幫不了什麼大忙，起不了什麼大的作用。反而把自己暴露在鬼子的火力下。我們只能採取夜襲！」

「夜襲?!對啊！」鄭南山第一個叫起好來，「古時作戰，就常有這種打法，那三國演義裡的東吳大將甘寧，不就是百騎夜襲魏營，大破曹兵嗎？」

「是摸黑去打吧?!好計、好計！」楊六一拍大腿巴子，「群滿爺教官你硬是要得，盤灣岔是伏擊，這次是夜襲。」

我叔爺說，這夜襲也是鬼子常用的，打衡陽時，他們攻不下山包時，往往就用這一招，但這一招他們在衡陽使用不靈，我那第十軍的弟兄，都會反夜襲。這次我們要鬼子嚐嚐遭夜襲的厲害。我們熟悉地形，悄悄地摸到他們營地前，集中手榴彈，把所有的手榴彈一下全摔出去，炸他們一個暈頭轉向，然後所有的鳥銃、鋼槍一齊開火，鳥銃打完第一銃，不要再去裝火藥，每人身上要背一把砍刀，衝進去一頓砍殺，奪武器，特別是要奪取機關槍，奪了武器就撤退，往金芝嶺跑，撤退時，鋼槍先掩護，對著追來的鬼子，以排槍齊發，再以奪到手的武器掩護拿鋼槍的撤退，邊打邊撤。天黑風高，諒鬼子也不敢窮追，就算追來，我們也已經上了金芝嶺……

「好，好！林教官的計策好！」這回是屈八大聲叫好，「傳我的命令，準備夜襲！這夜襲的具體指揮，就交給你了。」

然而，當屈八的隊伍作好夜襲準備，於傍晚抄近路往縣城進發，剛到金芝嶺下，眼尖的楊六在夜幕漸漸收攏的間隙，看到新寧城上，插著的卻已是日軍太陽旗。

我叔爺懊惱至極，他又想起了衡陽，他在衡陽就是因為沒有援軍，他的弟兄們沒了，這新寧城又是因為沒有援軍，城破人亡。他記起了自己曾對那位連長說的話，他群滿爺會來的。此時他來了，那城卻已經破了，他斷定連長和岳兄士兵都已經遇難。城破後他才趕來，還有什麼用呢？這不和他在守衡陽時，那些援軍到了城外卻偷偷溜走的結果是一樣嗎？他在衡陽曾破口大罵混帳的援軍，此時該罵的，就是他自己了。

如果在這之前就來夜襲，即使幫不了大忙，但只要狠狠地打了鬼子一下，也就盡到自己的心，盡到自己的力了啊，也就不會後悔了啊！

我叔爺正坐在地上懊惱，楊六到了他身邊。

楊六說：

「群滿爺、林教官，你發現沒有，那城雖然被鬼子占了，可城外依然有鬼子紮了營寨，我們照樣可以那個什麼夜襲，去偷襲他的營寨。」

「照樣去夜襲?!」我叔爺霍地站起。但他只振奮了一下，又頹喪地一屁股坐下。

「城已經沒了，守城的官兵也沒了，再去偷襲，沒什麼意思（義），沒什麼意思了。」他喃喃而語。

「怎麼沒有意思？」楊六說，「正是我們的城被鬼子占了，正是守城的官兵被日本人殺了，我們去偷襲鬼子，就是為他們報仇啦！就是告訴鬼子，你殺了他們，還有我們，你占了城，可不得安生。這意思大得很呢！」

我叔爺沒想到楊六能說出這麼一番話來，對啊，連長、岳兄士兵他們雖然陣亡，但還有我群滿爺啊，城池雖然被你們攻破，但我要你們日夜不得安生啊！

「好！六阿哥說得好！照樣夜襲，打鬼子的營寨！」

夜襲鬼子營寨的行動，在原有的安排上做了些調整。

我叔爺要楊六從鳥銃隊裡挑選二十個不但槍使得好，而且會些拳腳功夫的人；要白曼從箭字隊裡挑選十個同樣的漢子，組成夜襲隊，由他帶領。其餘的人由白曼指揮，作為接應部隊，阻擊追來的鬼子。如果萬一出現意料之外的情況，金芝嶺庵堂是會合集結地點。

我叔爺佈置完後，楊六說：

「群滿爺，你安排得好，但有一點不妥。」

我叔爺問：

「哪點不妥？」

楊六說：

「那夜襲隊，只能由我帶領。」

「為什麼？」

「群滿爺，別怪我把話講直了啊。你一個半邊瞎子，這烏漆巴黑的，你走路都看不清，還怎麼去襲呢？」

楊六此話一出，和合先生急了，這大戰在即，怎麼能講些這樣沒有禮性、專挑人家缺陷的話？就連屈八，也覺得楊六這話過份。可我叔爺卻毫不介意，他嘿嘿一笑，說：

「正是烏漆巴黑，大家都看不清，我這半邊瞎也就不瞎了啦。那夜襲，還得我親自去，六阿哥你沒有經驗。」

我叔爺是想著只有他親自去，才對得起陣亡的連長、岳兄士兵。

楊六立即說，夜襲隊由他帶隊，如果打得不好，也像群滿爺上城搞武器一樣，甘願受軍法。而且絕不要人說情。

鄭南山、和合先生等都認為楊六帶隊最合適，群滿爺留下來指揮接應。最後由屈八決定，還是楊六帶隊。

我叔爺要老春把他在盤灣岔收繳的鬼子手榴彈全部給夜襲隊，他只留著連長給他、還剩下的兩顆美國手榴彈。

「六阿哥，你知道手榴彈該怎麼扔了吧，你給他們再講解幾遍。」我叔爺不喊楊六，也不喊楊隊長，只喊六阿哥了。他是把楊六看成了在衡陽共生死的弟兄。

「知道，知道，群滿哥，你放心，這次要鬼子知道我瑤佬楊六的厲害！」楊六也不喊群滿爺，而喊群滿哥了。

我叔爺還是不放心，說：

「這次夜襲的成功，全靠摸近鬼子營寨時手榴彈爆炸的威力，只有手榴彈同時在鬼子腦袋上開花，才能衝進去砍殺，才能奪得武器，才能順利返回，而鬼子肯定有站崗放哨的……」

楊六說：

「群滿哥，你沒看見我穿的這身鬼子衣服啊，我先去把站崗的鬼子悄悄幹掉不就完了，就算他先發現我，一下也搞不清。」

楊六那身硬不肯脫下的鬼子衣服，到這時派上了用場。可一能夠派上用場時，大家都覺得吃了虧，當時若把在盤灣岔打死的鬼子的衣服都帶上，此時不就能變出八個假鬼子來麼？八個假鬼子打頭陣，那要省掉多少事?!唉，唉，正好比「書到用時方恨少，糠到荒年才知貴」。他們雖然沒讀過什麼書，但「書到用時方恨少」是知曉的，也常掛在嘴上對那讀書人說的；「糠到荒年才知貴」則是隔三差五就要實踐一次的。

惋歎一陣後，有人還要直統統地說出來，說若是有八套鬼子衣服，就算有八個站崗的哨兵也能一下幹掉，再將手榴彈齊齊地一扔，接下來一頓亂砍亂殺，黑夜裡他分得個鬼的真假出。

「算了算了，世上哪有後悔藥吃。」旋有人說，「一套鬼子衣服也足夠了，六阿哥去幹掉一個，餘下的一個交給我，看我用弩箭射殺他，見血封喉。」

說完，又似自問自答：

「鬼子哨兵總只有兩個吧?!」

子夜過後，日軍城外的營寨除了幾堆燃燒的篝火，一片死寂。

連日的攻城，日軍死傷累累，沒死的已經疲憊不堪。上面的命令又已下達，訓斥他們攻打新寧縣城延誤了時日，不准休整，第二天就得往武岡進發。

命令一下，日軍官兵除了暗暗埋怨上級不瞭解戰鬥實況外，就是趕快抓緊這就要開拔前的一點時間，睡覺。他們做夢也沒有想到，會被一些當地百姓偷襲，會被從天而降的他們自己的手榴彈炸得不知所措，許多人在夢裡做了他鄉之鬼。

楊六的襲擊比預計的還簡單、順利，他帶著夜襲隊，利用夜色和田壟的掩護，沿著常進城賣獵物走過不知多少次的小道，很快就到了日軍的一座營帳外面，站崗的哨兵站著打瞌睡，楊六不費勁，如割吊著的麂子那樣就把他給割了。然後一招手，夜襲隊員躡手躡腳地走了攏來。楊六見有兩座營帳相隔不遠，示意要將這兩座營帳一齊炸，夜襲隊員分成了兩撥。楊六像抬野豬起肩那樣低沉地喊聲「煙——衣——布」（瑤語：一、二、三），兩群手榴彈，每群十多枚，飛向兩座營帳，落入了營帳裡的鬼子群中。二十多枚手榴彈幾乎同時爆響……

其他營帳裡的日軍被二十多枚手榴彈的劇烈爆響炸醒後，懵裡懵懂地以為是遭了空襲的炸彈，紛紛往外跑，四散躲避空襲。等到他們清醒過來時，楊六的夜襲隊已經撤離「現場」。

日軍只象徵性地追了一陣，胡亂地開了一陣槍。夜黑風高，他們確實不敢追，他們摸不清底細，以為是遭遇了七十四軍外圍部隊的襲擊，他們得趕緊固守營地。這一晚，不惟是城外營地的日軍再也不敢睡覺，城內的日軍也被驚醒，統統「枕戈待旦」。

楊六的夜襲隊到底打死了多少鬼子，他們說不清，反正兩個營帳裡的鬼子全部報銷，沒被炸死的也被砍死。但繳獲完整的戰利品不多，因為鬼子的槍多被炸壞，鬼子身上的東西則來不及去搜。只是楊六身上不但多了一支好槍，而且多了一把有點變形的指揮刀；那支好槍，是日軍哨兵的，那把指揮刀，可能是個日軍小隊長的。

楊六繳獲的那把指揮刀，至今還保存在瑤民楊氏家裡。不過說「保存」其實談不上，因為開始幾年還算保存在那裡，後來就覺得這刀留著也沒有什麼用，就變成了砍柴的「柴刀」；當「柴刀」使用時，開始還覺得鋒利，後來就不鋒利了，砍柴也砍不斷了，就隨手丟在個放廢物的樓上角落裡，忘了。大煉鋼鐵時有人說楊氏家有把日本刀，要楊氏交出來煉鋼鐵，楊氏懶得去翻尋（也確實不記得放在哪裡了），就沒被丟進土爐，也沒被煉成鋼鐵。一直到改革開放後到處建愛國主義教育基地，有人又想起了他家那把日本刀，說那把刀有很重要的歷史意義和教育意義，楊氏後人就去翻啊翻、尋啊尋，尋出來了，只是早已鏽跡斑斑，得小心翼翼地捧著，生怕一下斷了、碎了……

第十五章

夜襲後的第二天，日軍除了留下些守城的外，兵分兩路，往武岡方向而去。這兩路夾攻新寧城的日軍指揮官也曾分別向阪西一郎報告，說夜裡曾遭重慶軍猛烈襲擊，請求肅清城周之餘敵，確保新寧穩固後再向西進。這個報告、請求實則是因官兵疲憊，士氣不振，想在原地休整一兩天。故而說「遭重慶軍猛烈襲擊」。但立即被阪西一郎一頓痛罵，謂其愚蠢至極，只有迅疾攻佔武岡，才能將洞口、花園一線的重慶軍殲滅。

進佔新寧的日軍主力開拔後，守城的日軍也曾派出小股搜索部隊，搜索到了金芝嶺下，旋遭屈八隊伍居高臨下的一頓鳥銃、槍彈、弓弩射擊。日軍才知道是些蠻民騷擾，但蠻民有「嗅槍隊」，那「嗅槍」委實可惡，被「嗅槍」打在身上的鐵砂，連軍醫也束手無策，取不出那麼多鐵砂，痛得比挨子彈還難受；蠻民又有不少「狙擊手」，槍法特準，只要探頭往上，還來不及衝，就有可能被自己造的日式步槍擊中，遂返城不睬。屈八自然不會，也不敢去攻，兩下一時相安無事。

盤灣岔之仗和夜襲的連續兩次大勝，使得楊六等人愈發興奮，不但愈發論證了他們「四條腿的野豬都能打死，兩條腿的還打他不死？」的「理論」，而且上升到「兩條腿的比四條腿的野豬更好打」。於是他們一心想著的是如何再打他娘的一次更來勁的就好。可彷彿一下有勁使不出了。於是有人提出乾脆去援助武岡，再到武岡城外來他次夜襲。這個提議旋有人反對，說我們是新寧人，去管人家武岡的事幹什麼？武岡的事自有武岡人管。

在這暫時相安無事的日子裡，屈八要找到地下黨的想法愈發強烈。他想著這夜襲打死的日軍更多，影響比盤灣岔更大，且自己就紮在離城不遠的金芝嶺，城裡若有地下黨的同志，還能不來金芝嶺？連日軍都來金芝嶺試探過，地下黨的同志能不知道？看來在這新寧是確實找不到地下黨了。

屈八想到了武岡。

他又找來鄭南山商議。

屈八對鄭南山說，你在武岡就讀的第六師範，前身是衡山鄉村師範學校，你說衡山師範在新寧時都搞過抗日宣傳，組織過抗日劇目演出，那麼，鄉村師範遷至武岡成為六師後，規模更大了，肯定有地下黨。

鄭南山認真地想了想，說，司令說得對，應當有。我覺得也有。我想起了一件事，我在六師讀書時，所有的班級幾乎都是集體加入三青團，就是既不要你寫申請，也不找你談話，就成了三青團員。但立即有人反對，堅決反對，要大家不要加入，集體加入的不算。這堅決反對的人……

「對啊，」屈八立即興奮地接過話，「那堅決反對的人，肯定就是地下黨！」

「我想也是。」鄭南山說，「如果不是共產黨，他反對三青團幹什麼？」

屈八突然想到一件敏感的事，問：

「你沒有加入三青團吧？」

鄭南山趕緊說，我怎麼會加入呢，我是一天到晚只想著寫詩，什麼這個團、那個黨的都不加入。

「可你剛才說是集體加入，不用寫申請，不用談話，你不會被集體加入進去了吧？」屈八繼續問。

「哪能呢！」鄭南山說，「就算被『集體』成了三青團員，他總還得通知本人一下吧。」

屈八想想也對，說：

「你沒接到過什麼通知吧？」

「沒有，連口頭通知都沒有。」鄭南山說，「司令，我現在是一心要加入你所在的黨，你是上面派來的……。」

屈八算是放了心，說，鄭南山同志，通過對你的考驗，說明你已經符合我黨的標準，你現在就是在黨的人了！

鄭南山自然高興。

鄭南山萬萬沒想到的是，屈八說他在黨的話，沒有白紙黑字，也就是沒有檔案；而他真的被集體進了三青團，卻有白紙黑字，也就是有檔案。他第一次得知自己是三青團時，已經到了一九五六年，組織開始是啟發他，要他主動交待，說主動交待出來沒事。他對天發誓絕沒有，他從沒加入過三青團，他只加入過共產黨，但他加入的共產黨是否經過更高的上級批准就不清楚了，當時是扶夷人民抗日救國軍司令屈八介紹他加入的。並且當即背起了「佈告綱領」：「去歲湖南淪陷，日寇肆虐橫行，本軍奉命援湘，消滅萬惡敵人，實行統一戰線，團結一切好人，工農商學各界，軍隊地方士紳，不分階級黨派，皆願相見以誠，一致聯合對敵，展開民族鬥爭，取締貪官污吏，扶持好人正紳，厲行減租減息，改善社會民生……」鄭南山說他加入的如果不是共產黨，怎麼能知道當時黨的綱領政策？組織說他太不老實，太狡猾，說他是個貨真價實的三青團員，是個偽共產黨員。因為組織掌握的武岡六師三青團的名單上，他的名字赫然在列。而他加入的共產黨，那個黨組織根本就不存在。鄭南山為此叫屈連連，把冤屈叫到了我叔爺那裡，我叔爺說這個事我也搞不清，我反正什麼都不是，我只當過國民黨的兵，那是頂壯丁，你只有找屈八。鄭南山說，屈司令當年就被鬼子打死了啦。我叔爺說，那我也沒有辦法了。

當下屈八放了心後，鄭南山說：

「司令，我看要找到地下黨，只有去武岡了。」

屈八說：

「對，去武岡！堅決去武岡！我們一路打到武岡去，既符合『一致聯合對敵，展開民族鬥爭』的綱領，支援了武岡守軍，又好去找到我們的同志。我就不相信，偌大一個武岡州，沒有我們地下黨！」

打探武岡方面情報的老春回來了，老春說他從武岡方面逃難的難民那裡聽到，武岡城打得那個激烈，嘖嘖，日軍把武岡包圍得鐵桶一般，晝夜攻打，可打了這麼多天，還是沒有打下來，武岡的護城河裡，全是鬼子的屍體，那血，把護城河都染紅了。武岡城雖然只有幾百中央軍，可像我們這樣的老百姓也參戰哩……老春說他就問那人，你怎麼不參戰呢？怎麼跑到這裡來了呢？那人說，也不是每個人都敢去打仗啦。老春說他又問，你原來是不是武岡城裡的？那人說是的，中央軍一準備打仗時，就要老百姓疏散，好多人都不肯走，要幫著守城，那些人膽大，他說，他還是疏散出來了，開始躲在近邊的山裡，所以曉得情況，後來看那仗越打越凶了，躲在近邊山裡也怕不保險，就躲到這裡來了。

屈八說，老春，你報告前面的就可以了，後面的就不要說了。老春說，我要說了後面的，才能證明前面的準確啦。

武岡百姓幫著守城的情報，更堅定了屈八去武岡的決心。他想，有百姓幫著守城，那就肯定是地下黨發動的。

屈八下了命令，向武岡進發！

命令一下，楊六等人反而愣了，旋拍手叫好，說屈司令這回痛快，根本就不用我們去催他。但那些說「武岡的事自有武岡人管」的卻不願意去，隊伍已經出發了，他們還嘀咕著不動。和合先生趕忙輕聲地對他們說，你們以為這是趕場看戲啊，想去就去想不去就不去啊？這是隊伍，隊伍有隊伍的軍紀，快點去跟上，跟上，聽我的沒錯。這幾個人才跟著隊伍走。只是還在半路上，這些人就開了溜。他們開溜是趁著晚上在山裡歇宿時，半夜悄悄地爬起來，一溜，溜進了樹林裡，不見了。直到第二天清點人數，才發現。

溜走的都是在白沙聽了保衛家園的宣傳後加入的，都是直屬隊的人。他們也許就是覺得離開新寧去武岡，已和保衛自己的家園無關，他們要回自己的家園去了。

屈八當即發了大火，要派人去把逃跑的抓回來，就地槍斃。我叔爺知道抓是無法抓到的，這麼大的山，山連山，嶺連嶺，別說派人去抓，就是來一個團、一個師，像撒網一樣地去搜捕，只怕也捕不到。但他說了一句話，這句話竟然被他說準了。

我叔爺說：

「他們跑了就算了，反正也是些湊數的，做不了什麼用，只是他們這樣亂跑，可別在山裡撞上鬼子呵！」

溜走的人真的撞上了鬼子。

其時，武岡之圍已因援軍的突然殺到，關根第五十八旅團遭內外夾擊，大敗而逃。潰逃的日軍已不成建制，官找不到兵，兵找不到官。那情景，正與曾被他們打得潰逃的國軍相似。只是現在輪到他們了。山區無甚大路可走，就算有，也不敢走，走到大路上正好成為中美飛機轟炸、掃射的活靶子。潰兵只能朝著大致的方向，在山林裡亂竄，碰上同夥，便結成一股，首要目標便是找有老百姓的山村，衝進去，先殺人，後搶東西，將豬、牛、羊、雞統統宰了，將壁板拆下、傢俱砸爛，當柴火……吃飽了，強姦婦女……要拉了，以水缸、罎子當便桶，臨走時，一把火將木屋燒燃……

溜走的那幾個人也是去找山村。一是肚子餓了，得找個人家討碗飯吃，二是不知道往新寧該怎麼走了，得問路。這幾個土生土長的白沙老街附近的鄉里人，以白沙老街為他們引以為榮的大地方，連上縣城都是個新鮮事，這武岡州就更別提了，「上州，哎呀呀，那不是天遠地遠啊！」一心要溜走時沒想到這些，溜進山裡後，才覺曉這是武岡州的山，而非白沙老街後面的山，只能自認碰上「倒路鬼」，迷了。

這幾個人在山裡轉啊轉，終於看見有處山林的上空冒出了煙霧，有煙霧，那就是有人家，那人家正在燒火做飯呢！

煙霧處的確是有人在做飯，不過是剛將村莊洗劫一空、在燉牛羊的鬼子。

這幾個人直奔煙霧處而去，果見一山村，幾間杉皮木板屋，頹然立於山坡頂上，且似有人在走動，便興奮地一邊喊，老鄉、老鄉，一邊往上爬，剛爬到村口坡坎上，一抬頭，兩個鬼子，兩支鋼槍，正對著他們。

隨著「哈哈」一陣狂笑，兩個鬼子開了槍……

「可憐我這幾個開溜的白沙老鄉。」我叔爺後來說，「又沒當過兵，又沒吃過糧，人生地不熟的，你跑什麼嗎？要跑也跟著我群滿爺跑啦！冤裡冤枉地死在鬼子槍下。」

「不值，不值。」我叔爺搖晃著腦袋說，「若是打仗打死的，還能落個好漢的名聲。」

那幾個開溜的其實逃脫了一個。逃脫的這一個不要命地在樹叢裡亂跑，跑來跑去，竟碰上了屈八的隊伍。

「有，有，有鬼子！」他一見自己的隊伍就喊。

屈八本是要槍斃他的，可和合先生竭力說情。和合先生說情的內容主要是兩點，一則是鄉里鄉親的，他沒死在鬼子的槍下，算是命大，若斃了他，死在我們自己的槍下，對鄉親們不好交待，他那家裡也遭孽，何必跟地方上的人結怨呢？再說，他逃走時沒帶走武器。二則，也是最主要的，他帶來了有鬼子的「情報」……

不知是和合先生的話打動了屈八，還是屈八想到自己也曾逃跑，他饒了這個老鄉。

饒了這個老鄉後，屈八說出了幾句大得人心的話。

屈八說：

「逃兵雖然可恨，但他們是被鬼子打死的；鬼子打死的雖然是逃兵，但他們原來是我們的人；我們的人即算當了逃兵，但被鬼子打死，我們也得為他們報仇！」

這話，不但使得被饒恕的老鄉當即要向屈八下跪，而且使得隊伍裡爆發出一片喊聲：

「司令說得好，也得為他們報仇！」

「只要日本人殺了我們中國人，我們就得報仇！」

「報仇，報仇，幹掉這股鬼子！」

「那跑了的陳老三，其實是個好人，人蠻和善的。可惜、可惜……」

「老伍也是個好人啦，他家還借給我幾升穀……」

「屈司令你快下命令，你指到哪我們打到哪！」

「對！我們保證聽你的！」

……

屈八那幾句話的效果，可能連他自己都沒想到。「為逃兵報仇」，竟然成了凝聚這支由山民、獵戶、昔日的土匪等組成的武裝隊伍的最強粘合劑。山民、獵戶許是想著屈八這話夠「人情」；「土匪」許是認為屈八這人夠「義氣」，因為他們往常也是有點愛「開溜」的；那些本也有點不太願意來武岡的則變得堅決跟屈八走了。就連我叔爺，也為屈八的話感動，只是他的受感動和「土匪」的心思有點類似，他替人頂壯丁當兵吃糧時，也是經常「開溜」當逃兵的，逃兵被打死，無論在哪種部隊裡，都似乎是活該！而只有屈八，喊出了為逃兵報仇。

屈八決定，趁著鬼子在做飯，將他們一鍋端掉。

「他媽的，」屈八罵了一聲，「還要吃我們的牛，吃我們的羊，現在要他們吃子彈！」

屈八正要命令隊伍直赴那山村，我叔爺說，儘管知道了鬼子的所在，但怕情況有變，還是得派兩個人在前面先行，等於是尖兵，隊伍跟在後面。尖兵一發現情況，隊伍好隨機應變。因為鬼子在山裡，我們也在山裡，這山路，彎彎拐拐太多，怕的是突然遭遇。

那被饒恕的老鄉立即說他走前面，當尖兵，他要立功贖罪。

楊六說：

「老鄉，你剛受了驚嚇，還是別搶先了，這尖兵，只能是我去。」

那老鄉說他已經走了一遭，路熟。

楊六笑著說：

「老鄉，別怪我講直話啊，你是慌裡慌張亂走的，只怕連方向都記不清了。我呢，你是知道的，我常年趕山打獵，你以為我只在新寧啊，這武岡州，我是經常越境而來的。為甚？人家不敢越境，那獵物就多啦。在這山裡，哪條路能走，哪裡可能有路，我心裡清清楚楚。再說，我穿的是鬼子衣服，就算迎頭碰上，那鬼子還會以為我是他的夥計呢！」

「夥計、夥計，快快的過來。」楊六模仿鬼子的口氣說。引得大家都笑了。

「他娘的，老子過去，『砰』地就給他一槍。」

楊六便這樣自告奮勇當了尖兵。我叔爺說一個人不行，一個人太單，得再去個人。楊六說，再去個人幹甚？他沒有鬼子衣服，反而會誤事。

於是，穿著日軍軍裝的楊六，手裡端著三八式步槍，當尖兵走在了最前面。

盤灣岔之仗，楊六率領鳥銃隊打出了威風；夜襲日軍營寨，楊六已經堪稱孤膽英雄。可他一心想著的是還沒有奪到鬼子一挺機槍，因為他和我叔爺在爭論鳥銃和鋼槍的厲害時，曾發誓拼命也要奪挺機關槍。就是這一心想著奪機槍，使得楊六喪失先機而死於鬼子槍下，又被鬼子的機槍瘋狂戮屍。

楊六是在黑石界和兩個日軍突然相遇。這兩個日軍不是打死「逃兵」的那兩個日軍。楊六碰上的是另一股日軍，這兩個日軍大概也是當尖兵探路的。

和日軍突然相遇的楊六，原本略占先機，兩個日軍見他穿的也是日軍軍裝，遲疑了一下，而楊六的槍已經對準了一個日軍，他如果立即開槍，先打到這一個，而後往旁邊一躍或一滾，還能對付另一個。因為他槍口對準的這一個，端的是步槍，另一個是將機槍扛在肩上。可楊六一眼看到了那挺機槍。那挺機槍，使得楊六不由自主地移動了手中的槍，當他對著那機槍手正要扣動扳機時，日軍發現他的帽子上沒有帽徽，端步槍的馬上對他開了槍。

楊六應聲倒下。

片刻後，「噠噠噠噠」，扛機槍的日軍端起機槍，把幾十發子彈全打在倒地的楊六身上。

當三八大蓋的槍聲在樹林裡爆響時，我叔爺還以為是楊六開槍報警。「有敵情！」他要隊伍趕快隱蔽。可接著響起的「噠噠噠噠」的機槍聲，可就令他喊聲不好，楊六危險了。他立即將一顆美國手榴彈攥在手裡，要老春等人跟他去救楊六，白曼帶人隨後接應。

我叔爺他們趕到黑石界時，已不見日軍，只有躺在血泊中的楊六，和掉在旁邊的那支日式步槍。楊六，渾身全是被機槍子彈洞穿的窟窿。而他身上那身日軍衣服，沒了。

我叔爺抓起那支步槍一看，子彈沒有出膛。他頓時明白了，那聲步槍響聲，是鬼子擊中了楊六；機槍聲之所以過了一會才響，是鬼子在剝楊六身上的日軍衣服；將衣服剝了後，再用機槍對準楊六的屍體，瘋狂掃射。那支步槍沒被拿走，是鬼子不願增加負擔。

隨著屈八、白曼趕到的江碧波，一見楊六那被打得像篩子樣的屍體，掩面嚎哭起來。

「哭什麼哭！」屈八喝道，「不准哭！」

屈八的聲音都變了。他雖然是嚴厲呵斥不准哭，其實是自己看著楊六被打成的那副慘相，已經難以自我控制。在戰場上，你打死我，我打死你，不足為奇，屈八見過戰場上無數的死人，但像這樣死了後還被機槍瘋狂掃射的，沒有。這是戮屍。

「別哭，別哭。」我叔爺對江碧波說，「鬼子肯定還沒走多遠，他們跑不了。」

江碧波不能不哭，因為她畢竟還是個女學生；但江碧波馬上就不哭了，而是對我叔爺說，那，你把那支槍給我。

我叔爺遲疑了一下，還是把楊六那支步槍給了她。不過叮囑了一句，要她和老春一樣，跟著他。

我叔爺要江碧波跟著他，當然是認為自己這個老兵能保護她，也就是江碧波只有跟在他身邊才「保險」，他不願這個年輕的女學生再遭遇不測。其實論年齡，他比江碧波也只大幾歲。而江碧波本是受屈八之命，要跟在白曼身邊，隨時報告白曼支隊情況的，但到了這個時候，看著楊六那渾身被鬼子機槍洞穿的身子，不僅是江碧波把她的「使命」給立馬丟了，就連屈八，也把一心要找地下黨同志的使命給暫時忘了。此時，只有為楊六復仇的怒火，在燃燒。

我叔爺判定鬼子還會回來，判定這股日軍還有指揮官，如果沒有指揮官，如果全是由潰逃而彙集到一起的散兵，不會派出探路的前哨；那兩個打死楊六的鬼子，一定是返轉報告去了，一報告，那就有兩種可能，一種是指揮官聽說前面有武裝，決定另擇道而行；一種是雖然聽說前面有武裝，但不是重慶軍，只是些山民而已，大日本皇軍難道連小小的中國山民也怕嗎？那個中國山民竟然還敢穿著大日本皇軍的軍裝，那不是對皇軍的褻瀆和侮辱嗎？膽敢褻瀆、侮辱皇軍的山民武裝，得統統地消滅乾淨。這兩種可能，第一種絕不可能。我叔爺知道日軍即算打了敗仗，那狂妄至極的指揮官還多的是。況且在這崇山峻嶺間，鬼子要想找出第二條路來，難。

屈八雖然同意我叔爺的提議，就在黑石界埋伏，等鬼子再來。但他旋即一隻手朝一棵樹皮爆開如一塊一塊瓦片的參天古樹抓去，手掌順著那樹幹使勁往下捋。瓦片般又粗又硬的樹皮，劃破了他的手，血，從他的手指縫裡流了出來。

他對我叔爺吼道：

「群滿爺，如果打死楊六的鬼子沒來，我就要你單獨去把那個鬼子抓來！老子也要先刮掉他的衣服，再用鳥銃活活打他滿身窟窿！」

屈八連林教官都不喊了，他連自己制定的正規稱呼都顧不上了。楊六的死狀，使得復仇的怒火將當年許老巴的血性又燒得沸沸騰騰！當年的許老巴，連自己父親的寨子都能一把火燒了，在路上遇見紅軍，一抬腿就加入進去，在紅三軍那麼嚴峻的肅反環境下都敢逃跑……此時，他還會去顧及別的什麼嗎？他是要和鬼子拼命了。從此刻開始，他要親自指揮，親自衝殺，親手將鬼子打出滿身窟窿。

打死楊六的那股鬼子果然來了。人數不少，長長的一隊，走在最前面的日軍，長槍的刺刀上依然掛著太陽旗。太陽旗後面不遠，走著一個腰掛指揮刀的軍官。日軍似乎保持著一定的警惕，槍都端在手上，不時往路兩邊睃視。

日軍越來越近了。那個腰掛指揮刀的軍官滿臉的大鬍子都看得清了。屈八一聲喊打，鳥銃、步槍一齊開火。我叔爺將攥在手裡的那顆美國手榴彈朝滿臉大鬍子的軍官扔了過去，手榴彈響後，他怕不保險，又將最後一顆扔了出去……

接連兩聲轟響後，滿臉大鬍子的軍官被炸得見天皇去了。他身前身後的士兵也或被炸死，或被鳥銃、步槍擊倒。日軍指揮官一死，後面的日軍有的仍往前衝，有的掉頭便跑。我叔爺朝伏在他左邊的老春伸出手，要老春快給他日本手榴彈；老春大聲說，沒啦！在盤灣岔得到的都給楊六夜襲用光啦！我叔爺喊道，那你就快下去撿啊！

這時屈八在大聲喊，打中了拿機槍的鬼子沒有？給我先打拿機槍的鬼子！那個端機槍的鬼子，因為跟在軍官身旁，其實已經被炸死了。

老春去撿手榴彈時，我叔爺對伏在他右邊的江碧波說，你就在這裡不要動。我叔爺說完也朝被打死的鬼子跑去。江碧波遲疑了一下，端起槍跟在他後面。

仍然往前衝的鬼子被白曼箭字隊的火力又打死幾個，也就掉頭往後跑了。

老春和我叔爺在被打死的鬼子身上搜撿手榴彈時，屈八只是說，仔細看看，仔細看看，有打死楊六的畜生沒有？其實誰又知道楊六究竟是被哪個鬼子打死的呢？

江碧波突然「啊」地發出一聲尖叫。一個被鳥銃擊傷的鬼子爬了起來，摸出了身上的手榴彈，並已舉起。

老春他們被江碧波的尖叫驚得回頭，一看，幾乎呆了。

此時，老春為搜檢手榴彈，步槍放在地上；我叔爺手裡沒有槍；屈八的短槍已插進腰間的槍套。

老春慌得忙去拿地上的槍，屈八忙掏腰間的短槍，我叔爺知道來不及了，只是本能地大喊一聲「臥倒」！

就在那個鬼子的手榴彈要出手的瞬間，「砰」地一聲，鬼子栽倒在地；緊接著「啪」地一響，江碧波手裡的步槍掉在地上。

沒能扔出的手榴彈在哧哧地冒著青煙。

臥倒在地的我叔爺忽地一躍，將仍然怔怔地站著的江碧波雙腳一拖，拖倒在地。這一躍一拖，是他在衡陽血戰時老兵們常用的救人方式，若是撲上去將對方按到，不但耽擱時間，自己更有可能被炸死炸傷。

手榴彈響了，但是在鬼子身邊爆響，鬼子自己被炸得血肉模糊；因在地上爆炸的手榴彈的彈片往上飛，臥倒的、被拖倒在地的，離鬼子又還有一定距離，都無事。

我叔爺將江碧波拉起，江碧波卻嚶嚶地哭了。

「我打死人了，我打死人了……」她邊哭邊叨。

我叔爺說：

「你看看我的眼睛，我的眼睛就是被日本人打瞎的，你再去看看楊六，你就不怕了，你就下得狠心了。」

突然，又有人叫起來：

「快來看，快來看！」

屈八走攏去，喝道：

「亂叫什麼，有什麼好看的？仔細翻找，把打死楊六的給我找出來！」

屈八應該也知道無人見過打死楊六的鬼子，但他似乎不找到絕不甘心。

那人說：

「司令，這個鬼子身上還兜了一身衣服，奇怪，會不會是楊六的？」

一個鳥銃隊的隊員趕忙走過來，把那件軍衣一翻看，叫了起來，這是楊六穿的，是楊六穿的。屈八問他怎麼能斷定？鳥銃隊員說，楊六衣服上請人縫了他的名字，你看，這上面有兩個字。屈八一看，果然是楊六二字。

楊六在繳獲的鬼子軍衣內裡縫上他的名字，也許是怕被人偷去，因為鬼子衣服的布料實在是太好了，他從來沒有穿過這麼好的衣服。那個日軍為什麼要把從楊六身上剝下來的軍衣帶在身上，那就不得而知了，也許他是為了紀念自己的同伴，他的同伴，死在了楊六手上；也許，大日本皇軍絕不容許他們的軍衣穿在中國人身上。總之，戰爭中發生的許多事，是未經歷過戰爭的人無法想像也無法理喻的。

一見那衣服果然是楊六穿的，屈八喊，把鳥銃給我！他抓過一支鳥銃，「砰通」，把一槍管鐵砂全打在那鬼子身上，又抓過一支鳥銃，「砰通」，又是一銃……

我叔爺則在翻弄那個滿臉大鬍子的軍官，想找出點什麼來判斷他究竟是個什麼官？可沒找出什麼來，這個軍官也許早就作好了準備，除了隨身挎的那把指揮刀外，別的能證明他身份的東西都毀了。他不願意在為天皇殉難後，讓他的敵人得知他的官銜，以免壞了他一世英名。後來有人說這個大鬍子軍官就是在攻打武岡時，宣稱幾個小時攻進城，到城裡再刮鬍子的大隊長永里堰彥。但有關文史資料上沒有記載他在潰敗時到底被打死沒有。

雖然不能確定這個大鬍子軍官就是大隊長永里堰彥，但從日軍屍體的符號上，得知這些鬼子是日軍第六十八師團步兵第五十八旅團的。我叔爺立即大叫起來，說他為戰死在衡陽的弟兄們報仇了，他親手炸死了衡陽血戰的死對頭——六十八師團的軍官！

我叔爺儘管仍未繳獲鬼子的小鋼炮，但他認為那是因為鬼子沒帶小鋼炮，潰敗的鬼子進了這大山，要翻山越嶺，難得扛那小鋼炮，潰逃時要跑得快、逃命，把肩上的小鋼炮扔了。因而他使勁大叫，他炸死了日軍軍官，他為戰死在衡陽的弟兄們報仇了。

為戰死在衡陽的弟兄們報了仇，楊六的仇也算是報了（後來，楊六依然是穿著山裡獵戶的衣裳，被運回了家鄉，埋在了山裡。那衣裳，是鳥銃隊員給他穿上的）。可屈八接著要立即去把打死他手下那幾個逃兵的日軍幹掉。屈八說，我現在宣佈，我那幾個白沙老鄉不是逃兵，他們只是捨不得離開白沙老家，他們走時，沒帶走我們的任何武器，他們沒拿武器，那就還是老百姓，不是逃兵……

我叔爺後來說，當時他聽了屈八的話，感到有點奇怪，屈八怎麼突然說出這麼一些話，好像要為溜走的人洗清名聲，等於說打仗時開溜的人只要不帶走武器，就不是逃兵。那以後這隊伍還怎麼帶？我叔爺又說，照他的這個講法，那我在當兵販子時經常開溜，也不算逃兵囉。

「屈八的話有點不正常，不正常。是一個不祥的預兆。」我叔爺說，「這人的命啊，是有預兆的呢！」

當下屈八命令，趁著那股日軍還在山村裡吃牛吃羊，來個突襲，打他娘的一個措手不及。

屈八問，那個村子叫什麼村？那個逃得一條命回來的說，這裡是黑石界，那個村子應該就是黑石村。

「黑石村就黑石村。」屈八說，「他媽的，還要吃我們老百姓的牛，吃我們老百姓的羊，現在要他們吃子彈！」

他又重複了在楊六要去當尖兵之前說過的話。

我叔爺想著隊伍剛打了一仗，暫時「宜靜不宜動」，敵我雙方都在大山裡，日軍也是分散的小股部隊，極容易突然遭遇，若是在去的路上遭遇一股仍然兇猛頑強的敵人，吃虧的會是自己這方，便說那股日軍可能已經走了，不在那裡了，因為又過去了這麼長的時間。

和合先生也勸，說自己的隊伍應該就地紮營休息，這黑石界地勢好，只要派些人在周圍警戒，發現鬼子往這裡來，照樣打他的伏擊。這叫「以逸待勞」。

屈八說，什麼可能轉移了，鬼子有牛有羊吃，他們還會就捨得走？不把搶來的東西全吃光，是不會走的！什麼「以逸待勞」，作戰就是要一鼓作氣，乘勝前進！

「出發！看我屈八親手去宰了村裡那些日軍！」

屈八親自走在前面，帶領隊伍直奔那個山村。

套用古典小說的一句話，就是「元帥不聽勸阻，非要親自帶兵，即刻出征，孰料此一去……」

此一去，屈八陣亡，白曼負傷，箭字隊幾乎全軍覆沒。

按理說，當時我叔爺勸阻的話，屈八不聽，可以理解，他講那日軍可能走了，不在那裡了，純屬猜測，甚至可說是亂講，不足為信。但和合先生說的「以逸待勞」，實在是上策，且和合先生每次在關鍵時刻講的話，屈八都是聽從的。這一次，他卻連商量的餘地都沒有。因而連和合先生也沒了辦法，只得趕緊叮囑白曼，保護好司令的安全。

對於屈八這一執意而行，只能用「也許」來推測，也許，他是因為替楊六報仇這一仗是自己親自指揮的，打得痛快，打得解恨，又繳獲了不少日軍武器，輕敵所致；也許，前兩次雖然也是勝仗，但他只能是被稱為總指揮而已，具體部署皆為別人，他有種因沒有實戰經驗而被「架空」的感覺，而從現在開始，實戰已經告訴他，他不能也不可能再被架空，興奮所致；也許，是那老鄉逃兵之死，使他想到了自己當逃兵的事，他要以面對面的搏殺來證明自己是個英雄，刺激所致……但有一點可以肯定，那就是他在作戰上突然變得「果斷、堅決」，是因為楊六之死而變的。楊六是他這個早已脫黨的黨員、從一開始就仍然以黨的階級路線來衡量、是最可靠的基本力量的主要成員，是他最器重最倚重的人，他見到楊六被鬼子「屠屍」，便開始不顧一切。然而，楊六的仇已報，他也以「其人之道還治其人之身」了，他怎麼依然還是不顧一切呢？我叔爺只能歎息，說這就是命，命中註定有這麼一劫，逃不過。就好比龐統龐士元到了落鳳坡，必定要死，因為他號鳳雛，有個「鳳凰」的「鳳」字。

黑石村裡的日軍果然沒走，果然還在吃牛吃羊。但村子在山坡高處，日軍是居高臨下。

屈八帶領隊伍一到，立即往山坡衝。吃牛吃羊的日軍本無準備，只有兩個士兵坐在山坡上頭的村口子上，一邊啃牛羊骨頭，一邊喝酒。屈八的隊伍突然出現，那兩個士兵慌得丟掉骨頭、酒碗，嗚哩哇啦大叫（他倆的槍沒在身邊），這叫的意思自然是來了敵人。鬼子一叫，白曼要過一支步槍，瞄準，「砰」的一槍，打倒一個。另一個撒腿便往村裡跑。

如果不是較陡的坡道，如果這條坡道不長，那麼，屈八的衝鋒定能成功。可山區百姓的房子多是建在山坡上的，且房子後面就是高山，房前的坡道是他們一鋤一鋤挖出來的，不可能挖得較平，自然也不可能不長。這些地形，屈八應該知道，他父親的許家寨子，就坐落在山坡上。他隊伍裡的所有人，都知道。但他們都想著只要一口氣衝上去，就能將鬼子一鍋端，更何況，他們的司令衝在前面。而頭腦清醒的和合先生及我叔爺，已不可能讓衝鋒停頓下來。

屈八的隊伍若是衝了上去，雖說不能全殲這股日軍（他們會往山上跑），但勝仗是肯定的。然而，他們還只衝到山坡半腰，村莊裡的日軍已經摸起武器，一挺機槍，就封鎖了坡道。衝在前面的，頓時被掃倒一片。在這最先被掃倒的人中，正有好幾個是將鳥銃換成鋼槍的神射手，可謂精銳。

此時，在後面的除了還能以步槍朝日軍還擊外，鳥銃失去作用，一銃打出去，除了響聲照舊，硝煙味照舊，射出去的鐵砂彈，到不了目標，散在空中；重新繳獲補充的手榴彈，不能扔，若扔出去，說不定骨碌骨碌滾了回來。倒是日軍的手榴彈，毫不費力地落了下來。

擁擠在坡道上的人，只有挨打的份。

「快撤，快撤！分散，分散！」我叔爺聲嘶力竭地大喊。

撤?!只能沿坡道往回跑；一往回跑，等於讓日軍的槍彈追著打。分散?!坡道兩邊，是長滿了茅草、不知到底有多深的岩塹。

「老春，你他媽的快往塹下跳啊，滾啊！」我叔爺對跟在他身邊，為他提著手榴彈的老春喊道。

老春還捨不得那些從黑石界搜繳來的手榴彈，他拿出兩枚，放到我叔爺身邊，再將包紮好的手榴彈沿著塹邊往茅草叢中一丟，然後抓著茅草，往下一溜，只聽得「哎喲」一聲，掉了下去。

老春是死是活，自己再跳下去是死是活，我叔爺都顧不得了。伏在地上的他，將兩枚手榴彈插進腰帶，看了看仍跟著他伏在地上的江碧波。

「照我的樣往下溜，面朝岩壆，有藤抓藤，無藤抓草，別怕，不一定死得了。」他對江碧波說。

江碧波卻搖了搖頭。她不知道屈八已經中彈，但知道屈八衝在前頭，衝在前頭的凶多吉少，屈八生死未卜。她雖然不敢往上衝，去救屈八（她知道自己衝上去也沒用，白送死），但也絕不願意自個兒「溜走」逃生。屈八於她來說，早已不僅僅是這支隊伍的司令……她只是祈禱著屈八無事、無事……至於其他的，包括接下來會發生什麼、結局會怎樣、自己的命運，她沒有去想，也無暇去想了。她只能就那麼臥著，等待、等待……也許自己會很快死去，也許有奇跡會在屈八身上發生……她企盼著的是奇跡、奇跡……

我叔爺看了看她惘然而又企盼的眼色，心裡明白了，歎口氣，這個癡情的女子，到了這個時候，還在想著屈八，唉！他決定單獨行動了。

我叔爺正要往岩壆下跳，卻突然停了。他看見了白曼。

受和合先生特囑要保護屈八司令的白曼，用步槍瞄準打倒村口一個喊叫的鬼子後，落在她哥哥的後面，不見了哥哥。

白曼趕緊往上追。

未待她追上，日軍機槍已將衝在前面的掃倒，屈八，也在被掃倒的人當中。

被日軍火力壓制在地上的白曼，失聲而叫：

「哥哥——」

這是她下山正式成為屈八「扶夷人民抗日救國軍」中一員後，第一次大喊哥哥。

可是，哥哥已經不能答應她了。

白曼的眼淚，滲透了坡道黃土；白曼的左手，五指在黃土上抓掐……指甲縫裡，滲出了鮮血……她猛然將眼淚一擦，對著箭字隊的弟兄喊道：

「跟我衝，拼了！」

她一躍而起，往前衝去。就算是哥哥的屍體，她也得搶回來。她不能讓哥哥的屍體落在日本人手裡。楊六、楊六的慘況在她眼前晃了晃。

在她一躍而起的同時，月菊也躍了起來，而且衝到了她前頭。

兩個女人一衝，箭字隊的齊跟著往上衝。

箭字隊的人，一個個倒下……

我叔爺一看見白曼，他不往岩墈下跳了，他還能跳嗎？女人、女人在衝，他若只顧自己（儘管跳下去也不知是死是活），他還是群滿爺嗎？

他從江碧波手裡拿過步槍，架在一塊硬土上，他竭力用那隻尚有餘光的右眼，瞄準目標，瞄準、瞄準……他摒住呼吸，射出了第一槍。

沒有打中。

他又射出第二槍、第三槍……

彈夾裡的子彈就要打光了。突然，日軍的機槍啞了。

江碧波興奮地抬頭大叫，打中了，打中了！

「伏下！」他將江碧波的頭往下一按。

一顆子彈，從江碧波頭上飛過，擦傷了他的手。

在機槍啞了的間隙，白曼找到了哥哥。

白曼一邊開槍，一邊喊月菊。她要月菊將她哥哥拖下去，她掩護。可這個跟隨她身邊寸步不離的月菊，已經倒在血泊中。

……

屈八被搶了回來。殘餘的隊伍會合到了一起。

隊伍之所以沒有全軍覆沒，搭幫老天。山區的春末夏初，仍然黑得快，這天又是陰天，遍山樹林的陰影，重重疊疊。樹木陰影隨著夜色一籠罩下來，日軍不敢往下衝……

正當隊伍也如山區的夜色一樣淒涼、頹喪時，誰也沒有想到的一幕，發生了——坐落在山坡上的村子裡，日軍大獲全勝的村子裡，接連不斷地響起了手榴彈爆炸聲。

村子裡怎麼會突然響起接連不斷的手榴彈爆炸聲呢？

——手榴彈是老春扔的。老春如農村砌新屋上樑時散糍粑一樣，正將一個一個的手榴彈往下「散」。

老春從岩墈上掉下去時，以為自己不死也殘了。開始，他在岩墈下一動不動，過了一會，他怎麼地覺得自己能動，便動了起來。這一動，除了渾身痛得要命外，並無大礙。他爬起來，一邊揉著身子，一邊等我叔爺跳下來，一邊尋找他的手榴彈。

手榴彈找著了，可不見我叔爺跳下來。老春罵了一句，他娘的群滿爺耍我！

老春覺得自己被群滿爺耍了後，不等了，提起手榴彈，找路下山。可他剛走了幾步，猛然尋思，這有下山的路，就必定有上山的路。那村子在山上，老子與其下山，不如上山。老春對山區房子的朝向擺佈太清楚了。

這個幫人踩碓舂臼、腿杆子勁兒大得驚人的老春，這個沒事時除了上城玩耍，還愛幫人爬山攀岩採草藥（他覺得採草藥好玩）的老春，沿著岩坳，一步一步地攀爬了上去……

老春爬到了山上。背靠大山的村子，到了他的腳下。他坐到村子「上頭」，將手榴彈一個一個地在腳旁擺開……

此時，大獲全勝的日軍，除了派出幾個人守在坡道村口外，又開始吃那沒吃完的牛和羊。借著日軍燒起的壁板柴火，老春看著那些大口吃肉，大碗喝酒的日軍，擰開了手榴彈。

「老子讓你吃，老子讓你吃！」老春罵一句，往下甩一顆手榴彈，再罵一句，又甩一顆手榴彈……

村子裡，手榴彈接連爆響，木屋子燃起了大火，整個村子成了一片火海……

山下的人驚了，呆了。我叔爺猛地跳起來，一邊揮動著那隻被子彈擦傷的手（那只手還在滲血，但極度興奮的他已經忘了），一邊大喊：

「是老春，是老春！老春你他媽的是條好漢！」

喊完，他第一個就往山坡上衝。

「快跟我衝啊！這回只管跟我來啊！」

往上衝的隊伍根本沒用開什麼槍，只放了幾鳥銃。村子裡的鬼子全被手榴彈報銷，他們臨死也弄不清怎麼會有手榴彈從天而降；只有守在村口的幾個日軍一見「後院」爆炸起火，還以為是自己人的彈藥失火，急忙趕去搶救，一跑進去，被老舂甩下的手榴彈炸倒。只有一個受傷沒死的，慌慌張張掉頭跑，可沒地方跑，只能沿著山坡往下跑，跑到半路遇到衝上來的鳥銃隊員（鳥銃隊員上山坡比我叔爺快，已把我叔爺甩在後面），幾個鳥銃隊員迎頭就是幾銃，算是為屈八司令報了仇。

其時，屈八還沒死。

江碧波伏在屈八身邊，哭得像個淚人兒。

我叔爺看著她哭的那個樣子，心裡想，這兩個，原本倒真是天作地合的一對，可惜、可惜！他又想到了自己，自己若是要死時，如果也有這麼一個女子在自己身邊哭，也算不枉白活這一世了。他還想，這女子，是動了真心，她早就暗戀著屈八，可屈八，似乎從未對她動過真心。他又有點為江碧波嗟歎起來。他想起自己在黑石界打伏擊也好，在黑石村遭鬼子的火力掃射也好，一心怕的是這個女子遭遇不測，總是要她跟在自己身邊，護著她，可她毫無別的半點表示，好像他是個父親，父親對女兒應該是盡保護之責的一樣。「我群滿爺比屈八還小幾歲啦！」在這一點上，他甚至認為屈八還是有福氣。

躺在用樹枝綁架而成的擔架上的屈八艱難地挪動了一下手，要江碧波走開，要和合先生來。

江碧波抽搐著走開，倚靠著一棵大樹，淚眼汪汪地望著屈八，右手食指，被她咬在嘴裡，狠命地咬著。她伏在屈八身邊時，發現屈八被鮮血浸透的幾層衣服裡，有一件夾衣。那件夾衣，是在夜襲縣城時，她特意為屈八準備的。因為時令雖到陽曆五月初，農曆卻才交四月，夜晚仍然冷。山區的夜風又刮得凶。她怕屈八著涼。她也更想借機和屈八多說幾句話。她覷著屈八一個人在「司令部」時，悄悄地走了進去……

她把夾衣輕輕地披到屈八身上，屈八卻扯了下來，遞給她。屈八說這個季節了，用不著夾衣。她說白天雖然不冷，但晚上冷啊！……屈八仍然不要，她就將夾衣往屈八身上一丟，轉身就走。她不願讓屈八看見她那就要流出來的眼淚……

這以後，她強迫自己不去「打擾」屈八，可又止不住總愛偷偷地看屈八，看屈八穿上她送的那件夾衣沒有？夾衣自然不能穿在外面，屈八外面的衣服又總是扣得齊齊整整……

她終於看到了自己送的夾衣，自己送的夾衣穿在屈八身上……可那夾衣，已是血糊糊的了……

江碧波狠命地咬著手指頭，她怕自己又失聲大哭，她知道屈八在交待後事，她不能影響屈八，她又極想知道，這個她崇敬、愛戀的屈八，會不會在最後的話裡，提到她……

趕緊蹲到屈八面前的和合先生，聽見氣息奄奄的屈八掙扎著說，要他喊白曼，要白曼妹妹快來。和合先生附耳對他說，白曼負了重傷。屈八說：

「那，那你以後，把，把我父親來過的事，送、送糧的事，告訴她。」

和合先生連忙點頭，說：

「你放心，放心，我一定會在她傷好後告訴她。」

「那就，快，快要鄭南山來。」

鄭南山急忙走到屈八身邊，屈八張開嘴，想說，但沒出聲。鄭南山明白他有秘密事要說，便要和合先生暫時回避一下。

和合先生離開後，鄭南山將耳朵貼到屈八嘴邊，聽到的是：

「地、地下黨，在哪裡，在哪裡？怎麼全不見……我屈八，是……是共產黨……共產黨……嗎……」

這是屈八最後的話。

第十六章

屈八陣亡的那天，是民國三十四年五月七日。

之前兩天，即五月五日，中國陸軍總司令、雪峰山會戰總指揮何應欽已發出緊急電示：「進犯湘西之敵，已經受挫，全軍應即轉入反攻。」

五月六日，第三方面軍四十四師解武岡之圍後，一部即向新寧挺進。

五月七日，新寧收復。

五月八日，中國軍隊全線向日軍發起總反攻。

五月九日，日軍第二十軍司令官阪西一郎下令「停止攻擊，整理態勢，向後撤退」。整天喝酒喝得醉醺醺的阪西一郎之所以下達這樣的命令，一則因為他是酒醉心裡明，面對中國軍隊的強大攻勢，明白日軍大勢已去，立即撤退，也許還能保存一點實力；二則總司令岡村寧茨於五月初便開始命令進佔廣西的日軍撤退，接著又下令退出廣州、福州……日軍在整個中國的戰場都陷入混亂潰逃的境地。阪西一郎本就不願擔任進攻芷江的總指揮，認為岡村合圍芷江的計畫是不自量力。到了這個時候，正是「你能退我為何不能退？」

阪西一郎最擔心的是進攻芷江的主力——第一一六師團。

此時，深入到江口的第一一六師團已成孤軍，陷入中國軍隊五個師的合圍夾擊之中。

新寧收復的消息，我叔爺他們直到幾天後才知道。在這幾天的時間內，屈八成立的扶夷人民抗日救國軍可謂軍心動盪，莫衷一是。司令沒了，鳥銃隊隊長楊六沒了，箭字隊損傷殆盡，隊長白曼重傷在身……剩餘的人怎麼辦？

有人推舉和合先生接任司令，和合先生說他確實不是那塊料。有人說就由群滿爺來當算了，我叔爺連連搖手，說他一個半邊瞎子還能當司令，那不顯得我們新寧太無人了。鄭南山倒是有心接任，他想接任也不是自己硬想當這個頭，而是想著要完成屈八未竟的事業。他已把自己和屈八——地下黨連成了一體，他認為自己也已經是在黨了。可沒有一個人推舉他，就連江碧波都沒吭聲。因為都知道他是一個教書先生，自進入隊伍後又沒有一點什麼突出的功勞，純粹的外行。

後來有人提到了老春。說老春可以。一提到老春，大家都說是啊，怎麼把老春給忘了呢！黑石村那一仗，若不是老春，我們老本蝕盡；多虧了老春，我們才撈回了一些本錢。於是有人算我們自己死了多少個，村子裡的日軍死了多少個，一命對一命，多了的就是賺的。

和合先生和我叔爺也同時叫好。和合先生說老春有勇有謀。我叔爺說老春的確了不得，我群滿爺打了這麼多仗，這一仗算是服了你。

老春依然講「客氣」，說他爬上山頭甩手榴彈，是懵裡懵懂，好比瞎子撞婆娘，撞上的。而且那麼多手榴彈，都是群滿爺要他提著的。

「統帥三軍，謀兵佈陣，談何容易。」老春用上了看大戲學來的詞，「我不行不行。還有這麼多人問我要吃的，我老春只會踩碓舂臼。」

這時和合先生就說，老春，我們都會幫著你的，你總不能看著隊伍就這麼散了吧，總還得等到新寧光復，我們打回老家去吧。我叔爺也說，老春，打仗我替你指點。鬼子已是潰軍，兵敗如山倒，撐不住幾天了。

於是老春當了司令。

老春一當上司令，有人又記起了他在當偵探時帶回來的消息，說有一支什麼抗日挺進縱隊要收編他們，一收編就給多少多少開辦費，還有軍餉發，還供給武器……便對老春說，老春司令你乾脆帶我們去接受那個什麼收編啦！一被收編，你就省了好多心，也省了好多勁。老春說，現在還找得鬼到呵？就算找得到，只怕也早被人家得了那「收編」去了。我早就說過，那就跟做生意一樣，得趁早。再說，群滿爺也已經講了，鬼子已是潰軍，撐不住幾天了，人家還收編你幹甚？那人就說，老春司令你說得也在理。

老春當司令只當了幾天。當新寧被收復的消息一傳來，隊伍轟地一下就散了，都各自回各自的家裡去了。

然而，他當的這幾天司令，卻見識了不少大場面。

老春當司令的頭一天，依照和合先生之計，又到黑石界「以逸待勞」，等鬼子來。可等了一天，絕無鬼子的蹤影。當地一個老鄉對他們說，鬼子肯定是往洞口縣那個方向跑了，不往這邊來了。

第二天，老春帶著隊伍離開黑石界，走了半天，什麼敵情也沒有。正在納悶間，遠遠地傳來了響成一片的槍炮聲。有鄉民見到他們，說：

「你們是去前面參戰的麼？哎呀，中央軍和日本人正在爭奪山頭，那片山上，全是日本人……」

「怎麼辦，去不去？」老春問我叔爺。

我叔爺說：

「去，靠近一點，找個隱蔽處，先看；有敗退下來的日本人，就收拾他們。」

這一靠近去看，他們見識了什麼叫激戰，什麼叫空中支援和空中優勢。但見進攻的中國軍先以火力搜索敵軍陣地位置，再以迫擊炮、重機槍掩護進攻……正打得難解難分時，中國軍突然停止攻擊，而天空出現了十幾架戰機。

戰機飛得很低，我叔爺大叫起來：

「快看，快看，那是我們的飛機！」

一聽說是我們的飛機，老春他們齊齊歡呼起來，喊：

「我們的飛機，我們的飛機！」

在這之前，新寧曾遭日軍飛機數次轟炸，他們見到的，全是日軍飛機。

老春說：

「我們的飛機怎麼不去炸新寧城裡的鬼子呢？一炸，就把新寧奪回來了。」

和合先生回答說：

「城裡那麼多百姓，怕炸了百姓啦！」

正說著，天空的飛機已呼嘯著往日軍陣地俯衝而去，一頓掃射、轟炸後，飛走了。老春他們喊，怎麼就飛走了，就飛走了？

飛機一飛走，中國軍重新開始進攻，再衝上去的部隊幾乎沒遇到什麼抵抗，佔領了這個陣地。我叔爺興奮地喊，那飛機，炸得準確，那個陣地的鬼子全被炸完蛋了！

稍頃，炮聲突然猛烈地交織著響起，全是落向日軍陣地的最高點。我叔爺用他那炮兵的耳朵仔細聽著，不停地對老春說，那是榴彈炮、榴彈炮的響聲；那是戰防炮、戰防炮，還有戰防炮啊！我的乖乖。他情不自禁地說出了外地話。他告訴老春，這是要開始進攻日軍的制高點了。那飛機，又該來了吧？

果然，戰機又飛來了，對日軍陣地穿梭般輪番攻擊、轟炸，炮彈、炸彈、燃燒彈從天而降，鋪天蓋地，把日軍佔據的山幾乎炸成火山，強烈的氣浪，灼熱的高溫，連隱蔽在較遠處的老春他們都感覺到震動，覺得有熱浪迎面撲來。

老春問我叔爺，那飛機，怎麼就知道什麼時候該來？來了後該炸什麼地方？就不怕誤了時刻，錯炸了自己人？我叔爺說，那是我方有無線電聯絡呢！無線電要飛機來，飛機就來，要飛機炸哪個地方，就炸哪個地方，有秘密指揮的啦！那聯絡、指揮的話語，都有代號，外人聽不懂的。

我叔爺剛講完，只見一架戰機對準一片密密叢叢的樹林俯衝下去，一陣機槍狂掃後，拉起機頭，好像要離開時，突然又側身掉頭，再次俯衝下去，扔下兩顆巨大的燃燒彈，燃燒彈落地爆開的烈焰向四周噴開，立時騰起兩個巨大的火球，把那片密密叢叢的樹林全給燒燃。霎時間，從樹林裡奔出無數著火的日軍，一個個狂奔亂喊。

老春大瞪著眼睛，看得呆了，打仗還有這麼種打法啊?!呆了一會後問我叔爺，那架飛機看著要飛走了，怎麼突然又掉頭扔下了能把林子燒燃的炸彈？我叔爺說，開始的機槍掃射是試射，看目標準不準確，肯定是無線電告訴它，準確準確，就是那個地方！它就立即掉頭扔燃燒彈，把鬼子從樹林裡燒出來。

老春發現了一個有趣的情況，這個山頭有中央軍，另一個山頭有日軍，兩邊對峙時，中央軍這邊就有人時而出動，對著日軍的山頭擺攤白布、燃放煙火，很快，就接二連三地有我方的飛機飛來，有三架一隊的，有五架一隊的，對著日軍山頭俯衝、掃射、轟炸……

老春對我叔爺說，這是不是我們的軍隊在發信號啊?!飛機一看見信號，就飛來了……我叔爺說，對啊，是發信號啊！不過那信號肯定有什麼事先約好的暗號，譬如白布的擺放，該如何擺？有個什麼暗號指向敵人；那煙火，有個什麼風向……不然的話，飛機怕誤傷自己人。老春就說：

「那我們也去放煙火啊，給飛機指明要炸的鬼子啊！」

我叔爺說：

「這辦法好是好，就是怕飛機反而炸了我們。」

老春說：

「我們事先準備好柴火，看見哪裡有鬼子，就悄悄地走到那附近去燒火，燒燃火我們就跑啦。我們儘管不知道暗號，但飛機上的人不蠢啦，他見著在山腳下燃起的火，那就肯定是山上有鬼子啦，他還會真的對著火炸啊？我們可以跑，守著陣地的鬼子敢擅自撤離陣地跑嗎？他們只有等著挨炸。」

我叔爺一聽，在理，在理，在理。便說：

「老春你這個司令現在不光有勇，也有謀了。」

在老春當司令的最後兩天裡，這支隊伍便是發現有日軍之處，就去近邊燒燃柴草。等到他們跑離後不久，真的就有中美空軍飛臨，真的就像老春說的那樣，炸得八九不離十。飛機一掃射、轟炸時，硝煙滾滾、地動山搖。老春和他的人都捂著耳朵，興奮得像是自己小時候放燃了鞭炮。

正當老春帶領這支隊伍燒火燒得起勁時，聽到新寧被收復了消息，而且已經收復了好幾天。這消息一傳開，隊伍上的人就嚷著要回去、回去，說我們該打的仗已經打完了、打完了，我們勝利了，也該解甲歸田了。和合先生說回去當然要回去，但得仍然是支隊伍，不能就解甲歸田……鄭南山和江碧波也這麼說，可怎麼勸說也沒用，三三兩兩地走了、散了。老春儘管也說了些隊伍得有隊伍的規矩之類的話，其實他也想著該回去幫人踩碓舂臼了。

看著隊伍散了，我叔爺對和合先生說，別看屈八打仗不如我，論謀略不如你，可隊伍上沒有他還硬是不行。他就是個當司令的料，那嘴巴、宣傳、論理……和合先生歎口氣，唉，可惜了，可惜了！

屈八精心組織起來的隊伍散了後不久，雪峰山會戰就結束了，期間日軍第六方面軍為挽救其二十軍，即會戰總指揮阪西一郎全軍被覆滅的命運，急令第十一軍一部於五月十四日由全州向新寧方面策應，但當即被中國軍九十四軍四十三師迎擊，想來策應的日軍無法前進，只得後退。

就在五月十四日這一天，包圍日軍第一一六師團的中國軍發起猛攻，一舉殲滅日軍一〇九聯隊，擊斃聯隊長瀧寺保三郎。

深入雪峰山地區的數萬日軍在中國軍的分割包圍下，已成為甕中之鼈。

截至五月十八日，被圍困在雪峰山東麓的日軍陣地大部被中美空軍炸毀。

五月十九日，被七十四軍包圍在洞口、江口一帶的日軍，糧彈斷絕，官兵三天未進食物，只能以雜草、泉水充饑，部分日軍繳械投降。被一〇〇軍、七十三軍包圍的日軍，繳械投降者亦日益增多。當天，七十四軍五十四師又在洞口、江口青岩陣地全殲日軍一個聯隊。

五月二十三日正午，雪峰山全線戰鬥接近尾聲。

二十四日以後，中國軍各軍師有的忙於收繳武器裝備，遣送俘虜，清理戰場，有的繼續追擊。到六月七日，中國軍收復原防地，恢復了戰前態勢。

歷時兩月的雪峰山會戰以日軍徹底潰敗而告終結，中國軍共擊斃日軍一萬二千四百九十六人，擊傷二萬三千三百零七人，俘虜官佐十七名、士兵四百三十人，繳獲戰馬三千四百四十七匹，火炮二十四門，步槍一千七百三十七支，其他戰利品二十四噸。岡村寧茨企圖奪取芷江，不但要摧毀芷江前進機場，而且要直逼重慶的計畫徹底破產，他的近十萬人馬連雪峰山都未能越過，就被擊潰。

他更沒有想到的是，兩個月後，芷江就成為侵華日軍受降之地。

八月二十一日下午三時，受降典禮在芷江七里橋空軍第五大隊十四中隊營房舉行。日本降使今井武夫交出了日軍在華兵力分佈圖，接受了中國陸軍總司令何應欽致岡村寧茨的投降命令。

八年全面抗戰，始於宛平盧溝橋，終於芷江七里橋。

九月九日九時，中國戰區日本投降書簽字儀式在南京陸軍總司令部大禮堂舉行，岡村寧茨在投降書上簽字後，低頭將投降書雙手呈遞給何應欽。

參加了雪峰山會戰的老春他們不可能知道這些，他們只知道「老子們跟著屈八在盤灣岔打過日本的伏擊，在金芝嶺夜襲過縣城外的日本，在黑石界伏擊過日本……屈八死後，又燒火指引飛機來炸日本。這仗打完後不久，日本就投降了。」他們還知道日本這次算是吃盡了苦頭，被中央軍那個打，那個炸，哎呀呀，死傷不知道有多少……

他們若是知道雪峰山會戰日軍投入了那麼多兵力，卻全線潰敗，被打死打傷幾萬人，他們會驚歎得拊掌連聲嘖嘖，可若是他們知道雪峰山會戰原本還遠遠不止於那些戰果，原本是能將日軍全部殲滅的，他們又會憤而罵娘。

正當日軍被分割包圍，中國軍準備將其一一殲滅之際，五月二十日深夜，第四方面軍參謀長邱維達接到了司令官王耀武的一個電話。

王耀武在電話裡說，前方戰事仍未結束，何（應欽）總司令很著急，因為（國民黨）中央已召開六中全會，委座電催何總回重慶，親自向大會報告湘西大捷經過。何總說，戰鬥仍在繼續，他去報告大捷，前方後方豈不矛盾？何總要我同你研究一下，如何早日結束這次會戰，要你考慮一下。

邱維達說，你讓我考慮幾分鐘再回答你吧。

放下電話，邱維達尋思，這「如何早日結束」，不就是要草草收兵嗎？難怪在白天，芷江來了十二個重慶各界的代表，攜帶慰勞品，等待戰局結束，好往一線犒軍。戰事仍在緊張進行之中，這代表就來了，原來是何總司令要去六中全會上做會戰大捷的報告，慰勞大捷的代表都已經來了，那大捷還不結束怎麼能行呢？

邱維達旋想，全面抗戰已經打了八年，在這八年中，打的敗仗多，勝仗少，這次全憑將士用命，地方支持，雪峰天險，使得日軍已成甕中之鱉，眼看再堅持一周最多也不過十天，就是一次全殲進犯日軍的會戰。豈能就此輕易結束？

邱維達想到這裡，立即抓起電話，對王耀武說：

「你要我考慮早日結束戰爭的事，我已經考慮過了，為了善始善終結束這次會戰，最快也得五天時間。」

「不行！何老總後天清早就要飛回重慶，在他動身之前要設法解決戰局。」

「司令，吃飯要一口一口地吃，作戰也得一戰一戰地打啊。」邱維達又反問道，「你和何老總商量過沒有？你們的腹案打算如何指導？」

「在胡璉（第十八軍軍長）正面包圍圈放開一個缺口，這樣可以早點結束戰局。」

邱維達又反問道：

「下面部隊長是否同意這樣幹呢？這樣幹，對整個戰局有什麼好處？」

「就在洞口附近放開個口子就行了。」王耀武說。

邱維達見他們的決心早已下定，他再講也無用了，便說：

「如果你們真要這麼幹，我作為幕僚長，利害得失我不能隱瞞，我不能執行，請你直接打電話告訴部隊行動。」

邱維達放下電話不久，何應欽打來電話，說他後天清早要回重慶，王耀武同你談的問題，希望你全面考慮。

「重慶各界的代表都已經來了，六中全會正在召開，軍事要配合政治吧！」何應欽說完，掛了電話。

將被圍的敵軍放出去，這是什麼政治?!邱維達這個參謀長想來想去想不通。給下面部隊長的電話，他果真不打。

然而，洞口公路方面的口子還是放開了，那給被圍的日軍放開一個口子的指令，是王耀武秉承何應欽的意思，直接向軍師長打的電話。

口子一開，被圍的日軍爭相逃命，跑在最前面的，全是軍官……

何應欽這個「軍事要配合政治」，從而放走鬼子的事，因為老春他們不知道也不可能知道，所以何應欽沒有遭到山民的罵娘。老春他們重新成為地道的山民後，他們土生土長的這塊地方，也就是我的老家——新寧，自此無戰事。一九四九年也是和平解放。

「不打仗好，不過糧子好，太平日子好！」是老春他們這些打過仗的人在日後愛說的一句口頭禪。他們回憶往事，並不怎麼提到是如何打日本鬼子的，更少提到他們是如何燒火指引中美空軍轟炸的（在曾經的幾十年時間裡是不敢講）。而老街人、鄉里人則仍然愛說些諸如許老巴放火燒他爺老子寨子之類的地方新聞。這地方新聞裡增加了白曼之死。

他們說，白曼是死於他父親之手。

白曼在攻打黑石村為救她哥哥屈八身負重傷，養好傷後，她沒有地方可去，重新回到山上去嘛，她不願意，再說她那箭字隊也沒剩下幾個人了。哥哥死了，貼身「女侍」月菊死了，自己原來的隊伍也沒了，她到哪裡去安生呢？

白曼想來想去想到了自己的父親。和合先生已經告訴她，她父親來為他哥哥的隊伍送過糧，她哥哥臨死前要和合先生把這事告訴她。既然是哥哥要讓自己知道父親來送過糧的事，那就說明哥哥是想要她去和父親團聚。儘管她對那為了五十塊大洋害得她成了土匪的父親仍然不能釋懷，可到了這個地步，也只有回到父親身邊去了。

白曼托和合先生去試探她父親的口氣，看她父親還願不願意認她。

和合先生一去，她父親先是聽說兒子許老巴死了，頓足大哭，邊哭邊念，說這麼多年了，好不容易見了一面，只等著兒子打鬼子為他報了仇，回來讓他有個依靠，沒想到最終還是死在鬼子手裡，該千刀萬剮的日本鬼子啊！……當一聽說自己的女兒沒死，還活在世上，還要回來時，驚得連連喊搭幫菩薩保佑，搭幫他天天敬菩薩，總算還替他留了一個。「女兒好啊，有個女兒好啊！……」他一邊抹眼淚一邊念叨。

父親歡天喜地地將白曼接回了寨子。本來，這父女就算恩怨俱消，誰都不提前事，可以和和睦睦地過日子了。可父親還老是有女兒當過土匪的心結，他想為女兒討個清白的名聲。這清白的名聲怎麼去討呢？他在不知所措中捱著日子。終於有一天，他看到了縣政府的一張佈告，佈告大意是說新寧已經解放，如今是人民當家作主，為保護人民生命財產，要大力肅清舊惡勢力，政策是坦白從寬，抗拒從嚴，凡有在過去幹過壞事，諸如強盜土匪之類的人，只要投案自首，悔過自新，不但既往不咎，而且保護其合法權益。云云。

這位父親聽人把這佈告的內容一釋，喜孜孜地就跑去替女兒投案自首。當天下午，幾桿槍就把白曼五花大綁給捆走了。

「土匪頭子，女土匪頭子！能既往不咎麼？還能保護麼？」

白曼父親慌了神，忙忙地請和合先生去說情。其時和合先生還正是參與和平解放的「有功之臣」，還沒有被點名「林之吾該不該殺」，便喊上老春和我叔爺等人，齊去作證，說白曼早就不是土匪了，是打過日本鬼子的隊長，為打日本鬼子，還受了重傷，差點把命送掉。可人家說，土匪頭子就是土匪頭子，土匪頭子不予正法，還談什麼保護人民?!

很快，白曼就被處決了。

白曼被處決後，她父親逢人就說，政府講話不算數，政府講話不算數……

開始還有人認真地聽他說「政府講話不算數」，還幫著他講政府講話是應該算數。後來見他來了，就說那個癲子，沒癲的時候怎麼那樣蠢呢？你的女殺過人也好，放過火也好，住在那深山老林裡，誰曉得？你要去幫她自首，那不就等於是告發！你不告發，政府吃多了啊，會跑到深山老林來抓人？旋有人駁斥，說那女子的父親不去幫女兒自首也好，不告發也好，群眾檢舉揭發運動已經來了，總之是一條卵，跑不脫！也有人感歎，說這一對父女，硬是前世的冤孽。沒法！

說這對父女是前世冤孽後不久，白曼父親就因有田有穀在土改中被鬥得受不住了，一根繩子往房梁上一掛，將脖子往繩索圈裏一套，上了吊。

此事隔得久了後，有那不太明瞭原委的則說，男莫當匪，女莫做妓，一當過匪，一做過妓，日後不管你如何出眾，統脫不了那匪妓干係。哪朝哪代都一樣。只是，她沒當妓而是當了陣土匪，女人怎麼會去當土匪呢？就算當了陣土匪，她是個女的，怎麼就會被殺頭呢？想不出個緣由來，愣了愣，罵一聲，「可惡！」也不知是罵殺她頭的人，還是罵被殺頭的她。

附注：

屈八臨死前說「地、地下黨，在哪裡，在哪裡？怎麼全不見……我屈八，是……是共產黨……共產黨……嗎……」這句話，我叔爺之所以知道，是十年後鄭南山告訴他的。不知道自己加入過三青團而被確定為三青團的鄭南山在被整得該死後，已經懷疑屈八不是真正的共產黨。鄭南山這話先是告訴和合先生，和合先生一聽，勾著頭便走開，裝著沒聽見。鄭南山再將這話講給我叔爺聽，說他要去揭發時，我叔爺當即說，什麼「嗎，嗎」，那是人死時說不清楚了，嘴巴打顫。你個教書先生是讀書讀多了吧，對個死人也懷疑啊？

二〇〇九——二〇一〇年完稿於新寧崀山與廣西交界之黃沙江（土音讀「崗」）——長沙。黃沙「崗」為雪峰山會戰日軍進攻新寧縣城時佔據並焚燒的一個偏僻山村

後記

「抗戰三部曲」《老街的生命》《兵販子》《最後一戰》之問世，緣於我的故鄉。

我出生於湖南省新寧縣白沙——一條鋪有青石板路、擠攢著木板鋪門的長約數百米的街上，更確切地說是在下街——白沙下街——一家名為「盛興齋」的鋪房內。這家鋪子迄今猶在，「盛興齋」幾個字也在，且是原文，只是那字跡已經有點模糊。

白沙老街，不唯是我心目中最美的地方，更是一處實實在在的風景勝地。街前，是碧澄清澈的扶夷江，她永遠是那麼自由地、坦蕩地流著，儘管偶爾也會咆哮，但咆哮過後，依然是一個完整的自我；江對岸，沙灘如銀，老樹兀立，綠草連綿，紅花間綴；而如同被斧鑿的懸壁上，就是神秘莫測的神仙岩。江邊有「水漲墩也長，永遠不會被淹沒的」將軍墩，有惟妙惟肖欲渡江的「鼇魚」，有「棒打香爐聲聲脆」的香爐石，有一年四季鬱鬱蔥蔥的「柳山里」。這「柳山里」其實是一片大竹林，但不知為什麼不喊竹而稱柳。「柳山里」是白沙老街一代又一代孩兒們的樂園，放牛的伢子牽著牛，看鵝的女子趕著鵝，來到「柳山里」，任那牛兒去吃草，任那鵝兒去嬉水，伢子女子們或下石子棋，或捉迷藏，或者乾脆就躺著，嘴裏嚼根馬鞭子草，眯縫著小眼睛，望著天，曬那從竹林縫隙裏篩落下來的太陽。若有那已讀書、愛讀書的，則捧本書，靜靜地，看。……石階碼頭上，過渡的則相互講著禮性，尊稱著「你老人家」，問候著田裏的收成，家裏的安好……這一切，凡從老街走出去的人，無論他做到了多麼大的官，也無論他出了多麼大的名，要想忘記，大抵是不可能。

我四歲便隨母親離開了白沙老街，故鄉皆在母親對我講述的故事裏。後來母親受社會關係牽連被遣送回故里，十三歲便自立於社會的我，凡有機會回到老家，最愜意的仍是於夜裏，和母親坐在火櫃裏講白話。母親講白話總是語調平穩，不急不慢，唯有一講到「走日本」時，她便憤激起來，而在堂屋裏磨磨蹭蹭做些可做可不做事兒的父親也會趕忙走過來，忿忿地說：「那日本兵，不是人，硬不是些人哩！」

在日寇第一次侵入新寧（一九四四年），即老百姓俗稱「走日本」時，我母親，親眼看到就在我家「盛興齋」鋪子後面的菜園子裏，七個尚在摘辣椒的婦女被兩個日本兵用刺刀捅死在籬笆上，其中一個孕婦被日本兵用刺刀挑開肚子，將血淋淋的胎兒戳在刺刀尖上……我母親背著我二哥逃難，躲進一個破廟裏時，被一個日本兵用刺刀逼住，母子倆險些喪生……我那當時才十多歲的大哥，兩次被日本兵抓走，頭一次被抓，就是他去喊父親快走，卻被懵懵懂懂的父親將路擋住……白沙老街，被日本兵燒成廢墟……

自父母親去世後，每年清明，我都要回老家掃墓掛青。是日，我和一位老鄉在扶夷江邊漫步，我正陶醉於如畫的美景中時，老鄉忽然指著江面，說，「走日本」那年，被日本人打死的人，屍體將這條河都堵塞得水流不動呃！我被這突如其來的話震驚了，正要問個仔細，那老鄉又趕忙說，不過，被打死的大都是國民黨軍隊哩。說完，他還故意乾笑了幾聲，以用來遮掩似乎是無意中的失言。老鄉補充的這句話，老鄉的故意乾笑，使我的心巨痛不已。看著他那木訥的神情，我竟一時語塞，旋即只能在心裏呼喊：我的親愛的老鄉呵，那都是中國的抗日部隊呵！他們就是為了中國人而被打死的呵！繼而，我明白了，為什麼這麼一件重大的事，母親竟然在生前沒跟我說，那是因為母親不敢說；為什麼這位老鄉在說出來時還要趕緊「聲明」一句，那是他仍然怕說了有什麼麻煩。

我無言。我陷入了沉思。我開始了搜尋證據。

我沒想到，我大哥就是見證人之一，那滿江的屍體，我大哥親眼所見（之前他照樣沒講）。

大哥告訴我，一個從邵陽往廣西開拔的整團的國民軍，進入了在老街附近埋伏達六天六夜之久的日軍埋伏圈，全部被殺害，日軍不但連一個俘虜都不放過，就連事先進入伏擊圈內被拘禁的百姓也全部殺掉，白沙老街前那日夜流淌的扶夷江，被死屍堵塞得水流不動……

日軍就埋伏在距白沙老街僅幾里路遠的觀橋一帶，老街上的人之所以全然不知，是因為日本兵對進入伏擊圈的老百姓，只准進，不准出。

我大哥還帶我去看了他被日本兵抓住的那個地方，並要我為他拍了照片。

緊接著，我在新修的《新寧縣誌》查到了這一記載。但只有一句話，即某月某日，國民軍某部在白沙遭日軍伏擊……究竟是國民軍的哪個團，什麼番號，依然沒有記載。但縣誌載明了在日軍侵入新寧這個偏僻山區時，被屠殺的民眾為二千八百五十人，其他受害者一千二百四十五人……

就以縣誌所載的這被屠殺的二千八百五十人而言，他們生活在偏僻山區，死了也就死了，沒有人再去提起。不但連墓碑都找不到一塊，就連新修的家譜中，也最多只有一句：歿於某年某月。因為修家譜也有忌諱，被殺死的，被姦污而死的，總不能明載，那是凶死，得為死去的人避諱。

自這開始，我每年清明只要一回到故鄉，一站在扶夷江邊，就似乎看到了那滿江橫陳的慘景。而在一處被開發為旅遊洞景的地方，更使得我渾身戰慄，那就是在「走日本」時，躲藏在洞中的幾個村子的老百姓，被日寇封鎖住洞口，燒燃大火，用風車煽風，以煙全部薰死於其中……

我無法再沉默下去，我決定把這一切都寫出來。

當我決定把這一切都寫出來時，我得知我的三叔，即被稱為群滿爺的一位「半邊瞎」（瞎了一隻眼睛，另一隻眼僅有些許餘光），竟是曾頂替我父親去當過壯丁的兵販子。他當兵販子正是抗戰期間！但他一直不說（同樣是不敢說），只是偶爾透露，他當年，可是挎過盒子炮和鬼子幹過仗的！他眼睛沒瞎時，也是英俊後生哩……而在衡陽保衛戰中，守衛衡陽的第十軍，便有眾多的兵販子……我的舅舅，抗戰期間是國民軍連長，參加過著名的昆侖關之仗……在我搜集資料時，又發現，我的老家新寧竟是中日大規模會戰之最後一仗——雪峰山會戰最先打響的南部戰場；我的一位以脾氣特好而為地方人稱道、被喊做和合先生的堂伯，曾和徐君虎（蔣經國同學）、陳壽恒（《一寸山河一寸血》中有對他的多次採訪）一起組織過抗日游擊隊，當時號稱「三駕馬車」。在雪峰山會戰中，正是由漢、瑤等多民族乃至土匪組成的抗日民眾武裝，令日軍在山區步步受阻……

由是，自二〇〇四年開始，我著力於《老街的生命》、《兵販子》與《最後一戰》（雪峰山）的創作，亦經八年，完成了「抗戰三部曲」，從山區百姓「既沒撩日本人，也沒惹日本人」無緣由地慘遭屠殺，以至於「兔子急了也咬人」，到頂替壯丁的「兵販子」在衡陽血戰中捨生忘死，義薄雲天；再到民眾主動參與雪峰山會戰，皆以客觀的歷史事件、真實的人物原形、實在的山民原狀、我老家——湘西南的鄉俗風情貫之始終，還原了抗戰之一段真實壯烈的歷史；打破傳統的抗日文學創作模式，從中日兩種文化的差異揭示戰爭所產生的心靈衝擊。《老街的生命》於二〇〇五年在美國獲首屆國際亞洲太平洋戰爭文學獎第一名，被評論家譽為「紀念反法西斯戰爭暨抗日戰爭勝利六十周年的典範之作」。二〇〇六年清明，當我又回故鄉掛青時，在扶夷江邊，我將獲獎的書稿焚燒、稿灰灑入江中，祭奠被殘殺的滿江冤魂，宣讀了我寫的祭文，告訴他們，我把他們被慘殺的事實，公諸於世了！之後的每年清明，我都到江邊進行祭奠。該書簡體中文版由解放軍文藝出版社出版後，獲第七屆茅盾文學獎提名，並被改編成電影《風水》，現已上映。改編的電影與原著相去甚遠，似乎又回到了抗日影劇的老套路上，大概是改編拍攝者有其不得已而為之處罷。《兵販子》簡體中文版亦由解放軍文藝出版社出版後，來聯繫欲改編為電視連續劇的不少，但因種種原因，擱淺。

感謝「秀威」，使得「抗戰三部曲」一併出版。誠如文史專家向繼東所言，「什麼時候日本首相不再參拜靖國神社，也能有德國總理在華沙那樣的一跪呢？這就要看我們……怎樣去努力了。」繼而不能不提及一下的是，有我的湖南老鄉編輯在得知我創作三部曲時說，抗戰勝利已經這麼多年了，再出抗戰題材的書已經沒有多大意思了。對於這樣的話，我又只能如同第一次聽到那位老鄉告訴我當年的扶夷江水被日寇殘殺的屍體堵塞那樣，無言（一時）。

二〇一二年九月二十日於湖南瀏陽市關口歸園賓館之「大瀏公寓」八一二二房。時釣魚台已為日本實施「國有化」。

附錄（一）

老街的生命——抗戰三部曲之一

內容摘要

本書根據歷史史實創作，以特有的紀實手法，再現了日軍「比德寇將猶太人滅絕於毒氣室有過之而無不及的」殘忍罪行。在湘西南那一幅幅美麗得驚人的畫面裏，被日寇殘殺的生靈，屍體將扶夷江水堵塞得水流不動；無以計數的、見面就是「您老人家好」的善良鄉村百姓，被日寇用煙活活薰死於洞中……作品以一個鄉鎮家庭在「走日本」中的親身經歷和悲慘遭遇，通過七歲的男孩和成長以後的理性審視的眼光，反思講述，為什麼「既沒撩日本人，也沒惹日本人」的偏僻山鄉同樣逃脫不了慘遭屠殺的命運?!

作品敘述之精妙，文筆之生動，人物性格對比之鮮明，事件之真實強烈，無不給人以巨大的震撼；更兼作者打破傳統的抗日文學創作模式，從中日兩種文化的差異揭示戰爭所產生的心靈衝擊，因而本書被評論家譽為「紀念反法西斯戰爭暨抗日戰爭勝利的典範之作」，獲首屆國際亞太戰爭文學獎首獎、第七屆茅盾文學獎提名，被改編拍攝成電影《風水》；書中史實發生地——白沙老街暨作者故居「盛興齋」被列為文物保護單位。

附錄（二）

兵販子——抗戰三部曲之二

內容摘要

一九四四年夏，衡陽血戰。擁有「泰山軍」威名的第十軍以一萬七千人抵擋十多萬日軍的圍攻。從昆明接收的十二門美式山炮被友軍扣留一半，炮兵最後全當步兵使用；最高統帥給出的「二字」密碼「四十八小時解衡陽之圍」，受命固守衡陽兩星期的將士們堅守了四十七天之久，卻未見援軍到來……

第十軍主力師長葛先才這個「抗命將軍」的部隊，曾經補充的一千新兵中，就有五百多是兵販子。衡陽血戰中的兵販子，更是不計其數。當日軍以三十倍於守軍的兵力瘋狂進攻，並將火炮如坦克般推進到守軍前百公尺以內，直接射擊時，為炸火炮，兵販子死傷殆盡。第十軍彈盡糧絕……

作品真實再現了衡陽保衛戰的悲壯和慘烈；首次將抗戰期間犧牲甚眾的兵販子這一特殊群落展示於世，深刻地揭示了兵販子可憐可悲的命運、可恨可愛的性情；他們那種勇猛至極的拾命殺敵，又實在可歌可泣。這些在抗戰中英勇獻身的兵販子，同樣不應該被人忘記。而第十軍必然覆沒的命運，令人唏噓。

釀小說28　PG0975

最後一戰
──抗戰三部曲終曲

作　　者	林家品
主　　編	蔡登山
責任編輯	廖妘甄
圖文排版	張慧雯
封面設計	王嵩賀

出版策劃	釀出版
製作發行	秀威資訊科技股份有限公司 114 台北市內湖區瑞光路76巷65號1樓 電話：+886-2-2796-3638　傳真：+886-2-2796-1377 服務信箱：service@showwe.com.tw http://www.showwe.com.tw
郵政劃撥	19563868　戶名：秀威資訊科技股份有限公司
展售門市	國家書店【松江門市】 104 台北市中山區松江路209號1樓 電話：+886-2-2518-0207　傳真：+886-2-2518-0778
網路訂購	秀威網路書店：http://www.bodbooks.com.tw 國家網路書店：http://www.govbooks.com.tw
法律顧問	毛國樑　律師
總 經 銷	聯合發行股份有限公司 231新北市新店區寶橋路235巷6弄6號4F 電話：+886-2-2917-8022　傳真：+886-2-2915-6275

出版日期	2013年6月　BOD一版
定　　價	350元

國家圖書館出版品預行編目

最後一戰：抗戰三部曲終曲 / 林家品著. -- 一版. -- 臺北市：釀出版, 2013.06

面； 公分

BOD版

ISBN 978-986-5871-46-8 (平裝)

857.7　　102007095

讀者回函卡

感謝您購買本書，為提升服務品質，請填妥以下資料，將讀者回函卡直接寄回或傳真本公司，收到您的寶貴意見後，我們會收藏記錄及檢討，謝謝！

如您需要了解本公司最新出版書目、購書優惠或企劃活動，歡迎您上網查詢或下載相關資料：http:// www.showwe.com.tw

您購買的書名：________________________________

出生日期：________年________月________日

學歷：□高中（含）以下　□大專　□研究所（含）以上

職業：□製造業　□金融業　□資訊業　□軍警　□傳播業　□自由業

□服務業　□公務員　□教職　□學生　□家管　□其它_____

購書地點：□網路書店　□實體書店　□書展　□郵購　□贈閱　□其他

您從何得知本書的消息？

□網路書店　□實體書店　□網路搜尋　□電子報　□書訊　□雜誌

□傳播媒體　□親友推薦　□網站推薦　□部落格　□其他__________

您對本書的評價：（請填代號　1.非常滿意　2.滿意　3.尚可　4.再改進）

封面設計____　版面編排____　內容____　文／譯筆____　價格____

讀完書後您覺得：

□很有收穫　□有收穫　□收穫不多　□沒收穫

對我們的建議：________________________________

____

____

____

請貼
郵票

11466
台北市內湖區瑞光路 76 巷 65 號 1 樓
秀威資訊科技股份有限公司　　收
BOD 數位出版事業部

（請沿線對折寄回，謝謝！）

姓　　名：＿＿＿＿＿＿＿＿　年齡：＿＿＿＿　性別：□女　□男

郵遞區號：□□□□□

地　　址：＿＿＿＿＿＿＿＿＿＿＿＿＿＿＿＿

聯絡電話：(日)＿＿＿＿＿＿＿＿(夜)＿＿＿＿＿＿＿＿

E-mail：＿＿＿＿＿＿＿＿＿＿＿＿＿＿＿＿